海洋基礎科技日語

N5篇

陳慧珍 編著

五南圖書出版公司 印行

海洋基礎科技日語
-N5篇-

寫給本書的讀者

海大的日文課雖然每週只有2個小時，但身爲海大唯一的日語專任教師，一直以來視爲使命，並且努力想實現的理想是：

幫助每位修過日文課的海大學生，畢業時都能帶著靠自己努力通過的日語能力測驗N2合格證書，增加日後求職時，在社會上與人一較長短的籌碼。

關於**日本語能力試驗**（**JLPT**）/日語能力測驗

・日語能力測驗（JLPT／The Japanese-Language Proficiency Test）係由「財團法人日本國際教育支援協會」及「獨立行政法人國際交流基金」分別在日本及世界各地，爲日語學習者測試其日語能力而舉辦的檢定考試。目前考試分N1至N5級共5個級別[1]，N1級難度最高。

本測驗自1991年起在台灣地區舉行，由交流協會主辦，財團法人語言訓練測驗中心協辦及施測，固定於每年12月上旬的週日舉行1次。但自2009年起，除12月仍比照往年實施一至四級的測驗，另於7月在日本國內、台灣、中國大陸及韓國增辦1次（該次測驗級數僅有一級和二級）。

近年來，由於參加日語能力測驗的人數不斷增加，考生應考的目的除了測試自己的日語能力外，有些是爲了留學、求職、升遷等方面的需求。因此，各方對於俗稱日檢的要求和建議，20多年來也累積了許多。有鑑於此，「財團法人日本國際教育支援協會」及「獨立行政法人國際交流基金」於是根據日語教育和測驗方面的學術研究成果，以及20多年來所累積的日本國內外考生的測驗成績數據，針對日語能力測驗的內容進行了改革。

自2010年開始每年舉辦2次，固定於每年7月和12月的第1個星期日，全球同步舉行新版的日語能力測驗。測驗後試卷全部統一送回日本閱卷，9月及3月左右再將成績寄回日本國內外各個考區。

---

1 "N"代表"Nihongo"（日語）、"New"（新）的意思。

・日語能力測驗科目（測驗時間）[2]

測驗內容 認定標準				
級別	測驗科目	測驗時間	量尺分數計算項目	量尺分數[3]
N5	言語知識（文字・語彙）	25分鐘	言語知識（文字・語彙・文法）・讀解	0～120
	言語知識（文法）・讀解	50分鐘		
	聽解	30分鐘	聽解	0～60
	合計	105分鐘	總分	0～180
N4	言語知識（文字・語彙）	30分鐘	言語知識（文字・語彙・文法）・讀解	0～120
	言語知識（文法）・讀解	60分鐘		
	聽解	35分鐘	聽解	0～60
	合計	125分鐘	總分	0～180
N3	言語知識（文字・語彙）	30分鐘	言語知識（文字・語彙・文法）	0～60
	言語知識（文法）・讀解	70分鐘	讀解	0～60
	聽解	40分鐘	聽解	0～60
	合計	140分鐘	總分	0～180
N2	言語知識（文字・語彙・文法）・讀解	105分鐘	言語知識（文字・語彙・文法）	0～60
			讀解	0～60
	聽解	50分鐘	聽解	0～60
	合計	155分鐘	總分	0～180
N1	言語知識（文字・語彙・文法）・讀解	110分鐘	言語知識（文字・語彙・文法）	0～60
			讀解	0～60
	聽解	60分鐘	聽解	0～60
	合計	170分鐘	總分	0～180

・N1～N5的及格分數與基準分數[4]

級別	總分		量尺分數計算項目			
			言語知識（文字・語彙・文法）讀解		聽解	
	量尺分數	及格分數	量尺分數	基準分數	量尺分數	基準分數
N5	0～180	80	0～120	38	0～60	19
N4	0～180	90	0～120	38	0～60	19

級別	總分		量尺分數計算項目					
			言語知識（文字・語彙・文法）		讀解		聽解	
	量尺分數	及格分數	量尺分數	基準分數	量尺分數	基準分數	量尺分數	基準分數
N3	0～180	95	0～60	19	0～60	19	0～60	19
N2	0～180	90	0～60	19	0～60	19	0～60	19
N1	0～180	100	0～60	19	0～60	19	0～60	19

---

2 資料來源：日本語能力試驗官網http://www.jlpt.jp/tw/index.html

3 量尺分數是根據試題的「題數」、全體考生的「平均答對題數」、統計全體考生的測驗結果後得到的「標準差」，計算考生的原始得分後所得到的分數。這種分數計算方式，比較不會因測驗科目的難度或題型不同，而影響到考生各科成績總和的客觀性。

4 N1～N3的基準分數是以2010年第1次（7月）測驗爲例。
N4～N5的基準分數則是以2010年第2次（12月）測驗爲例。

・N1～N5的認證基準

級別	認證基準 透過【讀】、【聽】的語言行爲來界定各級數的認證基準。
N5	能大致理解基礎日語 【讀】能看懂以平假名、片假名或日常生活中使用的基本漢字所書寫的詞彙、短句及文章。 【聽】在課堂上或日常生活中常接觸的情境中若出現速度較慢的簡短對話，能從中聽取必要的資訊。
N4	能理解基礎日語 【讀】能看懂以基本詞彙及漢字所敘述的日常生活相關話題的文章。 【聽】能大致聽懂速度稍慢的日常會話。
N3	能大致理解日常生活所使用的日語 【讀】・能看懂敘述日常生活相關內容的文章。 ・能掌握報紙標題等的概要資訊 【讀】日常生活的各種情境中若出現難度稍高的文章，換個方式敘述後便能理解其大意。 【聽】在日常生活的各種情境中，當面對稍接近常速且連貫的對話，經結合談話內容與人物間的關係後，便能理解其大意。
N2	除日常生活所使用的日語外，也能大致理解較廣泛的情境下所使用的日語 【讀】能看懂報紙、雜誌所刊載的各類報導、解說、簡易評論等主旨明確的文章。 【讀】能閱讀敘述一般話題的讀物，並能理解其中的脈絡及意涵。 【聽】除日常生活的情境外，在大部分的情境下，也能聽懂接近常速且連貫的對話、新聞報導，且能理解話題的走向、內容及人物間的關係，並掌握其大意。
N1	能理解在廣泛的情境下所使用的日語 【讀】能閱讀話題廣泛的報紙社論、評論等論述性較複雜，且內容較抽象的文章，並能掌握文章的結構及內容。 【讀】能閱讀各種話題內容較有深度的讀物，並能理解其中的脈絡及詳細的意涵。 【聽】在廣泛的情境下，能聽懂常速且連貫的對話、新聞報導及講課，且能充分理解話題的走向、內容、人物間的關係及說話內容的論述結構等，並確實掌握其大意。

本書的特色

・本書收錄了日語能力測驗N5級考試範圍的文法、句型、詞彙。因此，在仔細研讀本書並勤做練習、考古題後，要通過日語N5檢定考試，對海大學生來說，應該不會是件難事。

・為使讀者能透過例句掌握各種詞彙（包括動詞、形容詞、形容動詞、助動詞、補助動詞等）的詞類變化，以及語法、句型的正確用法，儘量配合詞類列舉較多的例句。同時為提醒讀者能注意容易出錯或產生誤解的用法，視情況會在解說中舉出一些用法錯誤的例句。

・例句以海大學生為出發點編寫，先力求能適時應用於日常生活中。日後進入中、高級學習階段，期望海大學生們能將所學的日語文知識應用到個別的專業領域，並在聽、說、讀、寫方面均衡發展。

・每個單元都附有該單元學習項目的文法註解，供海大學生們在家預習、複習。

・本書附贈之CD係特別商請海洋大學張清風校長實驗室的日籍博士後研究員：識名信也博士及其夫人就各單元的學習内容錄製的mp3檔光碟。

・本書附贈之CD另外收錄了供課後自學練習用的PowerPoint檔案，以收多媒體學習之成效。

本書的結構與用法

〈本書的結構〉

單元 →視難易度並配合文法學習進階，將性質相近或相關的學習項目編寫於同一單元，内容多寡以2次授課時間（4小時）内能講解完畢，並讓學生能充分練習為原則。※某些單元視實際授課情況會連續教授3週。

單字 →每一單元中出現的單字，原則上都是日語能力測驗N5級出題範圍詞彙表中所列出的詞彙[5]，每一個單字都標示有詞類、重音、中文意思。

5　表記（書寫型式）部分：N5級單字以漢字書寫者雖然不多，但有鑑於日本一般文字媒體以漢字書寫的詞彙仍然很多。因此，本書單字的書寫型式以「記者ハンドブック・新聞用語用字集　第10版」（共同出版社）為準。アクセント（重音）部分：以「大辭林」（三省堂出版）為準。

主要句型 →參考日語能力測驗N5級出題範圍的文法項目表，透過句型由淺入深，依序列舉每一個文法項目的用法。

中文意思 →套用該句型後的中文意思。

用法 →各種詞類與該句型結合時的詞形。

例句 →考量每一個句型的使用情況及經常結合使用的各種詞類，儘量套用日語能力測驗N5級出題範圍的詞彙造句。

文法解説 →針對各單元中每一個學習項目的重要用法加以解說，並視情況補充其他相關用法及句型。

〈本書的用法〉

Step 1 一邊聽附贈的日語發音CD、一邊背誦 單字 。

Step 2 了解 主要句型 的 中文意思 後，牢記 用法。

Step 3 一邊聽日語發音CD、一邊背誦 例句 的具體應用模式。

Step 4 閱讀 文法解説 後，牢記文法重點。

文法相關用語一覽表

為避免學生在學習日文文法的同時還須記憶文法用語的中譯，在本書每個單元的文法解說中如果提到了以下文法相關用語，除了第1次出現時會附上該用語的中譯，之後一律都只以日文表示。

〈品詞(ひんし)/詞類〉

名詞(めいし)/名詞	連体詞(れんたいし)/連體詞	副詞(ふくし)/副詞
イ形容詞(けいようし)（形容詞(けいようし)）/イ形容詞（形容詞）	ナ形容詞(けいようし)（形容動詞(けいようどうし)）/ナ形容詞（形容動詞）	動詞(どうし)/動詞
助詞(じょし)/助詞	助動詞(じょどうし)/助動詞	接続詞(せつぞくし)/接續詞
感動詞(かんどうし)/感動詞		

〈その他/其他〉

- 代名詞/代名詞
- 指示詞/指示詞
- 数詞/數詞
- 助数詞/量詞
- 数量詞/數量詞
- 疑問詞/疑問詞
- イ形容詞の語幹/イ形容詞語幹
- ナ形容詞の語幹/ナ形容詞語幹
- 自動詞/自動詞
- 他動詞/他動詞
- 五段動詞/五段動詞
- 上一段動詞/上一段動詞
- 下一段動詞/下一段動詞
- カ変動詞/カ變動詞
- サ変動詞/サ變動詞
- 可能形/可能形
- 受身形/被動形
- 使役形/使役形
- 動作主/行使動作者

〈文体/文體〉

- 常体(普通体)/常體(普通形)
- 敬体(丁寧体)/敬體(客套形)

〈活用形/活用形〉

● 常体（普通体）/常體(普通形)

品詞 活用形	名詞＋だ	ナ形容詞 (形容動詞)	イ形容詞 (形容詞)
辞書形/辭書形	学生だ	静かだ	高い
タ形/タ形	学生だった	静かだった	高かった
テ形/テ形	学生で	静かで	高くて
バ形/バ形	学生ならば	静かならば	高ければ

ナイ形(けい)/ナイ形	学生(がくせい)ではない 学生(がくせい)じゃない	静(しず)かではない 静(しず)かじゃない	高(たか)くない

活用形(かつようけい)	五段動詞(ごだんどうし)	(上(かみ)・下(しも))一段動詞(いちだんどうし)	カ変動詞(へんどうし)	サ変動詞(へんどうし)
辞書形(じしょけい)/辭書形	書(か)く	食(た)べる	来(く)る	する
連用形(れんようけい)/連用形	書(か)き	食(た)べ	来(き)	し
タ形(けい)/タ形	書(か)いた	食(た)べた	来(き)た	した
テ形(けい)/テ形	書(か)いて	食(た)べて	来(き)て	して
バ形(けい)/バ形	書(か)けば	食(た)べれば	来(く)れば	すれば
ナイ形(けい)/ナイ形	書(か)かない	食(た)べない	来(こ)ない	しない
命令形(めいれいけい)/命令形	書(か)け	食(た)べろ	来(こ)い	しろ
意志形(いしけい)/意志形	書(か)こう	食(た)べよう	来(こ)よう	しよう

● 敬体(けいたい)(丁寧体(ていねいたい))/敬體(客套形)

品詞(ひんし) / 活用形(かつようけい)	名詞(めいし)+です	ナ形容詞(けいようし)(形容動詞(けいようどうし))
デス形(けい)/デス形	学生(がくせい)です	静(しず)かです
タ形(けい)/タ形	学生(がくせい)でした	静(しず)かでした
ナイ形(けい)/ナイ形	学生(がくせい)ではないです 学生(がくせい)ではありません 学生(がくせい)じゃないです 学生(がくせい)じゃありません	静(しず)かではないです 静(しず)かではありません 静(しず)かじゃないです 静(しず)かじゃありません

品詞／活用形	イ形容詞（形容詞）
デス形/デス形	高いです
タ形/タ形	高かったです
ナイ形/ナイ形	高くないです 高くありません

活用形	五段動詞	（上・下）一段動詞	カ変動詞	サ変動詞
マス形/マス形	書きます	食べます	来ます	します
タ形/タ形	書きました	食べました	来ました	しました
テ形/テ形	書きまして	食べまして	来まして	しまして
ナイ形/ナイ形	書きません	食べません	来ません	しません
命令形/命令形	書きなさい	食べなさい	来なさい	しなさい
意志形/意志形	書きましょう	食べましょう	来ましょう	しましょう

N5篇各單元學習內容一覽表

第一單元

主要句型

1. 名詞$_1$は名詞$_2$です。／名詞$_1$は名詞$_2$ではありません。【N5】
2. 名詞$_1$は名詞$_2$ですか。【N5】
3. 名詞$_1$は名詞$_2$の名詞$_3$です。【N5】
4. 名詞$_1$は名詞$_2$です。名詞$_3$も名詞$_2$です。【N5】
5. 名詞$_1$と名詞$_2$【N5】
6. 典型的な疑問文【N5】
7. 名詞$_1$は名詞$_2$でした。/名詞$_1$は名詞$_2$ではありませんでした。【N5】
8. お/ご名詞【N5】

文法項目

【N5】は（主題）
【N5】か（疑問、選択）
【N5】の（所有、所属）
【N5】も（類似物事の提示、並列）
【N5】と（並列）
【N5】名詞です
【N5】名詞でした
【N5】お/ご名詞

第二單元

主要句型

1. これ／それ／あれは名詞です。【N5】
2. これ／それ／あれは何ですか。【N5】
3. これ／それ／あれはだれの名詞ですか。【N5】
4. これ／それ／あれは何の名詞ですか。【N5】
5. これ／それ／あれは名詞$_1$ですか、名詞$_2$ですか。【N5】
6. この／その／あの名詞$_1$は名詞$_2$の名詞$_3$です。【N5】
7. ここ／そこ／あそこは場所です。【N5】
8. 人／物／場所はどこですか。【N5】
9. こそあど【N5】

文法項目

【N5】これ／それ／あれ／どれ
【N5】この名詞／その名詞／あの名詞／どの名詞
【N5】の（準体言）
【N5】ここ／そこ／あそこ／どこ
【N5】こそあど

第三單元

主要句型

1. 今、何時ですか。【N5】
2. 名詞から(起点)/名詞まで（終点）【N5】
3. 動詞ます/動詞ません/動詞ました/動詞ませんでした【N5】
4. に（時の指定）【N5】
5. （時刻・時間）ごろ/（期間or数量）ぐらい【N5】
6. 場所へ（方向）動詞ます【N5】
7. 名詞で（手段・方法）動詞ます【N5】
8. 人$_1$は人$_2$と（共同動作の相手）動詞ます。【N5】
9. 場所に（帰着点）動詞ます【N5】
10. 場所で（動作が行われる場所）動詞ます【N5】
11. 場所を（出発点・分離点）動詞ます【N5】
12. 場所を（経路）動詞ます【N5】

文法項目

【N5】時刻（～分/～時/…）
　　時間（～日/～曜日/～月/…）
【N5】期間（～分/～時間/～日間/…）
【N5】動詞ます/動詞ません
【N5】動詞ました/動詞ませんでした
【N5】ぐらい（程度）/ごろ（時の前後）
【N5】に（時の指定/帰着点）
【N5】から(起点)/まで（終点）
【N5】へ（方向）
【N5】で（手段・方法/動作が行われる場所）
【N5】と（共同動作の相手）
【N5】を（出発点・分離点/経路）

第四單元

主要句型

1. 名詞を動詞ます【N5】
2. 二字熟語＋します【N5】
3. 疑問詞も動詞ません【N5】
4. 名詞を…　→　名詞（主題）は…【N5】
5. 動詞ませんか【N5】
6. 動詞ましょう【N5】
7. A:もう動詞ましたか。【N5】
　B:いいえ、まだです。【N5】
8. 名詞をください/名詞をくださいませんか【N5】

9. 人$_1$は人$_2$に物を動詞ます。【N5】

10. 名詞でも（例示：極端な例）【N5】

文法項目

【N5】疑問詞＋も…否定

【N5】動詞ませんか

【N5】動詞ましょう

【N5】名詞をください

【N5】もう/まだ

【N5】を（動作の目的・対象）

【N5】に（動作の相手・対象）

【N5】でも（例示：極端な例）

第五單元

主要句型

1. イ形容詞の活用【N5】
2. ナ形容詞の活用【N5】
3. イ形容詞くて/ナ形容詞で/名詞で【N5】
4. が（接続）【N5】
5. あまり…否定【N5】
6. よ/ね【N5】

文法項目

【N5】イ形容詞です/ナ形容詞です

【N5】イ形容詞い名詞/ナ形容詞な名詞

【N5】イ形容詞かったです/ナ形容詞でした

【N5】イ形容詞くないです/ナ形容詞ではありません

【N5】イ形容詞くなかったです/ナ形容詞ではありませんでした

【N5】イ形容詞い/ナ形容詞だ

【N5】イ形容詞かった/ナ形容詞だった

【N5】イ形容詞くない/ナ形容詞ではない

【N5】イ形容詞くなかった/ナ形容詞ではなかった

【N5】イ形容詞くない名詞/ナ形容詞ではない名詞

【N5】イ形容詞くて/ナ形容詞で/名詞で

【N5】あまり…否定

【N5】が（接続）

【N5】よ/ね

第六單元

主要句型

1. が（主語）【N5】
2. 名詞が動詞/名詞を動詞【N5】
3. 主題は主語が…【N5】
4. が（対象）【N5】
5. 人は名詞が欲しいです。【N5】
6. 人は名詞が動詞たいです。【N5】

7. 文＋から、…。【N5】

8. （目的）に動詞ます【N5】

9. 名詞でも（例示）【N5】

文法項目

【N5】名詞が動詞/名詞を動詞

【N5】動詞たいです

【N5】名詞が欲しいです

【N5】名詞でも（例示）

【N5】が（主語）

【N5】に（目的）

【N5】が（対象）

【N5】は（主題）

【N5】から（理由）

第七單元

主要句型

1. 場所に名詞があります/います。【N5】

2. 場所に名詞$_1$と名詞$_2$があります/います。【N5】

3. 場所に名詞$_1$や名詞$_2$（など）があります/います。【N5】

4. 場所の…に名詞があります/います。【N5】

5. 疑問詞＋か…肯定【N5】

6. 名詞は場所にあります/います。【N5】

7. 数量（＝数詞＋助数詞）動詞ます。【N5】

8. 時間に…回動詞ます。【N5】

9. 名詞は一回…（時間）です。【N5】

10. だけ(限定)【N5】

11. しか…否定(限定)【N5】

12. で（基準）【N5】

13. も（強調）【N5】

文法項目

【N5】名詞に名詞があります/います

【N5】名詞は名詞にあります/います

【N5】疑問詞＋か…肯定

【N5】と（並列）

【N5】助数詞

【N5】だけ(限定)

【N5】しか…否定(限定)

【N5】や（並列）

【N5】など（例示）

【N5】に（存在地）

【N5】で（基準）

【N5】も（強調）

第八單元

主要句型

1. 動詞の辞書形【N5】
2. 動詞のナイ形【N5】
3. 動詞$_1$ないで動詞$_2$【N5】
4. 動詞ないでください【N5】
5. 動詞のテ形【N5】
6. 動詞てください【N5】
7. 動詞$_1$て動詞$_2$【N5】
8. 動詞てから【N5】
9. 動詞ている/動詞ています〈進行〉【N5】
10. 動詞ている/動詞ています〈状態〉【N5】
11. 動詞てある/動詞てあります〈状態〉【N5】

文法項目

【N5】動詞辞書形
【N5】動詞ナイ形
【N5】動詞$_1$ないで動詞$_2$
【N5】動詞ないでください
【N5】動詞テ形
【N5】動詞てください
【N5】動詞$_1$て動詞$_2$
【N5】動詞てから
【N5】動詞ています
【N5】動詞てあります

第九單元

主要句型

1. 動詞のタ形【N5】
2. 動詞$_1$（辞書形）前に、動詞$_2$【N5】
3. 動詞$_1$（タ形）後で、動詞$_2$【N5】
4. 動詞$_1$たり、動詞$_2$たりする/している/した or
   動詞$_1$たり、動詞$_2$たりします/しています/しました【N5】
5. 動詞$_1$ながら、動詞$_2$【N5】
6. 連体修飾【N5】
7. 名詞$_1$という名詞$_2$【N5】
8. …とき【N5】

文法項目

【N5】動詞タ形

【N5】動詞（辞書形）前に

【N5】動詞（タ形）後で

【N5】動詞$_1$たり動詞$_2$たりします

【N5】…とき

【N5】動詞ながら

【N5】動詞＋名詞

【N5】名詞がイ形容詞い名詞/名詞がナ形容詞な名詞

【N5】名詞$_1$という名詞$_2$

第十單元

主要句型

1. 常体（普通体）＆敬体（丁寧体）【N5】
2. 日本語の基本文型【N5】
3. 文（常体）だろう/でしょう【N5】
4. イ形容詞い→…くなる/する/動詞 or
…くなります/します/動詞ます【N5】
5. ナ形容詞だ→…になる/する/動詞 or
…になります/します/動詞ます【N5】
6. 名詞→名詞になる/する or 名詞になります/します【N5】
7. 〈原因・理由〉【N5】

名詞＋で…

イ形容詞テ形…

ナ形容詞テ形…

動詞テ形…

文法項目

【N5】常体

【N5】…でしょう（だろう）

【N5】イ形容詞く/ナ形容詞に/名詞になります

【N5】イ形容詞く/ナ形容詞に/名詞にします

【N5】イ形容詞く/ナ形容詞に動詞ます

【N5】て（原因/理由）

【N5】で（原因/理由）

目錄

入門篇

一、あいさつ用語など（問候、寒喧、道謝、道歉等）

1　おはよう（ございます）。【N5】
早安。

2　こんにちは。【N5】
午安（您好）。

3　こんばんは。【N5】
晚安。

4　お休みなさい。【N5】
晚安（睡前使用）。

5　どうぞ。【N5】
請。

6　ありがとう（ございます）。【N5】
謝謝。

7　どうもありがとうございます。／どうもありがとうございました。【N5】
非常感謝。

8　いいえ。（どういたしまして。）【N5】
不用客氣。

9　すみません。／どうもすみません。【N5】
對不起。／非常抱歉。

10　ごめん（なさい）。【N5】
對不起。

11　失礼します。【N5】
請恕打擾；告辭。

12 ごめんください。【N5】
有人在嗎？／請恕我告辭。

13 失礼（しつれい）ですが、お名前（なまえ）は？【N5】
恕我冒昧！請問貴姓？

14 お願（ねが）いします。【N5】
拜託您了、麻煩請…。

15 はじめまして。…です。台湾（たいわん）から来（き）ました。どうぞよろしく（お願（ねが）いします）。【N5】
初次見面。我來自台灣。請多多指教。

16 こちらこそ。どうぞよろしく（お願（ねが）いします）。【N5】
彼此彼此。請多多指教。

17 ちょっと待（ま）って（ください）。【N5】
請等一下。

18 あのう、ちょっとよろしいですか。【N5】
嗯…，請問現在方便嗎？

19 すみません、…（を）ください。／…（を）お願（ねが）いします。【N5】
不好意思，請給我…。

20 いただきます。【N5】
我要吃（喝）了、（吃飯時）那我開動啦；那我就收下了。

21 ごちそうさま（でした）。【N5】
謝謝您的美味款待！很好吃，謝謝。

22 A：お元気（げんき）ですか。【N5】
您好嗎？

B：おかげさまで、元気（げんき）です。【N4】
託您的福，我很好。

23 A：行ってきます。（行ってまいります。←更客套的說法）【N4】
我出門了。

B：いって（い）らっしゃい。【N4】
慢走！

24 A：ただいま。【N4】
我回來了。

B：おかえり（なさい）。【N4】
回來了啊！

25 いらっしゃい（ませ）。【N5】
歡迎（光臨）。

26 さよ（う）なら。【N5】
再見。

27 またあした。【N5】
明天見。

28 では、また。【N5】
那麼，再見。

29 （では）お元気で。【N5】
（那麼）請多保重。

30 かしこまりました。【N4】
〔謙讓語〕知道了、遵命。

31 お待たせ（しました）。【N4】
讓您久等了。

32 お疲れさま（でした）。【N5】
您辛苦了。

33 ご苦労(くろう)さま（でした）。（對晚輩或服務業從業人員的慰勞）【N5】
辛苦了。

34 おめでとう（ございます）。【N4】
恭喜。

35 ごぶさたして（い）ます。【N4】
好久不見。

36 お久(ひさ)しぶり（です）。【N4】
好久不見。

37 よくいらっしゃいました。【N4】
歡迎。

38 それはいけませんね。【N4】
那可不行哦！

39 お大事(だいじ)に。（探病時用）【N4】
請保重、請好好照顧身體。

二、教室用語（きょうしつようご）（教室用語）

Ⅰ.先生（せんせい）→学生（がくせい）

1　では、始（はじ）めましょう。
那麼，我們開始上課吧！

2　では、終（お）わりましょう。
那麼，今天就上到這裡吧！

3　わかりましたか。
瞭解了嗎？

4　何（なに）か質問（しつもん）がありますか。
有沒有問題?有沒有什麼問題?

5　もう一度（いちど）言（い）ってください。
請再說一遍；請再跟著唸一遍。

※　一緒（いっしょ）に言（い）ってください。／大（おお）きい声（こえ）で言（い）ってください。
請一起說一遍。/請大聲說一遍。

6　いいですね。
很好、好啊

7　よくできました。
做得很好。

8　よく聞（き）いてください。
請注意聽。

9　見（み）てください。
請看！

※　（本（ほん）を）見（み）ないでください。
請不要看（書）！

10 書いてください。
請寫下來。

11 （…ページを）読んでください。
請唸第…頁。

※ 大きい声で読んでください。／声を出さないで読んでください。
請大聲唸（閱讀）出來。/請默讀一遍。

12 （本を／…ページを）開いてください。
請翻開書。/請將書翻到第…頁。

13 本を閉じてください。
請闔上書。

14 （…さんに）質問してください。
請對…（某人）發問。

15 （隣の人と）話してください。
請和旁邊的人對話。

16 大きい声で答えてください。
請大聲回答。

17 手をあげてください。
請舉手。

18 静かにしてください。
請安靜。

19 立ってください。
請站起來。

Ⅱ. 学生(がくせい) → 先生(せんせい)

1　（先生(せんせい)：わかりましたか。）

瞭解了嗎？

2　学生(がくせい)A：はい、わかりました。

是的，（我）瞭解了。

3　学生(がくせい)B：いいえ、わかりません。

不，（我）不瞭解。

4　先生(せんせい)。もう一度(いちど)言(い)ってください。

老師！請再說一遍。

5　先生(せんせい)。質問(しつもん)があります。

老師！我有問題。

6　先生(せんせい)。トイレに行(い)ってもいいですか。

老師！我可以去廁所嗎？

7　先生(せんせい)。さようなら。

老師！再見！

8　先生(せんせい)。また来週(らいしゅう)。

老師！下週見！

三、発音(はつおん)

關於發音必須學習的基本項目有：

清音(せいおん)、濁音(だくおん)、半濁音(はんだくおん)、拗音(ようおん)、長音(ちょうおん)、促音(そくおん)、撥音(はつおん)／アクセント
（清音、濁音、半濁音、拗音、長音、促音、鼻音／重音）

「五十音」音韻結構

母音 / 子音	a	i	u	e	o
-	a	i	u	e	o
k	ka	ki	ku	ke	ko
s	sa	si (shi)	su	se	so
t	ta	ti (chi)	tu (tsu)	te	to
n	na	ni	nu	ne	no
h	ha	hi	hu (fu)	he	ho
m	ma	mi	mu	me	mo
y	ya		yu		yo
r	ra	ri	ru	re	ro
w	wa				(w)o

清音(せいおん)（カ行・サ行・タ行・ナ行・ハ行・マ行・ヤ行・ラ行・ワ行）

指除去撥音(はつおん)、促音(そくおん)，未標上濁音符號「〝」、半濁音符號「゜」，在一般的五十音圖上所看到，以平仮名(ひらがな)或片仮名(かたかな)書寫的音節(おんせつ)（音節）[1]。

Hiragana（平仮名(ひらがな)）

子音／母音	a	i	u	e	o
—	あ	い	う	え	お
k	か	き	く	け	こ
s	さ	し	す	せ	そ
t	た	ち	つ	て	と
n	な	に	ぬ	ね	の
h	は	ひ	ふ	へ	ほ
m	ま	み	む	め	も
y	や		ゆ		よ
r	ら	り	る	れ	ろ
w	わ	(ゐ)		(ゑ)	を
(n, m)	ん				

Katakana（片仮名(かたかな)）

子音／母音	a	i	u	e	o
–	ア	イ	ウ	エ	オ
k	カ	キ	ク	ケ	コ
s	サ	シ	ス	セ	ソ
t	タ	チ	ツ	テ	ト
n	ナ	ニ	ヌ	ネ	ノ
h	ハ	ヒ	フ	ヘ	ホ
m	マ	ミ	ム	メ	モ
y	ヤ		ユ		ヨ
r	ラ	リ	ル	レ	ロ
w	ワ	(ヰ)		(ヱ)	ヲ
(n, m)	ン				

1　音節（音節）是語音的單位，在日語一個仮名（假名）表示一個音節。

濁音 & 半濁音

濁音（ガ行・ザ行・ダ行・バ行）

子音／母音	a	i	u	e	o
g	が	ぎ	ぐ	げ	ご
	ga	gi	gu	ge	go
z	ざ	じ	ず	ぜ	ぞ
	za	zi(ji)	zu	ze	zo
d	だ	ぢ	づ	で	ど
	da	(zi)(ji)	(zu)	de	do
b	ば	び	ぶ	べ	ぼ
	ba	bi	bu	be	bo

※鼻濁音：單字的字首如果是屬於ガ行的音節（如が、ぎ、ぐ、げ、ご），若非出現在字首或是出現在字尾時，ガ行音節通常都會發成鼻濁音，如が[ŋa]、ぎ[ŋi]、ぐ[ŋu]、げ[ŋe]、ご[ŋo]）。

例1. 画家　がか　gaka　大学　だいがく　dai ŋa ku

例2. 議会　ぎかい　gikai　映画　えいが　ei ŋa

半濁音（パ行）

子音／母音	a	i	u	e	o
p	ぱ	ぴ	ぷ	ぺ	ぽ
	pa	pi	pu	pe	po

拗音（ようおん）

子音/母音	a	i	u	e	o
ky	きゃ		きゅ		きょ
	kya		kyu		kyo
sy(sh)	しゃ		しゅ		しょ
	sya(sha)		syu(shu)		syo(sho)
ty(ch)	ちゃ		ちゅ		ちょ
	tya(cha)		tyu(chu)		tyo(cho)
ny	にゃ		にゅ		にょ
	nya		nyu		nyo
hy	ひゃ		ひゅ		ひょ
	hya		hyu		hyo
my	みゃ		みゅ		みょ
	mya		myu		myo
ry	りゃ		りゅ		りょ
	rya		ryu		ryo

拗音（ようおん）＋濁音（だくおん）

子音/母音	a	i	u	e	o
gy	ぎゃ		ぎゅ		ぎょ
	gya		gyu		gyo
zy(j)	じゃ		じゅ		じょ
	zya(ja)		zyu(ju)		zyo(jo)
by	びゃ		びゅ		びょ
	bya		byu		byo

拗音（ようおん）＋半濁音（はんだくおん）

子音/母音	a	i	u	e	o
py	ぴゃ		ぴゅ		ぴょ
	pya		pyu		pyo

長音

假名發音時只有一拍，但在平假名後加上「あ、い、う」等以母音假名標示的長音符號時要發兩拍，也就是把前面假名的讀音拖長一倍。片假名則是在後面加上一條橫線「ー」表示長音。

…段音	…根手指	平假名… ＋長音符號（ア・イ・ウ・イ・ウ）	片假名…＋長音符號
ア	1 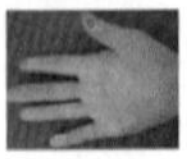	ア段＋あ 例：おばあさん	ア段＋ー 例：ライター
イ	2 	イ段 ＋い 例：おじいさん	イ段＋ー 例：スキー
ウ	3 	ウ段＋う 例：ふうとう（封筒）	ウ段＋ー 例：クーラー
エ	4 	エ段＋い 例：けいたい（携帶）	エ段＋ー 例：テープ
オ	5 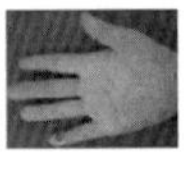	オ段＋う 例：きょうと（京都）	オ段＋ー 例：ノート

※例外　1.加上“え”　→ おねえさん（姊姊）
　　　　2.加上“お”　→こおり（冰）

● 在稿紙上書寫長音的寫法

例：コンピューター（computer）

コ	ン	ピ	ュ	ー	タ	ー

コ
ン
ピ
ュ
｜
タ
｜

促音（そくおん）

促音（そくおん）是指發音時，用發音器官的某部分堵住氣流，形成一個極爲短促的停頓，促音（そくおん）只會出現於カ行、サ行、タ行、パ行仮名（かな）之前。

如以下所示，促音（そくおん）的羅馬拼音則依實際發音中出現的位置而定，受後面的音同化，有「p」「t」「k」「s」「f」五種不同的音。書寫時是用一個較小的仮名（かな）「っ」來表示一個停讀的特殊音節（おんせつ）。

kk	せっけん	／がっこう
	sekken	gakk
ss	きっさてん	／まっすぐ
	kissaten	massugu
tt	きって	／こっち
	kitte	kotti或kotchi
pp	きっぷ	／りっぱ
	kippu	rippa
ff	スタッフ	
	sutaffu	

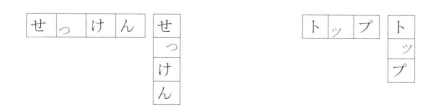

● 在稿紙上書寫促音（そくおん）的寫法

例：

せ	っ	け	ん

せ
っ
け
ん

ト	ッ	プ

ト
ッ
プ

撥音(はつおん)（鼻音(びおん)）

日語的仮名(かな)之一，平仮名(ひらがな)寫成「ん」、片仮名(かたかな)寫成「ン」，並不包含在五十音之列，且現代日語的標準語中並沒有以「ん」開頭的單字，所以往往會出現在字中或是字尾構成鼻音(びおん)。

視撥音(はつおん)出現在單字中位置，大致有下列幾種發音[n], [m], [ŋ], [N]。

…ん＋ザ行・タ行・ダ行・ナ行・ラ行→[n]※與英語「n」相同

例：人参　にんじん　ninjin　　反対　はんたい　hantai

面倒　めんどう　mendō　　女　おんな　onna

線路　せんろ　senro

…ん＋マ行・バ行・パ行→[m]

例：運命　うんめい　ummei　　新聞　しんぶん　shimbun

先輩　せんぱい　sempai

…ん＋カ行・ガ行→[ŋ]※與英語「ng」相同

例：天下　てんか　teŋka　　マンガ　maŋga

…ん＋出現在上述以外的音節(おんせつ)之後或是字尾時→[N]

例：恋愛　れんあい　reNai　　天運　てんうん　teNun

アクセント（重音）

依照社會上的慣例，在多音節的字詞中將某個音節念得特別明顯，這個被強調的音節會有相對的音調較高、聲音較響亮的現象。アクセント（重音）有下列兩種：

強弱（きょうじゃく）アクセント（stress accent）：如英語等

高低（こうてい）アクセント（pitch accent）：如日語等

- 有些英文單字的重音會因詞性而不同。例如：increase（增大；增加；增強）

　當名詞時重音在第一音節[ˋɪnkris]

　當動詞時重音在第二音節[ɪnˋkris]

- 日文單字會因重音而改變字義。例如：

　箸（はし）[2]：はし or「1」or ① or はし or（＼＿）or●○or○' ○orHL

　橋（はし）：はし or「2」or ② or はし or（＿／）or○●or○○' orLH

- 中國話（漢語）不是重音語言，因爲重音是音節與音節之間的強弱、高低對比現象，而中國話的聲調（tone）卻是同一個音節的音調高低變化。例如：

郭：ㄍㄨㄛ　國：ㄍㄨㄛˊ　果：ㄍㄨㄛˇ　過：ㄍㄨㄛˋ

2　根據「記者ハンドブック・新聞用語用字集第10版」（以下簡稱「新聞用語集」）應以平仮名標示。

日本語(にほんご)のアクセント（日語的重音）

日語音節(おんせつ)的模式爲高低兩段式。標準語（以東京腔爲主）的アクセント，字首的音節(おんせつ)和其後的音節(おんせつ)，アクセント高低必然不一致。日語最具代表性的アクセント有東京(とうきょう)アクセント與関西(かんさい)（京阪(けいはん)）アクセント兩種。

● 名詞(めいし)のアクセント（名詞的重音）

A. 起伏型(きふくがた)　頭高型(あたまだかがた)　例：**あ**お　「1」

　　中高型(なかだかがた)　例：あ**な**た「2」

　　尾高型(おだかがた)　例：あし**た**「3」

B. 平板型(へいばんがた)　例：あそこ「0」

1. 名詞(めいし)的アクセント原則上始終維持不變。地名、人名的アクセント一般若不是平板型(へいばんがた)（平板型），其アクセントの核(かく)[3]便會在倒數第三拍，也就是倒數第三個音節(おんせつ)。例如：

平　板　型：	山田(やまだ)	真弓(まゆみ)	広島(ひろしま)	札幌(さっぽろ)
倒數第三拍：	加藤(かとう)	由紀子(ゆきこ)	名古屋(なごや)	静岡(しずおか)

2. 複合名詞(ふくごうめいし)（複合名詞）的アクセント屬中高型(なかだかがた)（中高型），其重音核往往會在後一個字的字首。例如：

海洋大学(かいようだいがく)　電話番号(でんわばんごう)　歯科病院(しかびょういん)

---

3 重音核：單字中發最高音的仮名

補充說明

1. p, t, k音便(おんびん)（p, t, k現象）

這是日本人發音上的特徵，指構成一個單字的數個音節(おんせつ)中屬於パ行、タ行、カ行的音節(おんせつ)當出現　a.在**促音(そくおん)**之後　b.並非是該單字的字首時　日本人爲了發音方便，就會自然而然地把屬於パ行、タ行、カ行的音發成聽起來像是在發バ行、ダ行、ガ行濁音(だくおん)的所謂p, t, k音便(おんびん)（p, t, k現象）。

パ行	pa	pi	pu	pe	po	→バ行
	ぱ	ぴ	ぷ	ぺ	ぽ	
タ行	ta	ti	tu	te	to	→ダ行
	た	ち	つ	て	と	
カ行	ka	ki	ku	ke	ko	→ガ行
	か	き	く	け	こ	

例1. パス pasu → pasu★雖屬於パ行的音節(おんせつ)，但是單字的字首不會發生p, t, k現象。

スリッパ surippa→スリッバ　suribba（出現在促音之後）

例2. たこtako→たこtako★雖屬於タ行的音節(おんせつ)，但是單字的字首不會發生p, t, k現象。

あなたanata→あなだ　anada（並非單字的字首）

其實這在發音上是把有気音(ゆうきおん)[4]→無気音化(むきおんか)的一種現象，也就是因送氣與不送氣（或是送氣送得較弱）所產生的一種現象。對日本人來說，同樣的發音位置是否有送氣，在意義的辨認上並無差異，也就是說日語並沒有有気音(ゆうきおん)（送氣音）與無気音(むきおん)（不送氣音）的區別。這種現象在英語中也有，例如英語圈的人發stable這個字，在中國人聽起來像是發成s (d) able。事實上，發出這個字音的人並沒有把「t」發成

---

[4] 有気音：發音時需要送氣的音。例如：「攤」(送氣音)→「單」(不送氣音)、「踏」(送氣音)→「大」(不送氣音)

「d」的音，只是沒把「t」這個音送氣罷了。這也說明了日本人學中文時，爲何常常會把「你好棒!（ㄅㄤˋ）」說成了「你好胖（ㄆㄤˋ）!」。

相對於日語，漢語（普通話）的發音有送氣音與不送氣音的區別，但卻沒有像日語有有声音（發音時聲帶會震動的音）與無声音（發音時聲帶不會震動的音）的區別。

中文：有気音vs.無気音

「p (ㄆ) vs.b (ㄅ)」「t (ㄊ) vs.d (ㄉ)」「k (ㄎ) vs.g (ㄍ)」等

日語：有声音vs.無声音

「b (バ行) vs.p (パ行)」「d (ダ行) vs.t (タ行)」「g (ガ行) vs.k (カ行)」等

如以上所示，中文與日語乍看之下似乎都是「p ↔ b」「t ↔ d」「k ↔ g」等的對應組合，但是實際上兩者的發音並不相同。換句話說，因爲日語無送氣與不送氣的差異，所以理論上「た、だ、ㄉㄚ」、「か、が、ㄍㄚ」等的發音應該不一樣。

2. 母音の無声化（母音無聲化）

發母音（母音）時聲帶必然震動，所以母音皆屬有声音（發音時聲帶會震動的音）。但是在日語若是遇到以下情形：

1. 當母音被夾在無声子音（無聲子音）之間的情形。
2. 母音位於句末的情形。

發母音時往往聲帶並不會震動，這稱做母音の無声化。可視爲是種母音的弱化現象。尤其是母音中的i, u,有時說話速度快一點甚至不發音。

所謂無声子音：k, s, t, h, p，就是指カ行、サ行、タ行、ハ行、パ行開頭的音。

カ行	ka	ki	ku	ke	ko
サ行	sa	si	su	se	so
タ行	ta	ti	tu	te	to
ハ行	ha	hi	hu	he	ho
パ行	pa	pi	pu	pe	po

例1：学生　がくせい　**gakusei**

無声子音k　　s 無声子音

母音の無声化

例2：ありがとうございます。arigatôgazaimasu

母音の無声化

四、日本語の表記（日文的書寫體系）

日文有兩套表音符號：

1. 平仮名（平假名）和片仮名（片假名）。

2. ローマ字（羅馬拼音）。

書寫體系也有兩套：

日文主要是由仮名（表音文字[5]）與漢字（表意文字[6]）混合使用來傳達訊息。

A.
- 平仮名
- 漢字
- 片仮名（主要用來書寫外来語）

B. ローマ字

---

5 表音文字：表示讀音的文字

6 表意文字：表示意思的文字

五、ローマ字(じ)（羅馬拼音）

訓令式(くんれいしき)ローマ字表(じひょう)（訓令式羅馬拼音表）

※因結構上較符合乎日語的音韻結構，因此日本國內在學校教導小學生羅馬拼音時多使用此拼音法。缺點是未曾學過日語發音的外國人無法根據此拼音法正確發音。

子音／母音	a	i	u	e	o	拗音		
（カ行）k	ka	ki	ku	ke	ko	kya	kyu	kyo
（サ行）s	sa	si	su	se	so	sya	syu	syo
（タ行）t	ta	ti	tu	te	to	tya	tyu	tyo
（ナ行）n	na	ni	nu	ne	no	nya	nyu	nyo
（ハ行）h	ha	hi	hu	he	ho	hya	hyu	hyo
（マ行）m	ma	mi	mu	me	mo	mya	myu	myo
（ヤ行）y	ya	(yi)	yu	ye	yo			
（ラ行）r	ra	ri	ru	re	ro	rya	ryu	ryo
（ワ行）w	wa	wi	(wu)	we	wo			
（ガ行）g	ga	gi	gu	ge	go	gya	gyu	gyo
（ザ行）z	za	zi	zu	ze	zo	zya	zyu	zyo
（ダ行）d	da	(zi)	(zu)	de	do	(zya)	(zyu)	(zyo)
（バ行）b	ba	bi	bu	be	bo	bya	byu	byo
（パ行）p	pa	pi	pu	pe	po	pya	pyu	pyo
（ン）撥音	n							

ヘボン式(しき)ローマ字表(じひょう)（赫本式羅馬拼音表）

※幕府時代末期由爲傳教而居住在日本的美籍醫師James Cartis Hepburn依據英語的發音所創的羅馬拼音，在日本國內一般多使用於拼寫護照或道路、車站名稱等。

子音／母音	a	i	u	e	o	拗音		
（カ行）k	ka	ki	ku	ke	ko	kya	kyu	kyo
（サ行）s	sa	shi	su	se	so	sha	shu	sho
（タ行）t	ta	chi	tsu	te	to	cha	chu	cho
（ナ行）n	na	ni	nu	ne	no	nya	nyu	nyo
（ハ行）h	ha	hi	fu	he	ho	hya	hyu	hyo
（マ行）m	ma	mi	mu	me	mo	mya	myu	myo
（ヤ行）y	ya	(yi)	yu	ye	yo			
（ラ行）r	ra	ri	ru	re	ro	rya	ryu	ryo
（ワ行）w	wa	wi	(wu)	we	o			
（ガ行）g	ga	gi	gu	ge	go	gya	gyu	gyo
（ザ行）z	za	ji	zu	ze	zo	ja	ju	jo
（ダ行）d	da	(ji)	(zu)	de	do	(ja)	(ju)	(jo)
（バ行）b	ba	bi	bu	be	bo	bya	byu	byo
（パ行）p	pa	pi	pu	pe	po	pya	pyu	pyo
（ン）撥音	n or m（當後接b, p, m發音時）							

● 訓令式(くんれいしき)與ヘボン式(しき)的差異

	シ	シャ	シュ	ショ	ジ	ジャ	ジュ	ジョ	チ	チャ	チュ	チョ	ツ	フ	ン
訓令式	si	sya	syu	syo	zi	zya	zyu	zyo	ti	tya	tyu	tyo	tu	hu	n
ヘボン式	shi	sha	shu	sho	ji	ja	ju	jo	chi	cha	chu	cho	tsu	fu	n/m

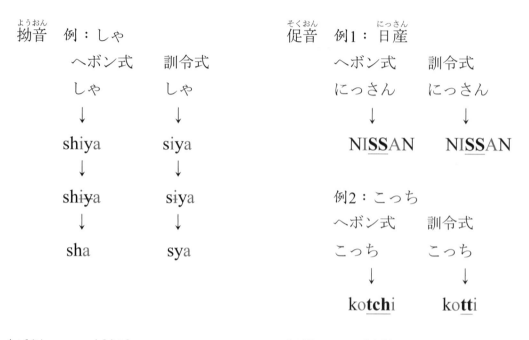

● 仮名(かな)轉寫成ローマ字(じ)時的注意事項

拗音(ようおん)　例：しゃ

ヘボン式　訓令式

しゃ　しゃ

↓　↓

shiya　**siy**a

↓　↓

sh~~y~~a　**s~~i~~y**a

↓　↓

sha　**sy**a

促音(そくおん)　例1：日産(にっさん)

ヘボン式　訓令式

にっさん　にっさん

↓　↓

NI**SS**AN　NI**SS**AN

例2：こっち

ヘボン式　訓令式

こっち　こっち

↓　↓

ko**tch**i　ko**tt**i

長音(ちょうおん)　例：東京(とうきょう)

ヘボン式：Tōkyō

訓　令　式：Tôkyô

99　式[7]：Toukyou

完全忽略：Tokyo

撥音(はつおん)　例：新聞(しんぶん)

しんぶん

ヘボン式：shi**m**bu**n**

訓 令 式：shi**n**bu**n**

---

[7] 99式ローマ字（99式羅馬拼音法）是由社團法人国際日本語学会日本ローマ字会於1999年所提出新日文羅馬拼音法，所以稱做99式ローマ字。但這並非正式的羅馬拼音法，而是一種替代拼寫法，其主要特色在於完全依照字面上的仮名，一一將其轉寫成羅馬拼音。這與正式拼寫法（訓令式&ヘボン式）依照文字的發音轉寫成羅馬拼音的做法不同，例如訓令式&ヘボン式須使用長音符號â,î,û,ê,ô等表示長音，99式ローマ字則不然，這種羅馬拼音雖然方便，但缺點是未學過日語發音的外國人，如照此羅馬拼音發音必然會發音錯誤。但是，由於99式ローマ字（99式羅馬拼音法）與電腦的日文輸入法一致，近年來廣泛被使用。

補充說明

1. 關於「羅馬拼音」和「日文輸入法」的不同。說明如下

「羅馬拼音」：以英文字母標示日文，是一種文字。

「日文輸入法」：以英文字母鍵入日文字音，在電腦上顯示出平仮名(ひらがな)or片仮名(かたかな)or漢字(かんじ)，是一種方法。

例：	海洋大学(かいようだいがく)	日本放送(にっぽんほうそう)	協会(きょうかい)
羅馬拼音	Kaiyō daigaku	Nippon Hōsō	Kyōkai
日文輸入法	kaiy ou daigaku	nippo nn h ou s ou	ky ou kai

※日本放送協会(にっぽんほうそうきょうかい)（NHK）的英文名稱是「Japan Broadcasting Corporation」。

2. 日文一些較特殊音的輸入法：

仮名	お	を	じ	じゃ	ぢ	ぢゃ	づ	助詞「は」發音「わ」	助詞「へ」發音「え」
鍵入	o	wo	zi或ji	zya或ja	di	dya	du	ha	he

仮名	片仮名長音じ	小字っ、ぁ、ぃ、ぅ、ぇ、ぉ等
鍵入	連字號或減號「ー」	「l…」或「x…」例：ltu或xtu、la或xa、li或xi等

3. 日文中原先並不存在，一些較特殊的外國語音及其輸入法：

仮名	ジェ	チェ	ティ	ディ	デュ	ファ	フィ	フェ	フォ
鍵入	jile jixe je	chile chixe che	teli texi	deli dexi	delyu dexyu	fula fuxa fa	fuli fuxi fi	fule fuxe fe	fulo fuxo fo

仮名	ヴァ	ヴィ	ヴ	ヴェ	ヴォ
鍵入	vula vuxa va	vuli vuxi vi	vu	vule vuxe ve	vulo vuxo vo

六、数（かず）（數字）　※【N5】

0　れい　※零（れい） or ゼロ	
1　いち	11　**じゅう**いち
2　に	12　**じゅう**に
3　さん	13　**じゅう**さん
4　よん／し※死（し）	14　**じゅう**よん／**じゅう**し
5　ご	15　**じゅう**ご
6　ろく	16　**じゅう**ろく
7　なな／しち	17　**じゅう**なな／**じゅう**しち
8　はち	18　**じゅう**はち
9　きゅう／く※苦（く）	19　**じゅう**きゅう／**じゅう**く
10　**じゅう**	20　に**じゅう**

100　**ひゃく**（百）　400　よん**ひゃく**　700　なな**ひゃく**

200　に**ひゃく**　500　ご**ひゃく**　800　はっ<u>ぴゃく</u>

300　さん<u>びゃく</u>　600　ろっ<u>ぴゃく</u>　900　きゅう**ひゃく**

例：101　**ひゃく**いち　/　111　**ひゃく**じゅういち

1000　**せん** or いっ**せん**（千）　4000　よん**せん**　7000　なな**せん**

2000　に**せん**　5000　ご**せん**　8000　<u>はっ</u>**せん**

3000　さん<u>ぜん</u>　6000　<u>ろく</u>**せん**　9000　きゅう**せん**

10,000	一万（いちまん）
100,000	十万（じゅっまん）
1,000,000	百万（ひゃくまん）
10,000,000	千万（せんまん）　（一千万（いっせんまん））
100,000,000	一億（いちおく）

100%　百（ひゃく）パーセント　　　50%　五十（ごじゅっ）パーセント

1/2　二分（にぶん）の一（いち）　11.5　じゅういち**てん**ご　8.43　はち**てん**よんさん

漢数字（かんすうじ）：百（ひゃく）、千（せん）、万（まん）、億（おく）、…

英数字（えいすうじ）：100、1000、10000、100000000、…

練習

A：あなたの電話番号（でんわばんごう）　は　何番（なんばん）　ですか。

　你的電話號碼幾號？

B：わたしの電話番号（でんわばんごう）　は　…　です。

　我的電話號碼是…。

	れい	れい	にい		はち	いち		さん		さん	にい	れい	なな		ろく	ごう	よん	きゅう
Tel：	0	0	2	の –	8	1	の –	3	の –	3	2	0	7	の –	6	5	4	9

※以上爲實際的發音，因爲0～9的數字中只有「2（に）」、「5（ご）」是單一音節（おんせつ），所以唸電話號碼時，往往會刻意拉長其發音。

Tel：03-6289-3215（代表（だいひょう））内線（ないせん）2015

↑ 總機　↑ 分機

※（直通（ちょくつう））（呼（よ）び出（だ）し）

↑ 專線　↑ 轉接

※手機：携帯電話（けいたいでんわ） → 携帯（けいたい） → ケータイ

↓

ケイタイ

（一般大多這麼寫）

七、音読み(おんよみ)&訓読み(くんよみ)（音讀 & 訓讀）

音読み(おんよみ)（音讀）：當初從中國隨漢字傳至日本的讀音。例如：

中国人(ちゅうごくじん)、陽明山(ようめいさん)、関西(かんせい)、西北(せいほく)、…

※音讀視傳入日本的年代有吳音、漢音、唐音之分，但並非所有的漢字皆有三種版本的音読み(おんよみ)。

訓読み(くんよみ)（訓讀）：針對人、事、物或概念，日語原有的發音。例如：

あの人(ひと)、山小屋(やまごや)、西陣織(にしじんおり)、…

1. 幾乎每個漢字都會有音読み(おんよみ)和訓読み(くんよみ)兩種唸法，除非該漢字所表示的人、事、物或概念，日文中原先沒有，那就只有音読み(おんよみ)的讀音。同樣的道理，如果漢字所表示的人、事、物或概念，中文中原先沒有，那就只有訓読み(くんよみ)的讀音。例如：

只有音読み(おんよみ)：愛(あい)、麒麟(きりん)[8]、…
愛　長頸鹿

只有訓読み(くんよみ)：凪(なぎ)[9]、辻(つじ)[10]、…
風平浪靜　十字路

2. 和製漢字(わせいかんじ)（又稱国字(こくじ)）：日本的古人運用「六書」（象形、指事、會意、形聲、轉注、假借）的原理造出來的漢字，其讀音只有訓読み(くんよみ)，而無音読み(おんよみ)。例如：

凧(たこ)[11]、鱈(たら)[12]、凩(こがらし)[13]、峠(とうげ)、…
風箏　鱈魚　寒風　山口或最高潮、最高點

---

8 在此純屬舉例，其實根據「新聞用語集」動物名稱應以片仮名「キリン」表示。

9 在此純屬舉例，其實根據「新聞用語集」應以平仮名表示。(凪ぐ→なぐ)

10 在此純屬舉例，其實根據「新聞用語集」應以平仮名「つじ」表示。

11 在此純屬舉例，其實根據「新聞用語集」應以平仮名「たこ」表示。

12 在此純屬舉例，其實根據「新聞用語集」動物名稱應以片仮名「タラ」表示。

13 在此純屬舉例，其實根據「新聞用語集」應寫成爲：凩→木枯らし。

3. 「漢語(かんご)・和語(わご)」&「湯桶読み(ゆとうよ)・重箱読み(じゅうばこよ)」：

漢語(かんご)：以音読み(おんよ)發音，將古時候從中國傳入的漢字，組合而成的詞彙。

和語(わご)：以訓読み(くんよ)發音，將日本原本就有的詞彙以漢字表示。因以訓読み(くんよ)發音，故稱爲和語(わご)。例如：

漢語(かんご)：上下(じょうげ)　草原(そうげん)

和語(わご)：上下(かみしも)　草原(くさはら)

單一漢字多以訓読み(くんよ)發音，由複數個漢字組成的詞彙則大多以音読み(おんよ)發音。此外，複數個漢字所組成的詞彙基本上彼此的讀音都是一致的，例如：

音+音 海洋(かいよう)、 海洋	音＋音+音＋音 横断歩道(おうだんほどう) 人行步道	「音読み(おんよ)＋音読み(おんよ)」
訓+訓 海風(うみかぜ)、 海風	訓+訓 横道(よこみち) 岔路	「訓読み(くんよ)＋訓読み(くんよ)」

但其中有訓読み(くんよ)、音読み(おんよ)混合發音的詞彙，例如：

訓+音 手本(てほん)、 模範、榜樣	訓+音 夕飯(ゆうはん) 晚飯	「訓読み(くんよ)＋音読み(おんよ)」發音者，稱爲「湯桶読み(ゆとうよ)」。
音＋音＋訓 救急箱(きゅうきゅうばこ)、 急救箱、醫藥箱	音+訓 銘柄(めいがら) 商標	「音読み(おんよ)＋訓読み(くんよ)」發音者，稱爲「重箱読み(じゅうばこよ)」。

補充單字

1. 中國人姓氏的音讀

韋（い）	于（う）	烏（う）	鄔（う）	何（か）	柯（か）	華（か）	花（か）	戈（か）	賀（が）	錡（き）	季（き）
紀（き）	魏（ぎ）	瞿（く）	虞（ぐ）	胡（こ）	古（こ）	顧（こ）	吳（ご）	伍（ご）	施（し）	史（し）	曾（そ）
蘇（そ）	池（ち）	屠（と）	杜（と）	那（な）	溥（ふ）	巫（ふ）	傅（ふ）	蒲（ぶ）	馬（ま）	喻（ゆ）	俞（ゆ）
庾（ゆ）	羅（ら）	李（り）	呂（ろ）	盧（ろ）	魯（ろ）	歐（おう）	翁（おう）	汪（おう）	王（おう）	洪（こう）	高（こう）
江（こう）	孔（こう）	黃（こう）	耿（こう）	侯（こう）	敖（ごう）	鄒（すう）	宋（そう）	莊（そう）	曹（そう）	臧（ぞう）	竇（とう）
湯（とう）	董（とう）	陶（とう）	湯（とう）	鄧（とう）	唐（とう）	童（どう）	馮（ふう）	鮑（ほう）	彭（ほう）	方（ほう）	包（ほう）
龐（ほう）	毛（もう）	孟（もう）	游（ゆう）	尤（ゆう）	楊（よう）	葉（よう）	姚（よう）	陽（よう）	婁（ろう）	衛（えい）	艾（がい）
邢（けい）	倪（げい）	柴（さい）	蔡（さい）	崔（さい）	盛（せい）	成（せい）	芮（ぜい）	戴（たい）	邰（たい）	程（てい）	鄭（てい）
丁（てい）	裴（はい）	賴（らい）	黎（れい）	安（あん）	尹（いん）	殷（いん）	袁（えん）	閻（えん）	溫（おん）	甘（かん）	韓（かん）
簡（かん）	管（かん）	關（かん）	顏（がん）	嚴（がん）	金（きん）	龔（きょう）	阮（げん）	昝（さん）	秦（しん）	辛（しん）	詹（せん）
冉（ぜん）	孫（そん）	譚（たん）	段（だん）	沈（ちん）	陳（ちん）	任（にん）	范（はん）	潘（はん）	邊（へん）	藍（らん）	林（りん）
連（れん）	練（れん）	石（せき）	戚（せき）	狄（てき）	翟（てき）	郭（かく）	郝（かく）	樂（がく）	岳（がく）	谷（こく）	卓（たく）
白（はく）	莫（ばく）	駱（らく）	陸（りく）	葛（かつ）	闕（けつ）	畢（ひつ）	薛（せつ）	邱（きゅう）	丘（きゅう）	宮（きゅう）	仇（きゅう）
牛（ぎゅう）	璩（きょ）	許（きょ）	姜（きょう）	鞏（きょう）	喬（きょう）	謝（しゃ）	車（しゃ）	朱（しゅ）	周（しゅう）	戎（じゅう）	祝（しゅく）
舒（じょ）	徐（じょ）	邵（しょう）	鍾（しょう）	蕭（しょう）	章（しょう）	蔣（しょう）	焦（しょう）	褚（ちょ）	鈕（ちゅう）	張（ちょう）	趙（ちょう）
馮（ひょう）	標（ひょう）	苗（みょう）	劉（りゅう）	柳（りゅう）	龍（りゅう）	梁（りょう）	廖（りょう）	凌（りょう）	田（でん）	歐陽（おうよう）	
公孫（こうそん）	司馬（しば）	諸葛（しょかつ）	上官（じょうかん）								

2. 常見的日本人姓氏

さいとう 斉藤	なかむら 中村	おおしま 大島	たなか 田中	なかやま 中山	こばやし 小林	おがわ 小川	はしもと 橋本
さとう 佐藤	きむら 木村	ながしま 長島	なかた 中田	むらやま 村山	こいずみ 小泉	おの 小野	たかはし 高橋
ごとう 後藤		こじま 小島	ふじた 藤田	やまぐち 山口	こまつ 小松		わたなべ 渡辺
いとう 伊藤		なかじま 中島	むらた 村田	やまもと 山本			あそう 麻生
いとう 伊東		みやじま 宮島	ほんだ 本田	やました 山下			すずき 鈴木
			うえだ 上田				あべ 安倍

参考資料

いろは歌（うた）「伊呂波歌（いろはうた）」（五十音詩歌）※相傳寫於十世紀末

いろはにほへと　ちりぬるを

色は匂えど　散りぬるを

鮮豔的花朵終有凋謝的一天

わかよたれそ　つねならむ

我が世誰ぞ　常ならむ

這世上有誰能長久不變

うゐのおくやま　けふこえて

有為の奥山　今日越えて

起伏的人生今天又度過了一日

あさきゆめみし　ゑひもせす

浅き夢見じ　酔ひもせず

人生不可醉生夢死

N5篇

第一單元

學習項目 1　名詞$_1$は名詞$_2$です。／名詞$_1$は名詞$_2$ではありません。

中文意思　名詞$_1$是名詞$_2$。　名詞$_1$等於名詞$_2$。／

名詞$_1$不是名詞$_2$。　名詞$_1$不等於名詞$_2$。

用法

名詞$_1$ ＋ は ｛ 名詞$_2$です。
　　　　　　　　名詞$_2$ではありません。
　　　　　　　　　　（じゃ）

例句

1. わたしは陳（ちん）です。（姓名）
   我姓陳。

2. わたしは木村（きむら）ではありません。
   我不是木村。

3. 林（はやし）さんは日本人（にほんじん）です。（國籍）
   林先生（小姐）是日本人。

4. 林（はやし）さんは台湾人（たいわんじん）ではありません。
   林先生（小姐）不是台灣人。

5. わたしは大学生（だいがくせい）です。（身份、職業）
   我是大學生。

6. わたしは高校生（こうこうせい）じゃありません。
   我不是高中生。

7. 鈴木(すずき)さんは20歳(はたち)です。（年齢）

鈴木先生（小姐）20歲。

8. 鈴木(すずき)さんは18歳(さい)じゃありません。

鈴木先生（小姐）不是18歲。

單字

※凡加上（ ）之漢字，根據「記者ハンドブック・新聞用語用字集」應以平假名書寫。單字之後加上*者，表示該單字在課文例句中並未出現。

1.	わたし$_0$（私）	【名詞】我（第一人稱）
2.	わたくし$_0$（私）	【名詞】我（第一人稱）〔謙稱〕
3.	…さん	【接尾詞】接在人名、稱呼下表示敬意
4.	…君(くん)*	【接尾詞】原專用於稱呼平輩或平輩以下男性，現偶見用於稱呼平輩或平輩以下女性
5.	…ちゃん*	【接尾詞】表示親暱的稱呼（「さん」的轉音）
6.	…様(さま)*	【接尾詞】接在人名、稱呼之後表示敬意。較「さん」還要客氣。
7.	国名 or 地名＋人(じん)	【接尾詞】…人
8.	台湾人(たいわんじん)$_3$	【名詞】台灣人
9.	日本人(にほんじん)$_4$	【名詞】日本人
10.	大学生(だいがくせい)$_3$	【名詞】大學生
11.	高校(こうこう)$_0$／高等学校(こうとうがっこう)$_5$	【名詞】高中
12.	高校生(こうこうせい)$_3$	【名詞】高中生
13.	…歳(さい)	【助數詞】…歲
14.	18歳(さい)（じゅうはっさい$_3$）	【數量詞】18歲
15.	20歳(はたち)$_1$	【數量詞】20歲（被視爲成人的年紀，故發音特殊）
16.	何歳(なんさい)$_1$（おいくつ$_0$）	【助數詞】幾歲　※「おいくつ」中譯爲「您幾歲」，較「何歳」客氣。

補充單字

Ⅰ.年（とし）（年齡）：

1歳　いっさい	6歳　ろくさい
2歳　にさい	7歳　ななさい
3歳　さんさい	8歳　はっさい
4歳　よんさい	9歳　きゅうさい
5歳　ごさい	10歳　じゅっさい　or　じっさい

Ⅱ.学校（がっこう）（學校）

小学校（しょうがっこう）$_3$（小學）	小学生（しょうがくせい）$_{3or4}$（小學生）
中学校（ちゅうがっこう）$_3$（國中、中學）	中学生（ちゅうがくせい）$_{3or4}$（國中生、中學生）
高等学校（こうとうがっこう）$_5$／高校（こうこう）$_0$（高中）	高校生（こうこうせい）$_3$（高中生）
大学（だいがく）$_0$（大學）	大学生（だいがくせい）$_{3or4}$（大學生）
大学院（だいがくいん）$_4$（研究所）	大学院生（だいがくいんせい）$_5$（研究生）
※ 校長（こうちょう）$_0$（高、中、小學校長）／教頭（きょうとう）$_0$（輔佐高、中、小學校長者，副校長）	
※ 学長（がくちょう）$_0$（大學校長）・総長（そうちょう）$_1$（綜合大學校長）	

學習項目２　名詞$_1$は名詞$_2$ですか。

中文意思　名詞$_1$是名詞$_2$嗎？

用法

文(ぶん)＋か。　※文(ぶん)：句子

あなた / …さん / あの人(ひと) ｝は 姓名 / 職業 / 國籍 / 年齡 / …… ですか。→

はい、（わたしは）…です。or

はい、そうです。

いいえ、（わたしは）…ではありません。or
（じゃ）

いいえ、そうではありません。or
（じゃ）

いいえ、違(ちが)います。

例句

1. A：（あなたは）識名(しきな)さんですか。
   你是識名先生（小姐）嗎？

   B：はい、（わたしは）識名(しきな)です。or はい、そうです。
   是的，我是識名。　是的。

   B_1：いいえ、識名(しきな)じゃありません。田中(たなか)です。or
   不，我不是識名。我是田中。

   いいえ、違(ちが)います。田中(たなか)です。
   不，不是。我是田中。

單字

1.	あなた$_2$	【名詞】你（第二人稱）
2.	はい$_1$	【感動詞】嗯、對、是
3.	いいえ$_3$	【感動詞】不、不是
4.	そう$_1$（そうです$_1$）	【感動詞】是的、沒錯
5.	違(ちが)います$_4$（違(ちが)う$_0$）	【動詞】不對、不同、不一樣

學習項目３　名詞$_1$は名詞$_2$の名詞$_3$です。

中文意思　名詞$_1$是名詞$_2$的名詞$_3$。

用法

名詞$_1$は＋名詞$_2$の名詞$_3$です。

例句

1. A：林(りん)さんは海洋大学(かいようだいがく)の学生(がくせい)ですか。

   林先生（小姐）是海洋大學的學生嗎？

   B：はい、林(りん)さんは海洋大学(かいようだいがく)の学生(がくせい)です。or はい、そうです。

   是的，林先生（小姐）是海洋大學的學生。　是的。

   B$_1$：いいえ、（林(りん)さんは海洋大学(かいようだいがく)の学生(がくせい)じゃありません。）林(りん)さんは台湾大学(たいわんだいがく)の学生(がくせい)です。or

   不是。（林先生《小姐》不是海洋大學的學生。）林先生（小姐）是台灣大學的學生。

   いいえ、（違(ちが)います。）台湾大学(たいわんだいがく)の学生(がくせい)です。or

   不是，（不對）是台灣大學的學生。

   いいえ、そうじゃありません。林(りん)さんは台湾大学(たいわんだいがく)の学生(がくせい)です。

   不，不是的。林先生（小姐）是台灣大學的學生。

2. A：失礼(しつれい)ですが、おいくつですか。or（今年(ことし)）何歳(なんさい)ですか。

   恕我冒昧！您幾歲？or 你（今年）幾歲？

   B：20歳(はたち)です。

   二十歲。

單字

1.	学生(がくせい)$_0$	【名詞】學生
2.	大学(だいがく)$_0$	【名詞】大學
3.	海洋大学(かいようだいがく)$_5$	【名詞】海洋大學
4.	台湾大学(たいわんだいがく)$_5$	【名詞】台灣大學
5.	今年(ことし)$_0$	【名詞】今年
6.	失礼(しつれい)$_2$	【名詞】失禮、沒禮貌
7.	失礼(しつれい)ですが、…。	【前置き表現】請恕我冒昧，敢問…。

學習項目4　名詞$_1$は名詞$_2$です。名詞$_3$も名詞$_2$です。

中文意思　名詞$_1$是名詞$_2$。名詞$_3$也是名詞$_2$。

用法

名詞$_1$は＋ 名詞$_2$ です。名詞$_3$も＋ 名詞$_2$ です。

→名詞$_1$も＋名詞$_3$も＋ 名詞$_2$ です。

例句

1. A：平井(ひらい)さんは会社員(かいしゃいん)ですか。

平井先生（小姐）是公司職員（or上班族）嗎？

B：はい、○○旅行会社(マルマルりょこうがいしゃ)の社員(しゃいん)です。

是的，是○○旅行社的職員。

A：浜崎(はまさき)さんも会社員(かいしゃいん)ですか。

濱崎先生也是公司職員（or上班族）嗎？

B：はい、自動車会社(じどうしゃがいしゃ)のセールス（マン）です。

是的，是汽車公司的業務員。

A：そうですか。平井(ひらい)さんも浜崎(はまさき)さんも会社員(かいしゃいん)ですか。※…か。下降↓

是哦，平井先生（小姐）和濱崎先生（小姐）都是公司職員（or上班族）喔。

2. A：陳(ちん)さんは食品科学学科(しょくひんかがくがっか)の二年生(にねんせい)ですか。

陳同學是食科系二年級生嗎？

B：ええ、そうです。

嗯，是的。

A：李(り)さんも食品科学学科(しょくひんかがくがっか)の二年生(にねんせい)ですか。

李同學你也是食科系二年級的學生嗎？

B_1：いいえ、（わたしは）環水学科(かんすいがっか)の四年生(よねんせい)です。

不，（我）是環漁系四年級學生。

※環境生物(かんきょうせいぶつ)・水産学学科(すいさんがくがっか)＝環水学科(かんすいがっか)

環境生物與漁業科學學系＝環漁系

單字

1.	学科(がっか)$_0$	【名詞】…學系
2.	二年生(にねんせい)$_2$	【名詞】二年級學生
3.	四年生(よねんせい)$_2$	【名詞】四年級學生
4.	会社(かいしゃ)$_0$	【名詞】公司
5.	旅行(りょこう)$_0$	【名詞】旅行
6.	旅行会社(りょこうがいしゃ)$_4$	【名詞】旅行社
7.	自動車(じどうしゃ)$_2$	【名詞】汽車
8.	自動車会社(じどうしゃがいしゃ)$_5$	【名詞】汽車公司
9.	…員(いん)	【接尾詞】人員、成員
10.	会社員(かいしゃいん)$_3$	【名詞】受僱於公司的人員、上班族
11.	社員(しゃいん)$_1$	【名詞】（某公司）的人員
12.	セールス（マン）$_4$	【名詞】業務員、銷售員
13.	ええ$_1$	【感動詞】嗯、對、是（「はい」較正式）

學習項目5　名詞$_1$と名詞$_2$

中文意思　名詞$_1$和名詞$_2$。

用法

名詞$_1$と＋名詞$_2$

例句

1. A：斉藤(さいとう)さんと中村(なかむら)さんは同級生(どうきゅうせい)ですか。
   齊藤先生（小姐）和中村先生（小姐）是同學嗎？

   B：いいえ、ルームメートです。
   不，是室友。

2. 大島先生(おおしませんせい)と中田先生(なかたせんせい)は日本人(にほんじん)の先生(せんせい)です。
   大島老師和中田老師是日籍老師。

單字

1.	同級生(どうきゅうせい)$_3$	【名詞】同一個年級的同學
2.	ルームメート$_4$	【名詞】室友
3.	…先生(せんせい)	【接尾詞】…師、老師、對專業人士的敬稱
4.	先生(せんせい)$_3$	【名詞】老師、教師，或是對以下人士的敬稱： 擁有專業技能的人，如大廚等師傅級人士 專業人士，如律師、醫生、小說家、政治家等

學習項目6　典型的な疑問文

中文意思　典型的疑問句

Q_1：名詞$_1$是名詞$_2$嗎？

Q_2：名詞$_1$是名詞$_2$呢？還是名詞$_3$呢？

Q_3：名詞是…（疑問詞）呢？

用法

Q_1：名詞$_1$は名詞$_2$ですか。 →はい、…です。
いいえ、…ではありません。

Q_2：名詞$_1$は名詞$_2$ですか、名詞$_3$ですか。 →~~はい~~ or ~~いいえ~~、…です。

Q_3：名詞は疑問詞ですか。 →~~はい~~ or ~~いいえ~~、…です。

例句

1. A：日本語(にほんご)の先生(せんせい)は日本人(にほんじん)ですか。
日文老師是日本人嗎？

B：いいえ、台湾人(たいわんじん)です。
不是，是台灣人。

2. A：あの人(ひと)はアメリカ人(じん)ですか、イギリス人(じん)ですか。
那個人是美國人呢、還是英國人呢？

B：イギリス人(じん)です。
是英國人。

3. A：英語(えいご)のテストはいつですか。
英文考試是什麼時候呢？

B：あしたです。
明天。

4. A：鈴木(すずき)さんはだれ（or どなた）ですか。
鈴木先生（小姐）是誰（哪位）？

B：あの人(ひと)です。（or あの方(かた)です。）
那個人（那位）。

5. A：あの方(かた)は韓国(かんこく)の方(かた)ですか。
那位是韓國人嗎？

B：さあ、（わかりません）。
這個我就不知道了。

6. A：先生方(せんせいがた)の研究室(けんきゅうしつ)はどちらですか。

老師們的研究室在哪裡呢?

B：5階(かい)です。

在五樓。

7. A：日本語(にほんご)Ｉの学生(がくせい)たちはみんな二年生(にねんせい)ですか。

日文(一)的學生都是大二學生嗎？

B：いいえ、そうじゃありません。

不，並非如此。

單字

1.	あの人(ひと)$_{2}$	【名詞】他、她、那個人（第三人稱）
2.	あの方(かた)$_{4\ or\ 3}$	【名詞】他、她、那一位（表對第三人稱的敬意）
3.	だれ$_{1}$（誰）	【疑問詞】誰
4.	どなた$_{1}$	【名詞】哪位（比「だれ」客氣）
5.	人(ひと)$_{0}$	【名詞】人
6.	方(かた)$_{2}$	【名詞】人（「人」的敬稱）
7.	…たち	【接尾詞】接在指人類的名詞或代名詞之後表示複數。
8.	…方(がた)	【接尾詞】接在指人類的名詞或代名詞之後表示複數。（比「…たち」客氣）。
9.	…人(じん)	【接尾詞】前面加上國家或地區，指該地的人。
10.	韓国人(かんこくじん)$_{4}$	【名詞】韓國人
11.	アメリカ人(じん)$_{4}$	【名詞】美國人
12.	イギリス人(じん)$_{4}$	【名詞】英國人
13.	国名 or 地名＋語(ご)$_{0}$	【接尾詞】前面加上國家或地區，指該地的語言。

14.	日本語（にほんご）$_{0}$	【名詞】日語、日文
15.	英語（えいご）$_{0}$	【名詞】英語、英文
16.	あした$_{3}$	【名詞】明天
17.	テスト$_{1}$	【名詞】考試、檢查、測試
18.	研究室（けんきゅうしつ）$_{3}$	【名詞】研究室
19.	お住（す）まい$_{2}$	【名詞】「住（す）まい」的意思是「住處、住家」，「お住（す）まい」較「住（す）まい」客氣，意思是「府上」
20.	味（あじ）$_{0}$	【名詞】口味、味道
21.	いつ$_{1}$	【疑問詞】什麼時候、何時
22.	どこ$_{1}$	【疑問詞】哪裡
23.	どちら$_{1}$	【疑問詞】哪裡（較「どこ」客氣）、哪個方向
24.	…階（かい）	【助數詞】…樓
25.	さあ$_{1}$	【感動詞】這個嘛（用於遲疑、無法回答時）
26.	わかりません$_{5}$(わかる$_{2}$)	【動詞】不懂、不知道、不了解
27.	みんな$_{3}$（皆）	【副詞】大家、全體、全部

補充單字

I.国（くに）、地域（ちいき）の名前（なまえ）（國家、地區的名稱）

國名／地名		人	語言
中華民国（ちゅうかみんこく）（台湾（たいわん））	中華民國	台湾人（たいわんじん）	中国語（ちゅうごくご）（台湾語（たいわんご））
韓国（かんこく）	韓國	韓国人（かんこくじん）	韓国語（かんこくご）
中国（ちゅうごく）	中國	中国人（ちゅうごくじん）	中国語（ちゅうごくご）
日本国（にっぽんこく）（日本（にほん））	日本	日本人（にほんじん）	日本語（にほんご）

シンガポール	新加坡	シンガポール人（じん）	英語（えいご）
アメリカ	美國	アメリカ人（じん）	英語（えいご）
イギリス	英國	イギリス人（じん）	英語（えいご）
フランス	法國	フランス人（じん）	フランス語（ご）
ドイツ	德國	ドイツ人（じん）	ドイツ語（ご）
スペイン	西班牙	スペイン人（じん）	スペイン語（ご）

Ⅱ.主（おも）な疑問詞（ぎもんし）（主要的疑問詞：5個W和1個H）

※（ ）內爲較禮貌的說法

who → だれ (どなた)

例1：あの人（ひと）はだれですか。

那個人是誰？

例2：あなたの日本語（にほんご）の先生（せんせい）はどなたですか。

你的日文老師是哪位呢？

when → いつ

例：テストはいつですか。

考試是什麼時候呢？

where → どこ (どちら)

例1：あなたのうちはどこですか。

你家在哪裡？

例2：お住（す）まいはどちらですか。

請問您住在哪裡呢？

what → 何（なん） or 何（なに）

例A：杉田（すぎた）さん。

杉田先生（小姐）！

B：はい、何（なん）ですか。or はい、何（なに）？

有什麼事嗎？

why　→なぜ (どうして)	例1：なぜあの人(ひと)？ 為什麼是他（她）呢？ 例2：どうしてわかりませんか。 為何不懂呢？
how　→どう (いかが)	例1：味(あじ)はどう？ 味道如何？ 例2：お茶(ちゃ)はいかがですか。 您要不要喝茶呢？

學習項目7　名詞$_1$は名詞$_2$でした。／名詞$_1$は名詞$_2$ではありませんでした。

中文意思　名詞$_1$過去是名詞$_2$。名詞$_1$過去不是名詞$_2$。

用法

名詞$_1$は
- 名詞$_2$でした。
- 名詞$_2$ではありません＋でした
  （じゃ）

	現在	過去
肯定	名詞です	名詞でした
否定	名詞ではありません （じゃ）	名詞ではありませんでした （じゃ）

例句

1. 海洋大学(かいようだいがく)の工学部(こうがくぶ)の敷地(しきち)は昔(むかし)、海(うみ)でした。
   海洋大學工學院的用地從前是大海。

2. けさの朝(あさ)ごはんはパンとたまごでした。
   今天的早餐是麵包和蛋。

3. A：きのうは休(やす)みでしたか。

你昨天休息（指：放假或請假之意）了嗎？

B：いいえ、休(やす)みではありませんでした。

不，沒有休息。

單字

1.	学部(がくぶ)$_0$（工学部(こうがくぶ)$_4$）	【名詞】…學群、…學院（工學院）
2.	きのう$_2$	【名詞】昨天
3.	けさ$_1$	【名詞】今天早上
4.	敷地(しきち)$_0$	【名詞】用地、地基
5.	昔(むかし)$_0$	【名詞】從前
6.	海(うみ)$_1$	【名詞】海、海洋
7.	朝(あさ)ご飯(はん)$_3$（ご飯(はん)$_1$）	【名詞】早飯、早餐（飯）
8.	パン$_1$	【名詞】麵包
9.	たまご$_2$	【名詞】蛋、雞蛋
10.	休(やす)み$_3$	【名詞】休息、休假

學習項目８　お/ご名詞

中文意思　お/ご漢字皆爲「御」，表敬意時與「尊、令、貴、芳…」同義。

用法（原則上）

お＋和語(わご)（以訓読(くんよ)み發音的詞彙）

ご＋漢語(かんご)（以音読(おんよ)み發音的詞彙）

例：

【N5】

お国(くに)	お酒(さけ)	お皿(さら)	お金(かね)	お宅(たく)	お（腹(なか)）
您的國籍	酒	盤子	錢	尊府、您府上	肚子

お仕事（しごと）	お名前（なまえ）	お手洗い（てあらい）	お菓子（かし）	お弁当（べんとう）	おふろ（風呂）（ふろ）
您的工作	尊姓大名	洗手間	點心、糕點	便當	浴池、洗澡

【N4】

おかげ	お礼（れい）	お土産（みやげ）	おもちゃ	お祝い（いわい）	お祭り（まつり）
託福	感謝	特產、伴手禮	玩具	祝賀、賀喜	慶典、祭祀
お見舞い（みまい）	おつり	※お釣り（つり）			
慰問、探望	找的錢	釣魚			

【N5】

ご飯（はん）	ご家族（かぞく）	ご兄弟（きょうだい）	ご結婚（けっこん）	ご質問（しつもん）
飯	您的家人	您的兄弟姐妹	您結婚	您的提問、發問

【N4】

ご存じ（ぞんじ）	ごちそう（ご馳走）（ちそう）
您所知道的	豐盛的菜餚、款待

例句

1. 失礼（しつれい）ですが、お仕事（しごと）は何（なん）ですか。
   請恕我冒昧，請問您在哪兒高就呢？

2. お国（くに）はどちらですか。（＝あなたの国（くに）はどこですか。）
   請問您的國籍是哪裡呢?（請問你的國籍／家鄉是哪裡?呢）

3. ご家族（かぞく）は何人（なんにん）ですか。
   請問您的家人有幾位呢?

單字 ※凡加上（）之漢字，根據「記者ハンドブック・新聞用語用字集」應以平假名書寫。

1.	お or ご（御）…	【接頭詞】表尊敬（如：尊、貴、令、芳等）或是 表現教養（如：お茶（ちゃ）、ご飯（はん）等的用法）
2.	お国（くに）$_0$	【名詞】您的國籍、您的國家、您的家鄉、您的籍貫
3.	お仕事（しごと）$_2$	【名詞】您的工作、您的職業

4.	ご家族(かぞく)$_2$	【名詞】您的家人
5.	何人(なんにん)$_1$	【疑問詞】幾個人

文法解說

學習項目1　名詞$_1$は名詞$_2$です。／名詞$_1$は名詞$_2$ではありません。

說明

- 日文的助詞(じょし)類似英文的介係詞（例如at,in,on,…），介係詞單獨存在時並無具體的字義，主要用在名詞、代詞前面，把名詞與其他詞聯繫起來，以表示名詞在文句中與前後詞語之間的關係，在語法裡是一個用來表現一個字的文法功能的詞彙。日文的助詞(じょし)也是如此，助詞(じょし)本身並沒有實質的意義，也不能單獨使用，在文句中與介係詞不同的是：往往必須加在其他字句後面，或是字句與字句之間，表示該字句與其他字句間的關係，或是在敘述上添加一些固定的意思。如果想要學好日文，正確掌握各種助詞(じょし)的用法，並且能夠加以靈活運用是必要條件之一。
- 此句型中的「は」是助詞(じょし)（助詞），因此「名詞(めいし)$_1$は」和「名詞(めいし)$_2$ではありません」的「は」必須發「wa」音。
- 「名詞(めいし)$_1$は名詞(めいし)$_2$です」是說明句，「名詞(めいし)$_1$は」是說明的主題，「名詞(めいし)$_2$です」是針對主題的說明。換句話說，「名詞(めいし)$_1$は名詞(めいし)$_2$です」可視爲表示「名詞(めいし)$_1$＝名詞(めいし)$_2$」的意思。
- 以例句1、5來說，例句1「我姓陳」就等於就名字的觀點來詮釋我「我就是陳◯◯」。例句5「我是大學生」就等同於就身份、職業的觀點來詮釋我「我是個大學生」。因此，「名詞(めいし)$_2$」可置入姓名、年齡、身分、職業、國籍之類的名詞(めいし)。
- 「名詞(めいし)$_1$は名詞(めいし)$_2$です」是肯定句，「名詞(めいし)$_1$は名詞(めいし)$_2$ではありません」是否定句。日文通常以句尾最後一個字表示整句的立場或狀態，如同包物品的包裝紙一樣，將整句話包裹起來。
- 「…ではありません」當做口語時，大多唸成「…じゃありません」。換句話說，「名詞$_1$は名詞$_2$ではありません」可視爲表示「名詞$_1$≠名詞$_2$」的意思。

學習項目2　名詞$_1$は名詞$_2$ですか。

說明

- 「か」是助詞，置於句末形成疑問句。疑問句的イントネーション（聲調）因此必須上揚。
- 如例句所示，針對同一問句的回答方式並不是只有一種。
- 問答雙方都知道的「名詞$_1$」所指爲何時，「名詞$_1$」可以省略。

學習項目3　名詞$_1$は名詞$_2$の名詞$_3$です。

說明

- 「の」是助詞，置於名詞與名詞之間。如「名詞$_2$の名詞$_3$」（名詞$_2$的名詞$_3$）。就文法來說「名詞$_2$」是用來修飾「名詞$_3$」。

「名詞の名詞」的主要用法整理如下：

表擁有者	わたしの本（我的書）
表所屬（組織團體）	海洋大学の教師（海洋大學的老師）
表所在地	台湾の海洋大学（位於台灣的海洋大學）
表材料、性質	かわのベルト（眞皮製的皮帶）、縞ズボン（條紋的長褲）
表內容、領域	日本語の新聞（日文的報紙）、パソコンの雑誌（電腦方面的雜誌）
表時間、數量、場所	3時限の授業（第三節課）、100円の切手（面額日幣100元的郵票）、アメリカの車（美國車）
表同位格 ※即名詞$_1$＝名詞$_2$	社長の田中さん（擔任社長的田中先生）

學習項目4　名詞$_1$は名詞$_2$です。名詞$_3$も名詞$_2$です。

說明

- 「も」是助詞，用來提示（or 列舉）類似的人、事、物，表示除「名詞$_1$」之外，還有其他與其相同者，如「名詞$_3$」。

學習項目5　名詞$_1$と名詞$_2$

說明

- 「と」是助詞，用來連結複數個名詞。以「と」連結的複數個名詞，在句中視爲一個名詞使用，即「名詞$_1$」と「名詞$_2$」→「名詞$_1$と名詞$_2$」。

學習項目6　典型的な疑問文

說明

- 日文典型的「疑問文」（疑問句）有以下3種：

　Q$_1$：名詞$_1$ は名詞$_2$ ですか。
　　名詞$_1$ 是名詞$_2$ 嗎？

　Q$_2$：名詞$_1$ は名詞$_2$ ですか、名詞$_3$ ですか。
　　名詞$_1$ 是名詞$_2$ 呢？還是名詞$_3$ 呢？

　Q$_3$：名詞は疑問詞ですか。
　　名詞是…嗎？※含疑問詞的問句

就提問者的心態：Q$_1$的心裡面最有把握，Q$_2$是一半一半，Q$_3$則是毫無把握。

- 就回答的方式：並非所有的答句都必須先回答「はい」or「いいえ」，整理如下：

疑問句	必須先回答「はい」or「いいえ」
Q$_1$	○
Q$_2$	△　※除非是以上皆是或以上皆非的情形
Q$_3$	×

- 「何」後接屬た行、だ行、な行的音節 or 助数詞（量詞）時，發音爲「ナン」。

學習項目７　名詞$_1$は名詞$_2$でした。

説明

- 「名詞(めいし)$_2$でした」是「名詞(めいし)$_1$です」的過去式，整理如下：

	現　在	過去
肯定	名詞(めいし)です	名詞(めいし)でした
否定 ※口語	名詞(めいし)ではありません ※名詞(めいし)じゃありません	名詞(めいし)ではありませんでした ※名詞(めいし)じゃありませんでした

學習項目８　お/ご名詞

説明

- お／ご的漢字皆爲「御(お)／御(ご)」，表敬意時與「尊、令、貴、芳…」等字同義。
- 原則上以「音読(おんよ)み」發音的詞彙＋「ご」；以「訓読(くんよ)み」發音的詞彙＋「お」。單一漢字的詞彙，例如「国(くに)」、「体(からだ)」、「年(とし)」、「酒(さけ)」、「金(かね)」」、「皿(さら)」等多以「訓読(くんよ)み」發音。

補充單字

國立台灣海洋大學各系所中、英、日名稱一覽表

※凡中文名稱爲「○○研究所」者，翻譯成日文時，其正式名稱如下：

かいようだいがくだいがくいん　けんきゅうか
「海洋大学大学院○○研究科」

❖ 海運暨管理學院College of Maritime Science and Management

かいじかがくぶ
❖ 海事科学部

- 商船學系Department of Merchant Marine

  しょうせんがっか
  商船学科

- 航運管理學系Department of Shipping and Transportation Management

  かいじょうゆそう　がっか
  海上輸送システム学科

- 運輸與航海科學系Department of Transportation and Navigation Science

  かいじぎじゅつ　がっか
  海事技術マネジメント学科

- 輪機工程學系Department of Marine Engineering

  がっか　かいよう　ぶんや　ぶんや
  マリンエンジニアリング学科（海洋メカトロニクス分野・エコエネルギー分野）

❖ 生命科學院 College of life science

せいめいかがくぶ
❖ 生命科学部

- 食品科學系Department of Food Science

  しょくひんかがくがっか
  食品科学学科

- 水產養殖學系Department of Aquaculture

  すいさんようしょくがっか
  水産養殖学科

- 生命科學系Department of Life Science

  せいめいかがくがっか
  生命科学学科

- 海洋生物研究所Institute of Marine Biology

  かいようせいぶつがくけんきゅう か
  海洋生物学研究科

- 生物科技研究所Institute of Bioscience and Biotechnology

  せいめいこうがくけんきゅう か
  生命工学研究科

❖ 海洋科學與資源學院College of Ocean Science and Resource

かいよう か がく　しげんがく ぶ
❖ 海洋科学・資源学部

- 環境生物與漁業科學學系Department of Environmental Biology and Fisheries Science

  かんきょうせいぶつ　すいさんがくがっ か
  環境生物・水産学学科

- 海洋環境資訊系Department of Marine Environmental Informatics

  かいようかんきょうじょうほうがっ か
  海洋環境情報学科

- 應用地球科學研究所Institute of Applied Geosciences

  おうよう ち しつがくけんきゅう か
  応用地質学研究科

- 海洋事務與資源管理研究所Institute of Marine Affairs and Resource Management

  かい む　し げんかん り がくけんきゅう か
  海務・資源管理学研究科

- 海洋環境化學與生態研究所Institute of Marine Environmental Chemistry and Ecology

  かいようかんきょうせいたいがくけんきゅう か
  海洋環境生態学研究科

❖ 工學院College of Engineering

こうがく ぶ
❖ 工学部

- 機械與機電工程學系Department of Mechanical and Mechatronic Engineering

  き かい　こうがくがっ か
  機械・メカトロニクス工学学科

- 系統工程暨造船學系Department of Systems Engineering and Naval Architecture

  こうがく　ぞうせんがっ か
  システム工学・造船学科

- 河海工程學系Department of Harbor and River Engineering

  かいようけんちくこうがくがっ か
  海洋建築工学学科

- 材料工程研究所Institute of Materials Engineering

  こうがくけんきゅうか
  マテリアル工学研究科

❖ 電機資訊學院College of Electrical Engineering and Computer Science

でんきでんし じょうほうこうがくぶ
❖ 電気電子・情報工学部

- 電機工程學系Department of Electrical Engineering

  でんきこうがくがっか
  電気工学学科

- 資訊工程學系Department of Computer Science and Engineering

  じょうほう こうがくがっか
  情報システム工学学科

- 通訊與導航工程學系Department of Communications Navigation and Control Engineering

  こうかい じょうほうつうしんせいぎょこうがくがっか
  航海・情報通信制御工学学科

- 光電科學研究所Institute of Optoelectronic Sciences

  ひかり けんきゅうか
  光エレクトロニクス研究科

❖ 人文社會科學院College of Humanities and Social Sciences

じんぶんしゃかいかがくぶ
❖ 人文社会科学部

- 海洋法律研究所Institute of the Law of the Sea

  かいようほうりつけんきゅうか
  海洋法律研究科

- 應用經濟研究所Institute of Applied Economics

  おうようけいざいけんきゅうか
  応用経済研究科

- 教育研究所Institute of Education

  きょういくけんきゅうか
  教育研究科

- 海洋文化研究所Institute of Oceanic Culture

  かいようぶんかけんきゅうか
  海洋文化研究科

- 應用英語研究所Institute of Applied English

  おうようえいごけんきゅうか
  応用英語研究科

- 師資培育中心Center of Teacher Education

  きょういんようせい
  教員養成センター

- 通識教育中心General Education Center

  きょうようきょういく
  教養教育センター

- 外語教學研究中心Foreign Language Teaching and Research Center

  がいこくごきょういく
  外国語教育センター

❖ 進修推廣教育Continuing and Extension Education

  おうようけいぞくきょういく
❖ 応用継続教育

- 航運管理學系Department of Shipping and Transportation Management

  かいじょうゆそう　がっか
  海上輸送システム学科

- 食品科學學系Department of Food Science

  しょくひんかがくがっか
  食品科学学科

- 電機工程學系Department of Electrical Engineering

  でんきこうがくがっか
  電気工学学科

- 資訊管理學系Department of Computer Science Management

  じょうほう　かんりがっか
  情報システム管理学科

- 海洋資源管理學系Department of Marine Affairs and Resource Management

  かいようしげんかんりがっか
  海洋資源管理学科

- 河海工程學系Department of Harbor and River Engineering

  かいようけんちくこうがくがっか
  海洋建築工学学科

- 商船學系Department of Merchant Marine

  しょうせんがっか
  商船学科

- 環境生物與漁業科學系Department of Environmental Biology and Fisheries Science

  かんきょうせいぶつ　すいさんがくがっか
  環境生物・水産学学科

- 海洋法律研究所Institute of the Law of the Sea

  かいようほうりつけんきゅうか
  海洋法律研究科

- 海洋環境資訊系Department of Marine Environmental Informatics

  かいようかんきょうじょうほうがっか
  海洋環境情報学科

第二單元

學習項目１　これ／それ／あれは名詞です。

中文意思　這個 / 那個 / 那個（更遠處）是…。

用法

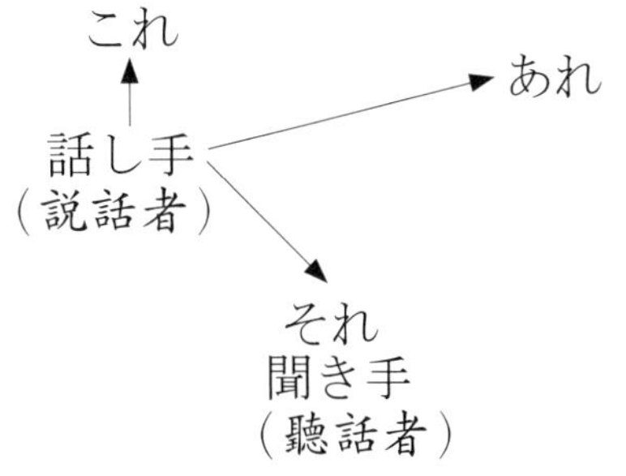

圖一

これ
それ　｝は＋名詞です。※名詞：指事或物
あれ

例句

1. これは日本語(にほんご)のテキストです。
   這是日語的課本。（東西比較接近説話者的情形下）

2. A：それは先生(せんせい)の電子辞書(でんしじしょ)ですか。
   那是老師您的電子辭典嗎？（東西比較接近聽話者的情形下）

   B：いいえ、これはわたしのじゃありません。田中(たなか)さんのです。
   不，這不是我的。是田中先生(小姐)的。

3. A：あれはだれの傘(かさ)ですか。
   那是誰的傘呢？（東西離説話者及聽話者都很遠的情形下）

   B：あれは陳先生(ちんせんせい)のです。
   那是陳老師的（傘）。

單字

1.	テキスト$_{1or2}$	【名詞】課本、原文
2.	電子辞書(でんしじしょ)$_{4}$	【名詞】電子辭典

學習項目2　これ／それ／あれは何ですか。

中文意思　這個/那個/那個（更遠處）是什麼？

用法

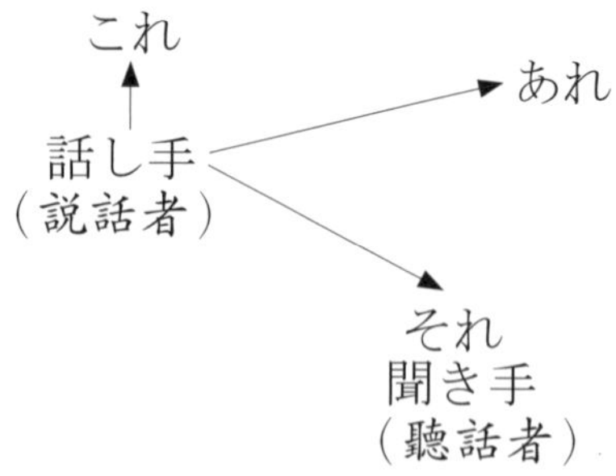

圖一

これ／それ／あれ ｝は＋何ですか。※名詞：指事或物

例句

1. A：これは何(なん)ですか。
   這是什麼？

   B：それはせっけんです。
   那是肥皂。

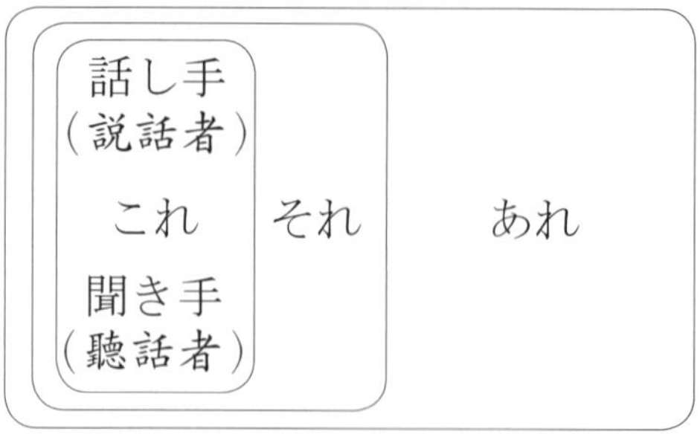

圖二

2. 鈴木(すずき)さんの車(くるま)はこれです。
   鈴木先生（小姐）的車子是這部。

單字

1.	せっけん$_0$	【名詞】肥皂
2.	車(くるま)$_0$	【名詞】車、汽車

學習項目3　これ／それ／あれはだれの名詞ですか。

中文意思　這個/那個/那個（更遠處）是誰的…？

用法

これ／それ／あれ ｝は＋だれの名詞ですか。※名詞：指事或物

例句

1. A：あれはだれの自転車（じてんしゃ）ですか。

   那是誰的腳踏車呢？

   B：（あれは）木村先生（きむらせんせい）のです。

   （那）是木村老師的。

2. 高橋（たかはし）さんのお弁当（べんとう）はそれです。

   高橋先生(小姐)的便當是那個。

單字

1.	自転車（じてんしゃ）$_2$	【名詞】腳踏車
2.	お弁当（べんとう）$_4$（弁当（べんとう）$_3$）	【名詞】便當

學習項目4　これ／それ／あれは何の名詞ですか。

中文意思　這個/那個/那個（更遠處）是哪方面的…？

用法

これ
それ　｝は＋何の名詞ですか。※名詞：指事或物
あれ

例句

1. A：それは何（なん）の雑誌（ざっし）ですか。

   那是什麼樣的雜誌呢？

   B：これはコンピューターの雑誌（ざっし）です。

   這是電腦雜誌。

單字

1.	雑誌（ざっし）$_0$	【名詞】雜誌
2.	コンピューター$_3$	【名詞】電腦

學習項目5　これ／それ／あれは名詞$_1$ですか、名詞$_2$ですか。

中文意思　這個／那個／那個（更遠處）是名詞$_1$呢？還是名詞$_2$呢？

用法

これ
それ　｝は＋名詞$_1$ですか、名詞$_2$ですか。※名詞：指事或物
あれ

例句

1. A：それは砂糖（さとう）ですか、塩（しお）ですか。
   那是砂糖還是鹽呢？

   B：砂糖（さとう）です。
   是砂糖。

2. A：宮崎（みやざき）さんの万年筆（まんねんひつ）はこれですか、あれですか。
   宮崎先生（小姐）的鋼筆是這枝呢？還是那枝？

   B：あれです。
   是那枝。

3. 教室（きょうしつ）のかぎはどれですか。
   教室的鑰匙是哪一把呢？

單字

1.	砂糖（さとう）$_2$	【名詞】砂糖
2.	塩（しお）$_2$	【名詞】鹽
3.	万年筆（まんねんひつ）$_3$	【名詞】鋼筆
4.	かぎ$_2$	【名詞】鑰匙、關鍵

學習項目６　この／その／あの名詞$_1$は名詞$_2$の名詞$_3$です。

中文意思　這名詞$_1$／那名詞$_1$／那名詞$_1$（更遠處）是名詞$_2$的名詞$_3$。

用法

この
その　} 名詞$_1$は＋名詞$_2$の名詞$_3$です。
あの

※名詞：指人或事或物

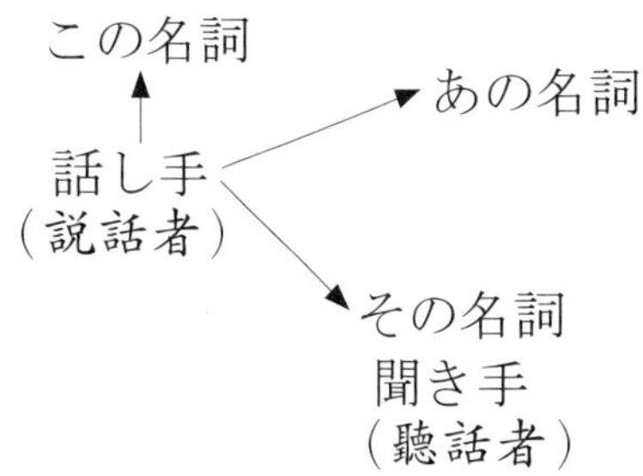

圖三

例句

1. この靴下（くつした）はわたしのです。＝わたしの靴下（くつした）はこれです。
   這（雙）襪子是我的。＝我的襪子是這個（雙）。

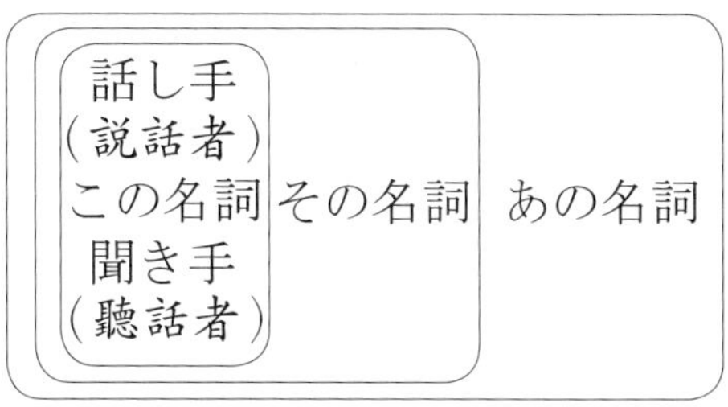

圖四

2. この鉛筆（えんぴつ）はわたしの（鉛筆（えんぴつ））です。
   這枝鉛筆是我的（鉛筆）。

3. A：あの人（ひと）はだれですか。
   那個人是誰呢？

   B：どの人（ひと）ですか。川口（かわぐち）さんの隣（となり）の人（ひと）ですか。
   哪一個？是川口先生（小姐）旁邊的那個人嗎？

   A：はい、そうです。
   是的。

4. A：あの高（たか）い建物（たてもの）は何（なん）ですか。
   那棟高樓是什麼呢？

   B：あれは海事（かいじ）ビルです。
   那棟是海事大樓。

單字

1.	靴下（くつした）$_{2\ or\ 4}$	【名詞】襪子
2.	鉛筆（えんぴつ）$_{0}$	【名詞】鉛筆
3.	隣（となり）$_{0}$	【名詞】隔壁、鄰近、鄰居
4.	教室（きょうしつ）$_{0}$	【名詞】教室
5.	建物（たてもの）$_{2\ or\ 3}$	【名詞】建築物
6.	ビル$_{1}$	【名詞】大樓、高樓、大廈
7.	海事（かいじ）ビル$_{4}$	【名詞】海事大樓
8.	高（たか）い$_{2}$	【形容詞】高的

學習項目７　ここ／そこ／あそこは場所です。

中文意思　這裡／那裡／那裡（更遠處）是…。

用法

ここ
そこ　｝は＋場所です。
あそこ

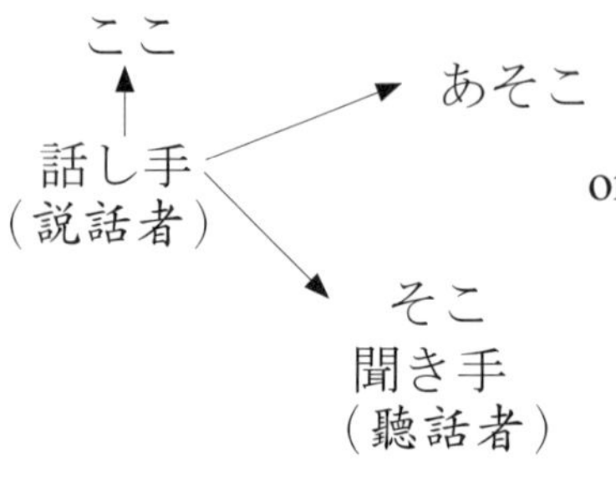

圖五

or

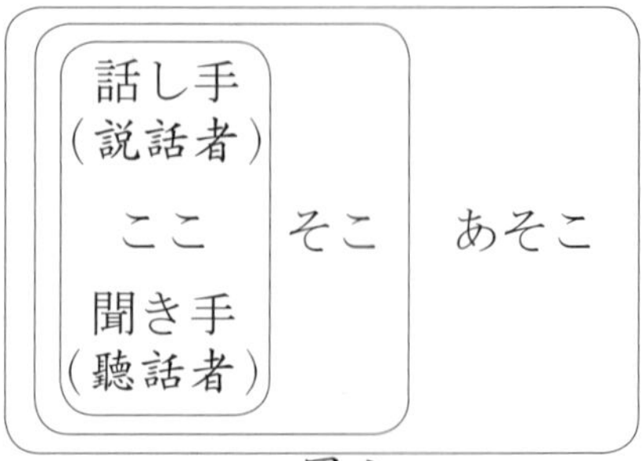

圖六

例句

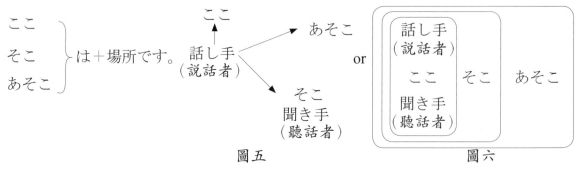

1. A：すみません。郵便局（ゆうびんきょく）はどこですか。
　不好意思，請問郵局在哪裡？

　B：臨海（りんかい）キャンパスの正門（せいもん）のそばです。
　在濱海校區正門的旁邊。

　A：そうですか。わかりました。ありがとうございました。
　是哦，我知道了。謝謝。

2. A：すみません。ちょっとよろしいですか。あの、ここは行政(ぎょうせい)ビルですか。

不好意思，打擾您一下。請問這裡是行政大樓嗎？

B：いいえ、違(ちが)います。ここは人文(じんぶん)ビルです。行政(ぎょうせい)ビルはあちらです。

不，不對哦。這裡是人文大樓，行政大樓在那邊。

A：そうですか。どうもありがとう。

是哦，非常謝謝。

3. A：すみません。日本語(にほんご)の教室(きょうしつ)はここですか。

不好意思，日語教室是這裡嗎？

B：いいえ、隣(となり)の303号室(ごうしつ)です。

不是，是隔壁的303號教室。

單字

1.	行政(ぎょうせい)ビル$_5$	【名詞】行政大樓
2.	人文(じんぶん)ビル$_5$	【名詞】人文大樓
3.	臨海(りんかい)キャンパス$_5$	【名詞】濱海校區
4.	正門(せいもん)$_0$	【名詞】正門、大門
5.	そば$_1$	【名詞】旁邊
6.	郵便局(ゆうびんきょく)$_3$	【名詞】郵局
7.	ちょっと$_1$	【副詞】一點、一下
8.	よろしい$_{3\ or\ 0}$	【形容詞】可以、妥當、沒關係
9.	すみません$_3$	【連詞】對不起、不好意思、麻煩您 （向對方致歉或道謝時使用）

學習項目８　人／物／場所はどこですか。

中文意思　某人／物品／地點、機構・團體（如公司、學校等）在哪裡？

用法

人
物　　は＋どこですか。
場所

例句

1. A：すみません。学科長（がっかちょう）はどこですか。
   不好意思，系主任在哪裡？

   B：ラボ（ラトリー）です。
   在實驗室。

   A：そうですか。どうもありがとう。
   是哦，非常謝謝。

2. A：すみません。エスカレーターはどこですか。
   不好意思，電動手扶梯在哪裡？

   B：あそこです。
   在那裡。

   A：ありがとうございました。
   謝謝。

3. A：あなたのうちはどこですか。（＝お宅（たく）はどちらですか。）
   你家在哪裡？（＝您府上是哪裡呢？）

   B：わたしのうちはタイペイです。
   我家在台北。

4. A：あなたの学校（がっこう）はどこの大学（だいがく）ですか。

你的學校是哪所大學？

B：基隆（ジーロン）の海洋大学（かいようだいがく）です。

基隆的海洋大學。

單字

1.	うち$_0$	【名詞】家、家庭
2.	お宅（たく）$_0$	【名詞】府上
3.	エスカレーター$_4$	【名詞】電動手扶梯
4.	タイペイ$_3$（台北（タイペイ）$_3$）	【名詞】台北
5.	基隆（ジーロン）$_1$（orキールン）	【名詞】基隆　※キールン（Keelung）
6.	ラボ（ラトリー）$_{2\ or\ 3}$	【名詞】實驗室、研究室
7.	学科長（がっかちょう）$_0$	【名詞】系主任

學習項目9　こそあど

中文意思　這/那/那（更遠處）/哪

用法

代名詞（だいめいし）	事物	これ 這個	それ 那個	あれ 那個	どれ 哪個
	地點	ここ 這裡	そこ 那裡	あそこ 那裡	どこ 哪裡
	方向 （地點的客套說法）	こちら こっち 這邊（這裡）	そちら そっち 那邊（那裡）	あちら あっち 那邊（那裡）	どちら どっち 哪邊（哪裡）
連体詞（れんたいし） ＋名詞（めいし）	限定所修飾的名詞	この名詞（めいし） 這個…	その名詞（めいし） 那個…	あの名詞（めいし） 那個…	どの名詞（めいし） 哪個…
	限定所修飾之名詞的性質狀態	こんな名詞（めいし） 這樣的…	そんな名詞（めいし） 那樣的…	あんな名詞（めいし） 那樣的…	どんな名詞（めいし） 怎樣的…
副詞（ふくし） ＋動詞（どうし）	方式	こう 這樣地…	そう 那樣地…	ああ 那樣地…	どう 怎樣地…

例句

1. A：もしもし、（こちらは）商船学科（しょうせんがっか）の王（おう）ですが、ティーチング・アシスタント（TA）の楊（よう）さんをお願（ねが）いします。※注意：在口語上，「こちらは」會省略。

   喂～這裡是商船學系、我姓王，麻煩請楊助教接電話。

   B：はい、わたしです。何（なん）のご用（よう）ですか。

   我就是。請問有什麼事嗎？（請問有何貴幹？）

2. A：すみません。交流協会（こうりゅうきょうかい）の日本語（にほんご）センターはどちらですか。

   不好意思，請問交流協會的日語中心在哪裡呢？

   B：このビルの3階（がい）です。エレベーターはあちらです。どうぞ。

   這棟大樓的三樓。電梯在那邊。請（搭乘）。

單字

1.	ティーチング・アシスタント$_7$	【名詞】教學助教　※TA（Teaching Assistant）
2.	ご用（よう）$_2$	【名詞】貴事，事情（客氣的說法）
3.	交流協会（こうりゅうきょうかい）$_5$	【名詞】財團法人日本交流協會（簡稱）
4.	日本語（にほんご）センター$_5$	【名詞】日語中心
5.	エレベーター$_3$	【名詞】電梯
6.	…（を）お願（ねが）いします	【動詞】拜託…。麻煩…。
7.	もしもし	【感動詞】喂～（打電話時）
8.	…階（かい）（or 階（がい））	【接尾詞】…樓

補充單字

Ｉ.方角（ほうがく）（方向）：

東（ひがし）	西（にし）	南（みなみ）	北（きた）	東西南北（とうざいなんぼく）
東方	西方	南方	北方	東西南北

Ⅱ.階（かい）（樓層）：　　　※？階＝何階（なんがい）

1階　いっかい	6階　ろっかい
2階　にかい	7階　ななかい
3階　さんがい	8階　はっかい　or　はちかい
4階　よんかい	9階　きゅうかい
5階　ごかい	10階　じゅっかい　or　じっかい

文法解說

學習項目１　これ／それ／あれは名詞です。

學習項目２　これ／それ／あれは何ですか。

說明

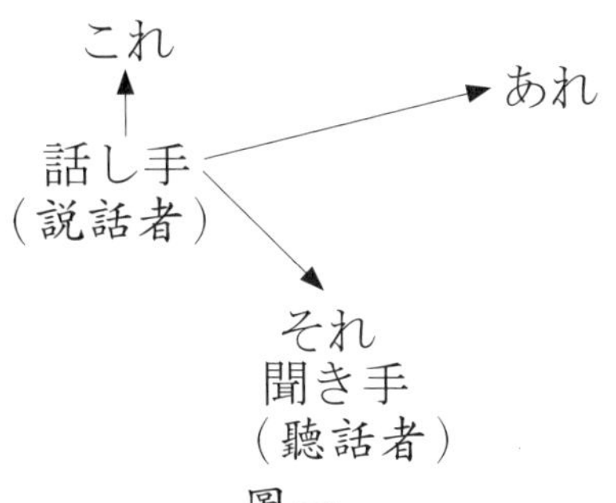

圖一

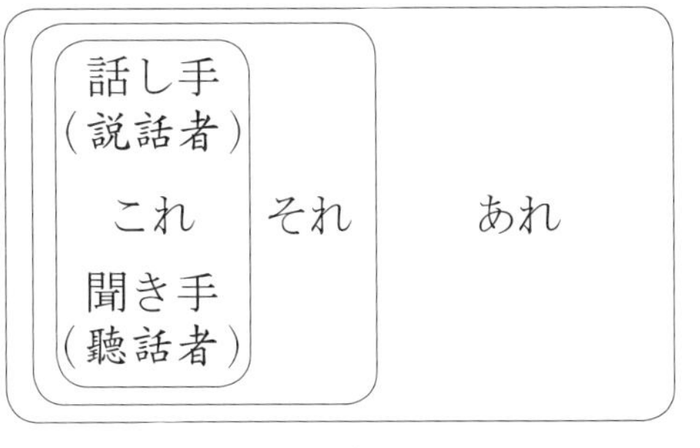

圖二

- 「これ／それ／あれ」是指示語（しじご）（指示詞），指特定的事或物。
- 如圖一，視說話者與聽話者相對的狀況，使用「これ／それ／あれ」其中之一。
- 當說話者與聽話者處境相同時「これ／それ／あれ」間的相對關係則如圖二所示。
- 當不知所指的事或物為何時，使用「何（なん）」。例：あれは何（なん）ですか。

　那是什麼？

學習項目3　これ／それ／あれはだれの名詞ですか。

說明

- 不知所指物品的持有人是誰時，使用「だれ」。
- 問答雙方都知道「名詞」所指爲何時，「名詞」可以省略。

例：これはだれの（教科書）ですか。

這是誰的（課本）呢？

- 當不確定所指的事或物爲何時，使用「どれ」。

例：あなたの傘はどれですか。

你的傘是哪一把？

學習項目4　これ／それ／あれは何の名詞ですか。

說明

- 當不知所指的事或物内容爲何時，使用「何」。

例：それは何の教科書ですか。

那是哪方面的課本呢？

學習項目5　これ／それ／あれは名詞$_1$ですか、名詞$_2$ですか。

說明

- 提問者雖然不確定所指的物品（或事情）爲何，但認爲有2種可能答案時使用。

學習項目6　この／その／あの名詞$_1$は名詞$_2$の名詞$_3$です。

說明

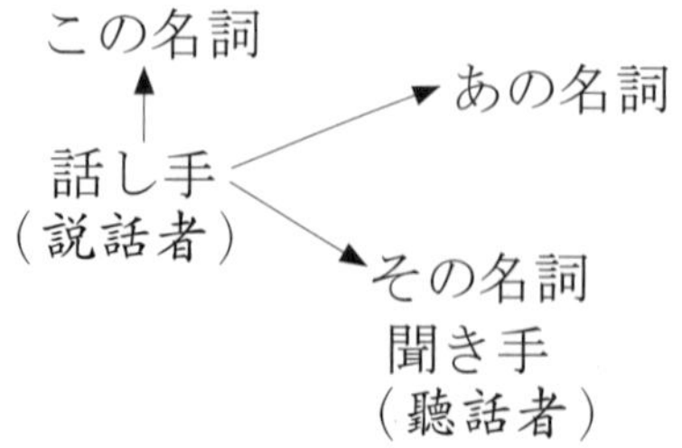

圖三

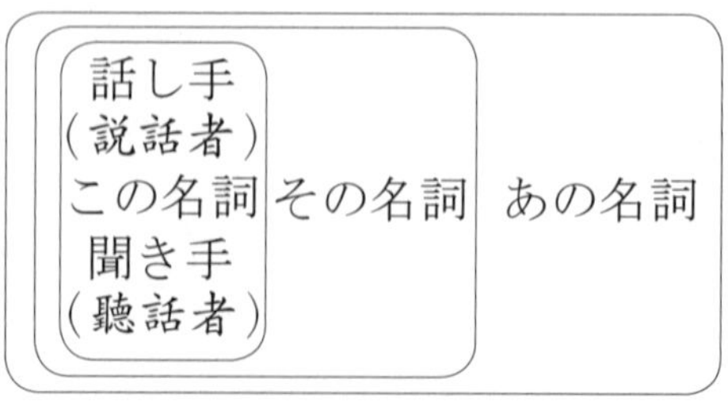

圖四

● 「この／その／あの」是指示語，指特定的人或事或物，後面必須加名詞。

● 當不確定所指的事或物爲何時，使用「どの名詞」。

● 如圖三，視説話者與聽話者相對的狀況，使用「この／その／あの」其中之一。

● 當説話者與聽話者處境相同時「この／その／あの」間的相對關係則如圖四所示。

學習項目7　ここ／そこ／あそこは場所です。

學習項目8　人／物／場所はどこですか。

説明

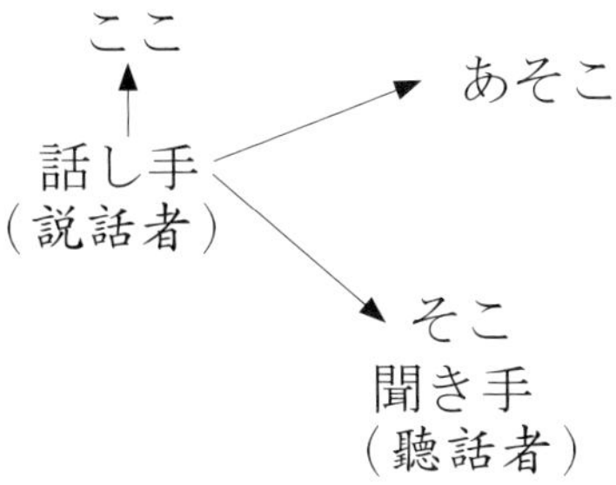

圖五

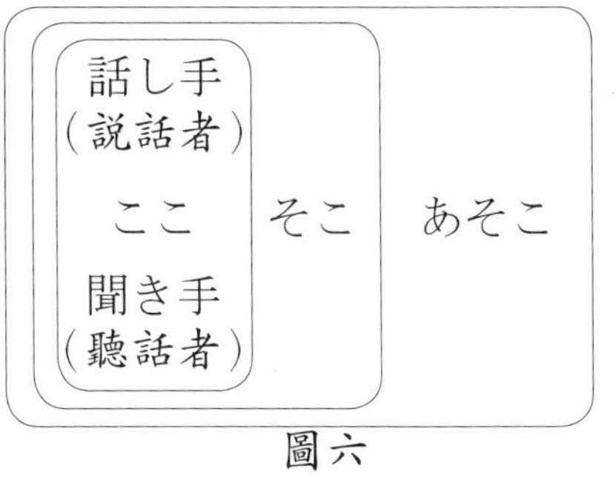

圖六

● 「ここ／そこ／あそこ」是指示語，指特定的場所或地點。

● 當説話者與聽話者處境相同時「ここ／そこ／あそこ」間的相對關係如圖六所示。

● 當不知所指的場所或地點位於哪裡時，使用「どこ」。

學習項目9　こそあど

説明

● 如下表中所示，日文的指示語由「こそあど」4個系列所構成。

● 一般稱代名詞（代名詞）中屬「こ系列」者爲「近称」、「そ系列」者爲「中称」、「あ系列」者爲「遠称」、「ど系列」者爲「不定称」。

● 指示語中屬於代名詞者，在句中可做爲主語（主詞）。

● 指示語中屬於連体詞（連體詞）者，無法單獨使用，在語句中必須在其後面加上名詞或是代名詞才能構成具體的詞義。

● 指示語中屬於副詞（副詞）者，在語句中往往用來修飾動詞，使詞義更加明確。

代名詞(だいめいし)	事物	これ 這個	それ 那個	あれ 那個	どれ 哪個
	地點	ここ 這裡	そこ 那裡	あそこ 那裡	どこ 哪裡
	方向 （地點的客套説法）	こちら こっち 這邊（這裡）	そちら そっち 那邊（那裡）	あちら あっち 那邊（那裡）	どちら どっち 哪邊（哪裡）
連体詞(れんたいし) ＋名詞(めいし)	限定所修飾的名詞	この名詞(めいし) 這個…	その名詞(めいし) 那個…	あの名詞(めいし) 那個…	どの名詞(めいし) 哪個…
	限定所修飾之名詞的性質狀態	こんな名詞(めいし) 這樣的…	そんな名詞(めいし) 那樣的…	あんな名詞(めいし) 那樣的…	どんな名詞(めいし) 怎樣的…
副詞(ふくし) ＋動詞(どうし)	方式	こう 這樣地…	そう 那樣地…	ああ 那樣地…	どう 怎樣地…

第三單元

學習項目１　今、何時（何分）ですか。

中文意思　現在幾點（幾分）呢？

用法Ⅰ. 時刻（時刻）

数字＋時(じ)：数字＋分(ふん)（分(ぷん)）

↓

…時(じ)：…分(ふん)（分(ぷん)）

午前(ごぜん)…時(じ)…分(ふん)　＝　…時(じ)…分(ふん)a. m.

午後(ごご)…時(じ)…分(ふん)　＝　…時(じ)…分(ふん)p. m.

・…時(じ)　四時(よじ)　七時(しちじ)　九時(くじ)

・…分(ふん)　五分(ごふん)　→　…五分(ごふん)

（…分(ぷん)）十分(じゅっぷん)　→　…十分(じゅっぷん)　※三十分(さんじゅっぷん)＝（…時(じ)）半(はん)

・？時(じ)　→　何時(なんじ)　？分(ぷん)　→　何分(なんぷん)

時刻(じこく)	…時(じ)	…分(ふん)（分(ぷん)）
1	いちじ	いっぷん
2	にじ	にふん
3	さんじ	さんぷん
4	よじ	よんぷん
5	ごじ	ごふん
6	ろくじ	ろっぷん
7	しちじ	しちふん or ななふん
8	はちじ	はっぷん or はちふん
9	くじ	きゅうふん
10	じゅうじ	じゅっぷん or じっぷん
?	なんじ	なんぷん

例句

1. A：あのう、すみません。今（いま）、何時（なんじ）（何分（なんぷん））ですか。

   嗯，不好意思。請問現在幾點（幾分）呢？

   B：4時（じ）30分（ぷん）です。

   4點30分。

2. 日本時間（にっぽんじかん）は今（いま）、午前零時（ごぜんれいじ）です。

   日本時間現在是凌晨零點。

用法Ⅱ.時間（關於時間的各種說法）

時刻・時は＋名詞です。or 名詞は＋時刻・時間です。

①絶対時間（ぜったいじかん）：藉數字明確表示時間的說法。

▪ 星期…（週…）：…曜（よう）（日（び））※表星期…的「月（げつ）、火（か）…」視同數字。

月曜（げつよう）、火曜（かよう）、水曜（すいよう）、木曜（もくよう）、金曜（きんよう）、土曜（どよう）、日曜（にちよう）

星期一　星期二　星期三　星期四　星期五　星期六　星期日

※？曜（よう）（日（び））　→　何（なん）曜（よう）（日（び））or 何（なに）曜（よう）（日（び））

星期幾

▪ …日：…日（か）or …日（にち）

1～10	一日（ついたち）、二日（ふつか）、三日（みっか）、四日（よっか）、五日（いつか）、六日（むいか）、七日（なのか）、八日（ようか）、九日（ここのか）、十日（とおか）
11～15	十一日（じゅういちにち）、十二日（じゅうににち）、十三日（じゅうさんにち）、十四日（じゅうよっか）、十五日（じゅうごにち）
16～20	十六日（じゅうろくにち）、十七日（じゅうしちにち）、十八日（じゅうはちにち）、十九日（じゅうくにち）、二十日（はつか）
21～24	二十一日（にじゅういちにち）、二十二日（にじゅうににち）、二十三日（にじゅうさんにち）、二十四日（にじゅうよっか）
25～29	二十五日（にじゅうごにち）、二十六日（にじゅうろくにち）、二十七日（にじゅうしちにち）、二十八日（にじゅうはちにち）、二十九日（にじゅうくにち）
30・31	三十日（さんじゅうにち）、三十一日（さんじゅういちにち）

※？日（にち）　→　何日（なんにち）

幾日

・…月：…月(がつ)

一月(いちがつ)、二月(にがつ)、三月(さんがつ)、四月(しがつ)、五月(ごがつ)、六月(ろくがつ)、七月(しちがつ)、八月(はちがつ)、九月(くがつ)、十月(じゅうがつ)、十一月(じゅういちがつ)、十二月(じゅうにがつ)

※？月(がつ)　→　何月(なんがつ)

幾月

・…年：…年(ねん)

西暦(せいれき)2013年(ねん)、平成(へいせい)25年(ねん)、中華民国(ちゅうかみんこく)102年(ねん)

西元2013年　平成25年　中華民國102年

※？年(ねん)　→　何年(なんねん)

幾年

②非絶対時間(ひぜったいじかん)：所表示的時間會因時而異。例如：「今天」到明天就成了「昨天」。

・早上、中午、晚上、上午／下午

朝(あさ)、昼(ひる)、晩(ばん)、夜(よる)、午前(ごぜん)／午後(ごご)　※夕方(ゆうがた)

早上　中午　晚上　夜晚　上午　下午　傍晚

・…天

おととい、昨日(きのう)、今日(きょう)、明日(あした)、あさって

前天　昨天　今天　明天　後天

※ゆうべ・昨夜(さくや)、今朝(けさ)＝今日(きょう)の朝(あさ)、今晩(こんばん)＝今日(きょう)の晩(ばん)・今夜(こんや)＝今日(きょう)の夜(よる)

昨晚・昨晚　今天早上＝今天的早上　今晚＝今天的晚上・今晚＝今天的晚上

・…週

先週(せんしゅう)、今週(こんしゅう)、来週(らいしゅう)

上星期　這星期　下星期

- …月

先月（せんげつ）、今月（こんげつ）、来月（らいげつ）

上個月　這個月　下個月

- …年

おととし、去年（きょねん）、今年（ことし）、来年（らいねん）、再来年（さらいねん）

前年　去年　今年　明年　後年

例句

1. A：日本語（にほんご）の授業（じゅぎょう）は何曜日（なんようび）ですか。

日文課是星期幾（上）呢？

B：火曜日（かようび）です。

星期二。

2. あなたの誕生日（たんじょうび）は何月何日（なんがつなんにち）ですか。

你的生日是幾月幾號呢？

＝お誕生日（たんじょうび）は何月何日（なんがつなんにち）ですか。

您生日是幾月幾號呢？

＝お誕生日（たんじょうび）はいつですか。

您生日是什麼時候呢？

單字

1.	今（いま）$_1$	【名詞】現在、馬上、目前
2.	…時（じ）	【助數詞】…點
3.	…分（ふん）（分（ぷん））	【助數詞】…分
4.	何時（なんじ）$_1$	【名詞】幾點
5.	何分（なんぷん）$_1$	【名詞】幾分
6.	午前（ごぜん）$_1$	【名詞】上午
7.	午後（ごご）$_1$	【名詞】下午

8.	時間（じかん）$_0$	【名詞】時間、期間
9.	あのう$_0$	【感動詞】嗯～（表示遲疑）
10.	…曜（よう）（日（び））	【接尾語】星期…、週…
11.	…日（か） or …日（にち）	【接尾語】…日、…號
12.	…月（がつ）	【接尾語】…月
13.	…年（ねん）	【接尾語】…年
14.	何曜（なんよう）（日（び））$_3$	【名詞】星期幾
15.	何日（なんにち）$_1$	【名詞】幾號
16.	何月（なんがつ）$_1$	【名詞】幾月
17.	何年（なんねん）$_1$	【名詞】幾年
18.	いつ$_1$	【名詞】何時、什麼時候
19.	西暦（せいれき）$_0$	【名詞】西元、西曆
20.	平成（へいせい）$_0$	【名詞】日本明仁天皇的年號
21.	誕生日（たんじょうび）$_3$	【名詞】生日
22.	授業（じゅぎょう）$_1$	【名詞】課、授課

學習項目2　名詞から（起点）／名詞まで（終点）

中文意思　…開始到…結束。從…到…爲止。（…起點…終點）

用法

名詞$_1$は＋名詞$_2$から＋名詞$_3$までです。　　※名詞$_2$：開始的時間或位置

名詞$_3$：結束的時間或位置

例：…は何時（なんじ）からですか。

…は何時（なんじ）までですか。

…は何時（なんじ）から何時（なんじ）までですか。

例句

1. A：台湾（たいわん）の銀行（ぎんこう）は何時（なんじ）からですか。

台灣的銀行幾點開始（營業）呢？

B：9時（じ）からです。

九點開始。

2. 昼休み（ひるやす）は何時（なんじ）までですか。

午休到幾點呢？

3. A：日本語（にほんご）の授業（じゅぎょう）は何時（なんじ）から何時（なんじ）までですか。

日文課從幾點上到幾點呢？

B：10時半（じはん）から12時（じ）10分（ぷん）までです。

從10點半上到12點10分。

4. 夏休み（なつやす）はいつからいつまでですか。

暑假從什麼時候放到什麼時候呢？

5. テストは何（なん）ページから何（なん）ページまでですか。

考試從第幾頁考到第幾頁呢？

6. この飛行機（ひこうき）は大阪（おおさか）から東京（とうきょう）までですか。

這班飛機是從大阪飛東京的嗎？

單字

1.	銀行（ぎんこう）$_0$	【名詞】銀行
2.	春（はる）$_1$・夏（なつ）$_2$・秋（あき）$_1$・冬（ふゆ）$_2$	【名詞】春・夏・秋・冬
3.	…休み（やす）	【名詞】…假　※「休み（やす）」指「休息、假日、休假」
4.	夏休み（なつやす）$_3$	【名詞】暑假
5.	何（なん）ページ$_3$	【名詞】第幾頁
6.	飛行機（ひこうき）$_2$	【名詞】飛機
7.	大阪（おおさか）$_0$	【名詞】大阪
8.	東京（とうきょう）$_0$	【名詞】東京

學習項目3　動詞ます／動詞ません／動詞ました／動詞ませんでした

中文意思　做某個動作、行爲（或不做某個動作、行爲）

用法Ⅰ. 某個人做某個動作、行爲（或不做某個動作、行爲）

人は ｛ 動詞ます ／ 動詞ません

例句

1. 受験生（じゅけんせい）は朝（あさ）から晩（ばん）まで勉強（べんきょう）します。そして、全然（ぜんぜん）休（やす）みません。

   考生從早到晚都在唸書。並且，完全都不休息。

用法Ⅱ. 某個人過去做了某個動作、行爲（或某個人過去沒做某個動作、行爲）

人は ｛ 動詞ました ／ 動詞ませんでした

例句

1. ゆうべ12時（じ）まで勉強（べんきょう）しました。

   昨晚唸書唸到12點。

2. 中山（なかやま）さんはきのうまで休（やす）みませんでした。きょうから休（やす）みます。

   中山先生（小姐）到昨天都沒休假。今天開始休假。

單字

1.	受験生（じゅけんせい）$_2$	【名詞】考生
2.	勉強（べんきょう）します$_6$（勉強（べんきょう）する$_0$）	【動詞】唸書、學習
3.	休（やす）みます$_4$　（休（やす）む$_2$）	【動詞】休息、請假
4.	全然（ぜんぜん）$_0$　＋…（否定）	【副詞】一點也不、完全不（後接否定句）

學習項目4　に（時の指定）動詞ます。

中文意思　某個人在…的時候做某個動作、行爲（或某個人在…的時候沒做某個動作、行爲）

用法

人は＋{ 時刻・時間（絶対時間）に } 動詞ます（or 動詞ました）

人は＋{ 時刻・時間（非絶対時間）~~に~~ } 動詞ません（or 動詞ませんでした）

過去			未來			習慣
去年（きょねん）		ことし		来年（らいねん）		毎年（まいとし）（毎年（まいねん））
先月（せんげつ）		今月（こんげつ）		来月（らいげつ）		毎月（まいつき）（毎月（まいげつ））
先週（せんしゅう）		今週（こんしゅう）		来週（らいしゅう）		毎週（まいしゅう）
おととい	きのう	きょう		あした	あさって	毎日（まいにち）
		けさ	今晩（こんばん）			毎朝（まいあさ）／毎晩（まいばん）
動詞ました。 動詞ませんでした。			動詞ます。 動詞ません。			

★ 現在式：眞理、不變的事實、目前的習慣。

例句

1. A：あなたはいつも何時（なんじ）に起（お）きますか。

   你通常都幾點起床呢？

   B：（わたしは）8時（じ）に起（お）きます。

   （我）都在8點起床。

2. A：（あなたは）昨夜（さくや）何時（なんじ）に寝（ね）ましたか。

   （你）昨晩幾點睡覺呢？

   B：11時（じ）50分（ぷん）か12時（じ）に寝（ね）ました。

   在11點50分或12點的時候睡的。

3. 佐藤さんは土曜と日曜（には）働きません。

佐藤先生（小姐）六、日不上班（＝休息）。

單字

1.	起きます$_3$（起きる$_2$）	【動詞】起床、起身
2.	寝ます$_2$　（寝る$_0$）	【動詞】就寢、睡覺、躺下
3.	働きます$_5$（働く$_0$）	【動詞】工作、勞動、起作用
4.	いつも$_1$	【副詞】總是、經常

學習項目５　（時刻·時間）ごろ／（期間 or 數量）ぐらい

中文意思　大約（時刻・時間）前後／（期間 or 數量）左右

用法Ⅰ. 大約（時刻・時間）前後

時刻・時間＋ごろ

例句

1. A：毎朝大体何時ごろ起きますか。

每天早上大概幾點鐘左右起床？

B：7時ごろです。

7點鐘左右。

2. 休みの日に時々昼ごろまで寝ます。

假日有時會睡到中午左右。

用法Ⅱ. 大約（期間 or 數量）左右

期間／金額／数量 ＋ぐらい（or くらい）＝約＋ 期間／金額／数量

① …期間 ＋ぐらい（or くらい）
…分（間）

- …時（じ）＋間（かん） → …時間（じかん） （…個小時）
- …分（ふん）＋（間（かん）） → …分（ふん）（間（かん）） （…分鐘）

時間（じかん）	…時間（じかん）	…分（ふん）（間（かん））／…分（ぷん）（間（かん））
1	いちじかん	いっぷん（かん）
2	にじかん	にふん（かん）
3	さんじかん	さんぷん（かん）
4	よじかん	よんぷん（かん）
5	ごじかん	ごふん（かん）
6	ろくじかん	ろっぷん（かん）
7	しちじかん or ななじかん	しちふん（かん） or ななふん（かん）
8	はちじかん	はっぷん（かん） or はちふん（かん）
9	くじかん	きゅうふん（かん）
10	じゅうじかん	じゅっぷん（かん） or じっぷん（かん）
?	なんじかん	なんぷん（かん）

例句

1. 毎朝（まいあさ）30分（ぷん）（間（かん））ぐらい散歩（さんぽ）します。

   每天早上會散步30分鐘左右。

2. 毎日（まいにち）2時間半（じかんはん）ぐらいインターネットします。

   每天會上網2個半小時左右。

②金額＋ぐらい（or くらい）

例句

1. 日本語(にほんご)の字引(じびき)は大体一千元(だいたいいっせんげん)ぐらいです。

日文字典大多在台幣一千元上下。

③数量＋ぐらい（or くらい）

例句

1. 海洋大学(かいようだいがく)の学生総数(がくせいそうすう)は8400人(にん)ぐらいです。

海洋大學的學生總人數約8400人左右。

單字

1.	日(ひ)$_{0}$	【名詞】日子、太陽
2.	字引(じびき)$_{3}$	【名詞】字典、辭典
3.	総数(そうすう)$_{3}$	【名詞】總數、總計
4.	散歩(さんぽ)します$_{5}$（散歩(さんぽ)する$_{0}$）	【動詞】散步
5.	（インター）ネットします$_{5}$	【動詞】上網（インターネットする$_{5}$）
6.	大体(だいたい)$_{0}$	【副詞】大致上、大多會…
7.	時々(ときどき)$_{0}$	【副詞】有時候、偶而

學習項目６　場所へ（方向）動詞ます。

中文意思　往、來、回…（場所、地點）。

用法

（人は）場所へ＋動詞ます。　※場所へ（表方向）

例：学校(がっこう)へ行(い)きます。

去學校。

台湾(たいわん)へ来(き)ます。

來台灣。

— 日本（にほん）へ帰（かえ）ります。

回日本。

例句

1. A：きのうどこへ行（い）きましたか。

昨天你上哪兒去了呢？

B：友（とも）だちのうちへ行（い）きました。

去朋友家了。

2. A：田中（たなか）さんはいつ台湾（たいわん）へ来（き）ましたか。

田中先生（小姐）什麼時候來台灣的呢？

B：去年（きょねん）の4月（しがつ）に来（き）ました。

去年4月來的。

3. A：よく田舎（いなか）へ帰（かえ）りますか。

你常回老家嗎？

B：いいえ、あまり帰（かえ）りません。

不，不常回去。

單字

1.	友（とも）だち$_0$	【名詞】朋友
2.	田舎（いなか）$_0$	【名詞】故鄉、老家、鄉下
3.	よく$_1$	【副詞】時常、常常
4.	あまり＋…（否定）	【副詞】（後接否定句）不太、不常
5.	行（い）きます$_3$（行（い）く$_0$）	【動詞】去
6.	来（き）ます$_2$（来（く）る$_1$）	【動詞】來
7.	帰（かえ）ります$_4$（帰（かえ）る$_1$）	【動詞】回（家）

學習項目７　名詞で（手段・方法）動詞ます。

中文意思　搭…（交通工具）。以…（方法、方式）。用…（工具）。

用法

（人は）名詞で＋動詞ます。　※名詞（交通工具、方法、各種工具）
名詞で（表方式、方法）

例句

1. A：毎日何（まいにちなん）で学校（がっこう）へ来（き）ますか。or 毎日何（まいにちなに）で学校（がっこう）へ来（き）ますか。
（你）每天用什麼方式來學校呢？

B：バスで来（き）ます。　※オートバイ（バイク）・自転車（じてんしゃ）・電車（でんしゃ）・MRT
搭公車來。　機車　腳踏車　電車　捷運

B1：歩いて（ある）来（き）ます。
走路來。

2. A：「ありがとう」は英語（えいご）で何（なん）ですか。
「ありがとう」用英文怎麼說？

B：「Thank you」です。
「Thank you」。

單字

1.	バス$_1$	【名詞】公車
2.	オートバイ$_3$（バイク$_1$）	【名詞】機車（auto+bicycle）
3.	電車（でんしゃ）$_{0\ or\ 1}$	【名詞】（有軌的）電車
4.	MRT	【名詞】捷運（Mass Rapid Transit）
5.	歩いて（ある）…（歩く（ある）$_2$ → テ形）	【動詞】步行、走路

學習項目８　人$_1$は人$_2$と（共同動作の相手）動詞ます。

中文意思　某甲與某乙一起做某個動作或行爲。

用法

人$_1$は人$_2$と＋動詞ます。　※人と（表一起採取行動的人）

例句

1. 先週(せんしゅう)小林(こばやし)さんは渡辺(わたなべ)さんと結婚(けっこん)しました。
   上週小林先生和渡邊小姐結婚了。

2. わたしはよく友(とも)だちとスカイプで話(はな)します。　※スカイプ（skype）
   我時常和朋友透過skype交談。　支援語音通訊的即時通訊軟體

3. A：お正月(しょうがつ)にだれと（いっしょに）北海道(ほっかいどう)へ行(い)きますか。
   過年時將和誰（一起）到北海道去呢？

   B：家族(かぞく)と行(い)きます。　※友(とも)だち・会社(かいしゃ)の人(ひと)・クラスメート
   要和家人一起去。　朋友　公司的人　同班同學

4. 来月一人(らいげつひとり)で京都(きょうと)へ旅行(りょこう)します。
   下個月將獨自一人到京都去旅行。

單字　※凡加上()之漢字，根據「記者ハンドブック・新聞用語用字集」應以平假名書寫。

1.	結婚(けっこん)します$_6$（結婚(けっこん)する$_0$）	【動詞】結婚
2.	旅行(りょこう)します$_4$（旅行(りょこう)する$_0$）	【動詞】旅行
3.	話(はな)します$_4$（話(はな)す$_2$）	【動詞】交談、告訴
4.	スカイプ$_2$（skype）	【名詞】支援語音通訊的即時通訊軟體
5.	お正月(しょうがつ)$_5$	【名詞】正月、新年
6.	（一緒(いっしょ)）$_0$	【名詞】一起　※一緒(いっしょ)＋に…（一起…）
7.	一人(ひとり)$_2$（一人(ひとり)＋で…）	【名詞】一個人（獨自…）
8.	クラスメート$_4$	【名詞】同班同學

9.	北海道(ほっかいどう)5	【名詞】北海道 ※道：日本行政區（都、道、府、縣）其中之一。
10.	京都(きょうと)1	【名詞】京都
11.	学生専用(がくせいせんよう)バス9	【名詞】學生專車

歸納（學習項目4・6・7・8）

	時間		交通工具		
	名詞に	人2と	物で		行きます。
人1は	or	or	or	場所へ	来ます。
	名詞~~に~~	一人で	歩いて		帰ります。

例1：わたしは毎週金曜日(まいしゅうきんようび)に友(とも)だちと学生専用(がくせいせんよう)バスでタイペイのうちへ帰(かえ)ります。

我每週五都會和朋友一起搭學生專車回台北的家。

例2：わたしは先週一人(せんしゅうひとり)で歩(ある)いて基隆駅(ジーロンえき)へ行(い)きました。

我上個禮拜一個人走路到基隆車站去。

學習項目9　場所に（帰着点）動詞ます。

中文意思　抵達…（地點）、回到…（地點）。

用法

（人は）場所に＋動詞ます。　※場所に（表歸著點）

例句

1. A：わたしはあした日本(にほん)の伊豆(いず)に行(い)きます。

   我明天將要去日本的伊豆。

   B：そうですか。いいですね。温泉(おんせん)に入(はい)りますか。

   是哦。好好喔！（你）會去泡溫泉嗎？

   A：ええ、入(はい)ります。

   嗯，會去泡（溫泉）。

B：ところで、あした、何時(なんじ)の飛行機(ひこうき)で行(い)きますか。

那，明天你要搭幾點的飛機去呢？

A：そうですね。朝(あさ)8時(じ)55分(ふん)のCI100便(びん)に乗(の)ります。そして、1時(じ)5分(ふん)に成田空港(なりたくうこう)に着(つ)きます。

這個嘛～，我將搭8點55分起飛的CI100班機。然後在1點5分抵達成田機場。

2. 最新号(さいしんごう)の漫画(まんが)はもちろん店頭(てんとう)に並(なら)びます。

最新一期的漫畫當然是會排列在店面。

3. A：来週(らいしゅう)後藤(ごとう)教授(きょうじゅ)といっしょに陽明山(ようめいさん)に登(のぼ)ります。

下週將和後藤教授一起去爬陽明山。

B：そうですか。じゃ、基隆(ジーロン)から何(なん)で行(い)きますか or

そうですか。じゃ、基隆(ジーロン)から何(なに)で行(い)きますか。

是哦。那，你們從基隆要怎麼去呢？

A：まず、電車(でんしゃ)でタイペイ駅(えき)まで行(い)きます。それから、そこで108号線(ごうせん)の市営(しえい)バスに乗(の)り換(か)えます。陽明山国家公園(ようめいさんこっかこうえん)で降(お)ります。

首先搭電車到台北火車站，然後在那裡改搭108號路線市公車，在陽明山國家公園下車。

單字

1.	伊豆(いず)$_0$	【名詞】伊豆
2.	温泉(おんせん)$_0$	【名詞】溫泉
3.	成田空港(なりたくうこう)$_4$（空港(くうこう)$_0$）	【名詞】成田機場（機場）
4.	陽明山(ようめいさん)$_3$	【名詞】陽明山
5.	陽明山国家公園(ようめいさんこっかこうえん)$_{10}$（公園(こうえん)$_0$）	【名詞】陽明山國家公園（公園）
6.	最新号(さいしんごう)$_3$	【名詞】最新一期（的書刊）
7.	漫画(まんが)$_3$	【名詞】漫畫
8.	店頭(てんとう)$_0$	【名詞】店面

9.	教授(きょうじゅ)$_{0}$	【名詞】教授
10.	市営(しえい)バス$_{4}$	【名詞】市公車
11.	…号線(ごうせん)	【接尾語】…號路線（公車）
12.	着(つ)きます$_{3}$（着(つ)く$_{1}$）	【動詞】到達、抵達
13.	入(はい)ります$_{4}$（入(はい)る$_{1}$）	【動詞】進入、加入排列
14.	並(なら)びます$_{3}$（並(なら)ぶ$_{0}$）	【動詞】排列、並排
15.	登(のぼ)ります$_{4}$（登(のぼ)る$_{0}$）	【動詞】攀登、爬（樓梯、山等）
16.	乗(の)ります$_{3}$（乗(の)る$_{0}$）	【動詞】乘坐、搭乘
17.	乗(の)り換(か)えます$_{5}$（乗(の)り換(か)える$_{3}$）	【動詞】換乘、改乘
18.	降(お)ります$_{3}$（降(お)りる$_{2}$）	【動詞】下（車、飛機等）、從高處下來
19.	まず$_{1}$	【副詞】首先
20.	もちろん$_{3}$	【副詞】當然、不用說
21.	そして$_{0}$（＝そうして$_{0}$）	【接続詞】然後、並且、而且
22.	それから$_{0}$	【接続詞】然後、接著（表某件事接在某件事之後）
23.	ところで$_{3}$	【接続詞】將話題轉到另一件事情上時使用。
24.	じゃ（＝じゃあ）$_{1}$	【感動詞】那、那麼（表某件事到此告一段落，就此結束，或是將話題轉到另一件事情上。）
25.	そうですか。	【会話文】是哦、事情是這樣的哦。
26.	そうですね。	【会話文】這個嘛～（無法立刻回答時）。
27.	いいですね。	【会話文】好好哦、好羨慕哦！（表示羨慕時）

學習項目10　場所で（動作が行われる場所）動詞ます。

中文意思　在某個地點（或場合）做某個動作、行爲。

用法

（人は）場所で＋動詞ます。　※場所で（表動作、行爲發生的地點）

例句

1. わたしはいつも海洋大学（かいようだいがく）の前（まえ）でバスを降（お）ります。そこから、歩（ある）いてアパートに帰（かえ）ります。

   我一直都是在海洋大學校門前下公車，從那裡（=下車的地方）走路回公寓。

2. あさって午後2時（ごごじ）にいつものところで伊藤（いとう）さんと会（あ）います。

   後天下午2點將在老地方跟伊藤先生（小姐）見面。

3. けさ4時5分（じふん）に花蓮（かれん）でマグニチュード3の地震（じしん）がありました。

   今天早上4點5分在花蓮發生震度3的地震。

單字

1.	前（まえ）$_1$	【名詞】前方、以前
2.	アパート$_2$	【名詞】公寓
3.	ところ$_0$	【名詞】地點、場所
4.	花蓮（かれん）$_1$（or 花蓮（ファーリェン））	【名詞】花蓮
5.	マグニチュード$_1$	【名詞】地震規模、震度（M＝magnitude）
6.	地震（じしん）$_0$	【名詞】地震
7.	あります$_3$（ある$_1$）	【名詞】發生
8.	会（あ）います$_3$（会（あ）う$_1$）	【名詞】見面、遇見

學習項目11　場所を（起点・分離点）動詞ます。

中文意思　　離開某個場所（地點）。

用法

（人は）場所を＋動詞ます。　※場所を（表起點或離開時的出發點）

例句

1. わたしは毎朝(まいあさ)7時(じ)にうちを出(で)ます。
   我每天早上7點鐘出門（＝離開家）。

單字

1.	出(で)ます$_2$（出(で)る$_1$）	【名詞】出來、離開、出發

學習項目12　場所を（経路）動詞ます。

中文意思　　經過或通過某個場所（地點）。

用法

（人は）場所を＋動詞ます。　※場所を（表移動時通過的場所或地點）

例句

1. A：101号線(ごうせん)のバスは和平島(わへいじま)まで行(い)きますか。
   101號路線公車會到和平島嗎？

   B：はい、行(い)きます。しかし、海洋大学(かいようだいがく)を通(とお)りません。
   是的，會到。但是不會經過海洋大學。

2. A：この先(さき)の角(かど)を右(みぎ)に曲(ま)がりますか、それとも、左(ひだり)に曲(ま)がりますか。
   在前方的轉角是要右轉呢？還是要左轉呢？

   B：左(ひだり)にも右(みぎ)にも曲(ま)がりません。橋(はし)を渡(わた)ります。それから、バス停(てい)のところに止(と)まります。
   既不右轉也不左轉，而是要過橋，然後停在公車站牌的地方。

3. 台湾(たいわん)の歩行者(ほこうしゃ)はみな（みんな）道(みち)の右側(みぎがわ)を歩(ある)きますか、それとも、左側(ひだりがわ)を歩(ある)きますか。

台灣的行人都走道路的右邊呢？還是左邊呢？

4. 長距離(ちょうきょり)バスは大体高速道路(だいたいこうそくどうろ)を走(はし)ります。

長途客運公車大都跑高速公路。

5. ヘリコプターは事故現場(じこげんば)の上空(じょうくう)を飛(と)びました。

直升機飛過失事現場的上空。

單字

1.	和平島(わへいじま)$_{4}$（和平島(ハーピンダオ)）	【名詞】和平島
2.	バス停(てい)$_{0}$（＝バス・ストップ$_{4}$）	【名詞】公車站牌、公車停靠處
3.	先(さき)$_{0}$	【名詞】先前、前方、目的／尖端、前頭
4.	角(かど)$_{1}$	【名詞】角、轉角
5.	右(みぎ)$_{0}$	【名詞】右、右邊
6.	左(ひだり)$_{0}$	【名詞】左、左邊
7.	右側(みぎがわ)$_{0}$	【名詞】右邊、右方
8.	左側(ひだりがわ)$_{0}$	【名詞】左邊、左方
9.	…側(がわ)	【接尾語】〔表方向或立場〕…方、…邊
10.	道(みち)$_{0}$	【名詞】道路、辦法
11.	橋(はし)$_{2}$	【名詞】橋梁、架橋、天橋
12.	歩行者(ほこうしゃ)$_{3}$	【名詞】行人
13.	みな$_{2}$（みんな$_{3}$）	【名詞】大家、各位
14.	長距離(ちょうきょり)バス$_{5}$	【名詞】長途客運公車
15.	高速道路(こうそくどうろ)$_{5}$	【名詞】高速公路
16.	ヘリコプター$_{3}$（＝ヘリ$_{1}$）	【名詞】直升機

17.	事故現場(じこげんば)$_3$	【名詞】失事現場、意外現場
18.	上空(じょうくう)$_0$	【名詞】上方的天空
19.	通(とお)ります$_4$（通(とお)る$_1$）	【動詞】經過、通過、通暢
20.	曲(ま)がります$_4$（曲(ま)がる$_0$）	【動詞】彎、轉彎
21.	渡(わた)ります$_4$（渡(わた)る$_0$）	【動詞】渡、經過
22.	走(はし)ります$_4$（走(はし)る$_2$）	【動詞】跑、奔跑
23.	飛(と)びます$_3$（飛(と)ぶ$_0$）	【動詞】飛翔、飛過
24.	止(と)まります$_4$（止(と)まる$_0$）	【動詞】停止、止住
25.	しかし$_2$	【接続詞】可是、但是（表「逆接(ぎゃくせつ)」）
26.	それとも$_3$	【接続詞】還是

歸納（學習項目2・6・9・10・11・12）

- 「場所(ばしょ)」関連(かんれん)の助詞(じょし)（與地點、場所有關的助詞）

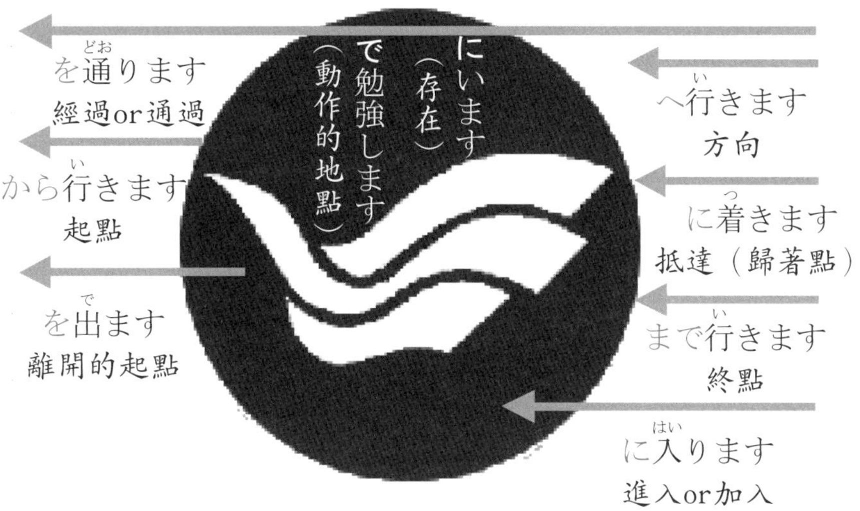

文法解説

學習項目１　今、何時（何分）ですか。

説明

- 時間的功能有二：

Ⅰ. 時刻(じこく)・時(とき)（表時刻，即時間點）

例如：…年(ねん)、…月(がつ)、…日(か)or…日(にち)、…時(じ)、…分(ふん)（or 分(ぷん)）、…

…年　…月　…日　…點　…分

Ⅱ. 時間(じかん)（表期間，即時間的長度）

例如：…年(ねん)（間(かん)）、…か月(げつ)、…日(にち)（間(かん)）、…時(じ)（間(かん)）、…分(ふん)（間(かん)）or 分(ぷん)（間(かん)）、…

…年　…個月　…天　…個小時　…分鐘

- 關於「いっかげつ」的寫法，有下列幾種：

「1か月」「1カ月」「1ケ月」「1ヵ月」「1ヶ月」「1箇月」

漢字正式的寫法是：「1箇月(かげつ)」，至於「か、カ（ヵ）、ケ（ヶ）」都是因「箇(か)」的筆劃太多，因此以平仮名(ひらがな)或片仮名(かたかな)標示其發音「ka」，在一般日文課本常見的寫法依序如以上所示。另外，「いっかげつ」之所以也可寫成「1ケ月(げつ)」是從「箇(か)」的簡體字「箇(か)」→「个」→「ケ」，一路演變而來的。

- 「時刻(じこく)」與「時(とき)」一樣，都是表示時間點。在此單元「時刻(じこく)」是指如「…點…分」這類的説法。「時(とき)」是指如「…年、…月、…日」或「上午、下午、昨天、今天、明天、去年、今年、明年、…」這類的説法。

● 「時刻(じこく)」中關於「…點（鐘）」的唸法，尤其要留意「四時(よじ)」「七時(しちじ)」「九時(くじ)」「何時(なんじ)」的發音。

● 「時刻(じこく)」中關於「…分（鐘）」的唸法，要留意以下2點：

1. 如「十分(じゅっぷん)」、「…十分(じゅっぷん)」這類「分（鐘）」的部分是10的倍數的時刻，除了「十(じゅう)」要改唸成「十(じゅっ)（or 十(じっ)）」之外，「分(ふん)」的部分，發音也要發半濁音的「分(ぷん)」。

2. 關於「分(ふん)」的發音，只要其前面數字的發音，如「いっぷん」（1分）是促音(そくおん)、「さんぷん」（3分）、「なんぷん」（幾分）是鼻音(びおん)時，「分(ふん)」的部分，發音也都要發半濁音(はんだくおん)的「分(ぷん)」。

● 表時間點的「時刻(じこく)・時(とき)」，就所表示的時間是否會因時間改變，而說法必須跟著改變，可分爲「絶対時間(ぜったいじかん)」、「非絶対時間(ひぜったいじかん)」，分別敘述如下：

①絶対時間(ぜったいじかん)：藉數字明確表示時間的說法，所表示的時間說法不會因時而異。

例如「1月1日」這個說法，因爲是以數字表示日期，所以對今天來說，不管「1月1日」是昨天或今天或明天，「1月1日」還是說成「1月1日」數字都不會改變，所以稱爲「絶対時間(ぜったいじかん)」。

②非絶対時間(ひぜったいじかん)：所表示的時間會因時而異。

例如「今天」到了明天就要改口說成「昨天」。所謂的「今年」，倒數到元旦零時就成了「去年」，而新的「今年」年份還要加1。像「今天」、「今年」這類的說法因爲所表示的時間會因時而異，所以稱爲「非絶対時間(ひぜったいじかん)」。

● 「時刻(じこく)・時(とき)は＋名詞(めいし)です」or「名詞(めいし)は＋時刻(じこく)・時(とき)です」句型中的名詞，可以是指某個「活動」、「聚會」、「特別的日子」等等，例如：

活動：「授業(じゅぎょう)」、「試験(しけん)」
上課　考試

聚會：「会議(かいぎ)」、「パーティー」
開會　聚會、派對

特別的日子：「誕生日(たんじょうび)」、「定休日(ていきゅうび)」
生日　公休日

學習項目2　名詞から（起点）／名詞まで（終点）

説明

● 「から」和「まで」都是助詞(じょし)，「名詞(めいし)＋から」表示起點；「名詞(めいし)＋まで」表示終點。句型中的名詞可以指時間或地點，或是指某個人或某件事或某個東西。

● 「いつ」和「何時(なんじ)」都是詢問時間的疑問詞，以「いつ」（什麼時候）發問時，並不限定回答者以哪種時間單位回答。以「何時(なんじ)」（幾點鐘）發問時，限定回答者以時刻（即…點…分）回答。

學習項目3　動詞ます／動詞ません／動詞ました／動詞ませんでした

説明

● 「動詞(どうし)ます」的「ます」是助動詞(じょどうし)（助動詞），加在動詞(どうし)之後表示客套、鄭重。其變化形如下：

	肯　定	否　定
現在・未來	動詞ます	動詞ません
過去	動詞ました	動詞ませんでした

※「動詞ます」的「現在形（現在式）」和「未来形（未來式）」同形。

學習項目４　に（時の指定）動詞ます。

說明

- 如果表時間的名詞屬於「絶対時間」，後面須加上助詞「に」明確表示動作、行爲發生的時間點。如以下所示，若表示時間的名詞屬於「非絶対時間」，因其説法會因時而異無從指定，所以時間後面不須要加上表示指定的助詞「に」。

人は＋ { 時刻・時間（絶対時間）に / 時刻・時間（非絶対時間）~~に~~ } 動詞ます（or動詞ました） / 動詞ません（or動詞ませんでした）

換句話說，帶有數字的時間單位（即「絶対時間」）後面必須要加上表示明確指定的助詞「に」。

- 以屬於「絶対時間」的疑問詞詢問時間時，後面更須要加上「に」發問。例如「何時に」（在幾點）、「何日に」（在幾號）、「何月に」（在幾月）等等，表示希望回應者以帶有數字的明確時間回答。

- 類似「誕生日」或「夏休み」這類的單字後面可以加上「に」，因爲「誕生日」實質上就是指「○月○日」，所以時間很明確。但是像「夏休み」這類表示一段時期的單字後面若加上「に」，就會變成是表示在這段期間內的意思。

● 「…曜日」（星期…）後面可以加「に」，也可以不加。

● 「毎…」例如「毎年」（毎年）、「毎月」（毎個月）、「毎週」（毎星期）等，表示習慣周期的時間名詞之後，不須要加上「に」。

● 「動詞ます」（「動詞ません」）全視時間決定是否須要改爲過去形「動詞ました」（「動詞ませんでした」）。

● 如下表中所示，「ことし」（今年）、「今月」（這個月）、「今週」（這個星期）、「きょう」（今天）這類看似表示現在時間的名詞，必須視所提到的動作、行爲在敘事者陳述時，在這之前是否已發生，或是在這之後才會發生，然後再決定是否須要將動詞改爲過去形。

<table>
<tr><th colspan="3">過 去</th><th colspan="3">未 來</th><th>習 慣</th></tr>
<tr><td colspan="2">去年</td><td colspan="2">ことし</td><td colspan="2">来年</td><td>毎年（毎年）</td></tr>
<tr><td colspan="2">先月</td><td colspan="2">今月</td><td colspan="2">来月</td><td>毎月（毎月）</td></tr>
<tr><td colspan="2">先週</td><td colspan="2">今週</td><td colspan="2">来週</td><td>毎週</td></tr>
<tr><td>おととい</td><td>きのう</td><td colspan="2">きょう</td><td>あした</td><td>あさって</td><td>毎日</td></tr>
<tr><td colspan="2"></td><td>けさ</td><td>今晩</td><td></td><td></td><td>毎朝／毎晩</td></tr>
<tr><td colspan="3">動詞ました。
動詞ませんでした。</td><td colspan="4">動詞ます。
動詞ません。</td></tr>
</table>

● 所謂眞理、不變的事實、習慣的內容，當以文句陳述時，因爲確定在過去、現在、未來皆然，不會有所改變，例如：

1. 眞理：

從過去一直到現在，甚至可以確定的是在未來「生爲人者皆難逃一死」。只是，當這句話要翻譯爲日文時，究竟要翻譯成過去式？現在式？還是未來式好呢？

2. 不變的事實：

每個人的生日從出生那天起一直到死後刻在墓碑上，應該是同一日期。只是，當要以日文表示生日是幾月幾日時，究竟是要用過去式？現在式？還是未來式來陳述好呢？

上述兩種情形的答案皆是：現在式。因爲所陳述的內容在過去、現在、未來3個時區皆完全相同，所以以眼前當下爲準，使用現在式表述。

眞理、不變的事實、習慣這類文句的特色是：文句中往往不會出現明確的時間名詞，因爲其陳述的內容放諸任何時區皆然、不會改變，所以其時間無法限定。

● 身高、體重、職業、住址等等屬於目前的事實，必須以現在式陳述。但是並不屬於所謂不變的事實，日後想必應會有所改變。因此，雖然與上述的不變的事實等等，同樣必須以現在式表述，但是必須要注意兩者在意義上的截然不同。

學習項目5　（時刻・時間）ごろ／（期間 or 数量）ぐらい

説明

● 表示不明確的「時刻（じこく）・時（とき）」（時間點）時，後面必須要加上「ころ」or「ごろ」

例如：1時（じ）ころ or 1時（じ）ごろ（１點鐘左右）。

● 「（時刻（じこく）・時（とき））ころ or ごろ」後面可視情形加上助詞「に」or「から」or「まで」，或是什麼都不加，然後再加上「動詞（どうし）ます」，表示大約是在（＋に）or 從（＋から）or 直到（＋まで）這個時間發生某個動作、行爲。

例：8時（じ）ごろ（に）うちへ帰（かえ）ります。

將在8點鐘左右回家。

8時（じ）ごろから勉強（べんきょう）します。

將從8點鐘左右開始念書。

8時（じ）ごろまで休（やす）みます。

將休息到8點鐘左右。

● 如前文中所述，在表示時間點的「時刻・時」之後加上「間」，例如：「…分間」、「…時間」、「…日間」等，即成爲表示時間長度的「助数詞」（量詞）。但是，其中特別要注意的是「…か月」（…個月）並不是在月份之後加上「間」，而是要寫成「…か月」or「…カ月」or「…箇月」or…。

● 「一か月」（1個月），有的日本人習慣説成以「訓読み」發音的「一月」（1個月），這兩種發音都對。另外，「六か月」（半年），日本人也習慣説成以「訓読み」發音的「半年」（半年），這兩種發音也都是正確的。

● 日本人「…時間30分」多會説成「…時間半」，並且「…時間」和「…分間」不可以同時使用，只須在「…時」的部分加上「間」就可以了。

例：　×　1時間30分間

　　　○　1時間30分　or　1時間半

　　　　　1個小時又30分鐘（1個半小時）

● 表時間長度的「…分間」、「…年間」，「…分」、「…年」之後加不加上「間」都可以。因爲，即使沒有加上「間」，若之後有助詞「に」出現，就可以知道是在表示指定的時間點，而不是用來表示時間的長度。

例：15分休みます。　or　15分間休みます。

　　休息15分鐘。

　　15分に終わります

　　將在15分的時候結束。

● 表時間長度的「時間」（期間）之後須直接加「動詞ます」，表示行使該動作、行爲經過多久的時間，不須要加上助詞。

例：　×　8時間に寝ました。

　　　○　8時間寝ました。

　　　　睡了8個小時。

● 表不明確的時間長度時，「時間」之後面必須加上「くらい」or「ぐらい」，不可以加「ころ」or「ごろ」。

例：　×　8時間ころ寝ました。　or　8時間ごろ寝ました。

　　　○　8時間くらい寝ました。or　8時間ぐらい寝ました。

　　　　睡了大約8個小時。

● 如前文中所述，在表示時間長度的「時間」加上「くらい」or「ぐらい」之後，必須直接加上「動詞ます」，表示行使某個動作、行爲經過大約…這麼久的時間，不須要再加上助詞。

例：　×　8時間くらいに寝ました。or　8時間ぐらいに寝ました。

　　　○　8時間くらい寝ました。　or　8時間ぐらい寝ました。

　　　　睡了大約8個小時。

● 表示金額或數量不明確時，也可在數字後面加上「くらい」or「ぐらい」。

例：その傘は500円ぐらいです。

　　那把傘大約日幣500元左右。

學習項目6　場所へ（方向）動詞ます。

説明

● 「へ」是助詞，當做助詞使用時發「e」音，表示「移動動詞」移動的方向。

「移動動詞」是指表示「改變主詞位置動作的動詞」。

● 與助詞「へ」並用，屬N5級動詞的「移動動詞」有：

行きます（行く）、来ます（来る）、帰ります（帰る）、戻ります（戻る）、
去、往　來　回（家、國、…）　返回

出かけます（出かける）、曲がります（曲がる）、進みます（進む）、…
外出、出門　轉彎　行進

● 有時視情況，可使用表示「帰着点」（歸著點），也就是表示動詞抵達、觸及、達到的地點的助詞「に」，取代表示移動方向的助詞「へ」。

例：加藤さんは8時にうちへ帰ります。
加藤先生（小姐）將在8點鐘回家。

加藤さんは8時にうちに帰ります。
加藤先生（小姐）將在8點鐘回到家。

● 表示「哪兒都不去」時，說成「どこも行きません」或「どこへも行きません」都對，但是後者的語氣較強。

學習項目7　名詞で（手段・方法）動詞ます。

說明

● 「で」是助詞，接在表示方式、方法、工具、材料等的名詞之後，表示利用或使用這類名詞做某件事。本單元的例句，大多是指搭乘某種交通工具（交通工具＋で）自甲地移動到乙地。

● 如果自甲地移動到乙地時並未搭乘任何交通工具，則必須要說成「歩いて動詞ます」。

例：わたしはきのう歩いてうちへ帰りました。
我昨天走路回家。

- 詢問別人以何種方式 or 方法 or 工具 or 材料做某個動作或是從事某種行爲時，要說成「何で動詞ますか」，「何で」的發音無論是發「ナンで」or「ナ二で」都對。因「何で」發音爲「ナンで」時還可解釋成「爲什麼」的意思，因此有人主張詢問方式、方法、工具、材料時要唸成「ナ二で」，只不過目前似乎還未成定論，兩種發音都對。不過，表示「爲什麼」時，必須要唸成「ナンで」，並不可以唸成「ナ二で」。
- 以助詞「で」表示利用某種材料製做某個東西的用法，如「紙で作った飛行機」。
  紙做的飛機
- 時常做某件事時，要在「動詞ます」前加上程度副詞「よく」（時常）。
- 不常做某件事時，則要在「動詞ます」前加上程度副詞「あまり」（不常、不太），並且加上「あまり」後，「動詞ます」往往要改成否定形「動詞ません」，以符合「不常…、不太…」的語義。

學習項目８　人$_1$は人$_2$と（共同動作の相手）動詞ます。

說明

- 「と」是助詞，表示和人$_1$一起採取行動的人$_2$。詢問別人一起採取行動的對方是誰時要說「だれと動詞ますか」。
- 表示和某人一起合作時，可在「と」之後再加上「（一緒）に」成爲「人と（一緒）に動詞ます」。但是，類似会います（会う）、結婚します（結婚する）、握手します（握手する）等等，這種非得一定要兩個人才能辦到的動作或作爲，就不可以加「（一緒）に」。
- 下列3句都正確，差別在於主語（主詞），也就是陳述的重點人物不同而已。

例1：わたしは友だちと（いっしょに）学校へ行きます。（重點：我）

　　我和朋友一起去學校。

例2：友(とも)だちはわたしと（いっしょに）学校(がっこう)へ行(い)きます。（重點：朋友）

朋友和我一起去學校。

例3：わたしと友(とも)だちは（いっしょに）学校(がっこう)へ行(い)きます。（重點：我&朋友）

我和朋友一起去學校。

● 如果要特別指出是某人獨自一人採取行動，則要說「人(ひと)は一人(ひとり)で動詞(どうし)ます。」

例：わたしはいつも一人(ひとり)で歩(ある)いてうちへ帰(かえ)ります。

我一直都是獨自走路回家。

學習項目9　場所に（帰着点）動詞ます。

説明

● 「に」是助詞(じょし)，表示「帰着点(きちゃくてん)」即動詞(どうし)抵達、觸及、達到的地點。

● 常與表示「帰着点(きちゃくてん)」的助詞(じょし)「に」並用，屬N5級的動詞(どうし)有：

着(つ)きます（着(つ)く）、乗(の)ります（乗(の)る）、乗(の)り換(か)えます（乗(の)り換(か)える）、

抵達…、達到…　搭乘…　換搭…

登(のぼ)ります（登(のぼ)る）、並(なら)びます（並(なら)ぶ）、入(はい)ります（入(はい)る）、

登…、爬…　排在…　進入…

止(と)まります（止(と)まる）、落(お)ちます（落(お)ちる）、入(い)れます（入(い)れる）、

停在…　掉落在…　放入…、加入…、插入…

置(お)きます（置(お)く）、つけます（つける）、貼(は)ります（貼(は)る）、

放在…　附上…、裝上…、沾上…　貼在…

並(なら)べます（並(なら)べる）、…

排列在…

學習項目10 場所で（動作が行われる場所）動詞ます。

說明

- 「で」是助詞，「場所で動詞ます」表示動作、行爲發生的地點，也就是表示在某個地點或場所做某個動作或從事某種行爲的意思。

學習項目11 場所を（起点・分離点）動詞ます。

說明

- 「を」是助詞，發「o」音，表示動詞移動的起始點或是出發的地點。所謂「移動的開始」，可以想成是指「離開」也無妨。
- 表示「起点・分離点」的助詞「を」，和同樣是表示起點的助詞「から」最大的不同點在於：使用「から」時，想必會有相對的「まで」，例如購票時大多數人會使用「…から…まで」這樣的說法。
- 使用「を」的說法時只有交代離開或出發的地點，未必會有一個與其相對的明確的終點，例如「学校を出ます」（可譯爲離開學校或畢業）說這句話時，敘事者心中未必會有一個明確的去處。
- 常與表示「起点・分離点」的助詞「を」並用，屬N5級的動詞有：

降ります（降りる）、出ます（出る）、卒業します（卒業する）、…
下（車、船、…）　出…、離開…　畢業

學習項目12 場所を（経路）動詞ます。

説明

● 「を」是助詞，「場所を」之後加上某些特定的動詞表示「経路」，也就是這類動詞經過或通過的途徑。某些動作必須經過或通過一定的距離才能成立，譬如走路的「走」，如未跨出至少兩步（只跨出一步，還不足以稱爲「走」），「走」這個動作便無法成立。因此，如下圖所示，「走」必然會經過或通過一定的區間，而「走」過的這段距離就以「を」表示。

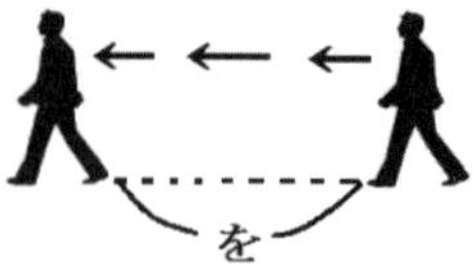

● 常與表示「経路」的助詞「を」並用，屬N5級的動詞有：

歩きます（歩く）、走ります（走る）、散歩します（散歩する）、
步行…、走過…　跑過…　散步走過…

通ります（通る）、渡ります（渡る）、曲がります（曲がる）、
通過…、經過…　穿越…、渡過…　在…轉彎

飛びます（飛ぶ）、登ります（登る）、泳ぎます（泳ぐ）、
飛過…　攀登過…、爬過…　游過…

行きます（行く）、…
行經過…

第四單元

學習項目1　名詞を動詞ます。

中文意思　動作、行爲的對象。

用法Ⅰ. 名詞を（動作の目的・対象）＋動詞ます。

例：

- ご飯(はん)を食(た)べます。
  吃飯
- お酒(さけ)を飲(の)みます。
  喝酒
- ※薬(くすり)を飲(の)みます。
  吃藥
- 新聞(しんぶん)を読(よ)みます。
  看報紙
- テレビを見(み)ます。
  看電視
- ※お花見(はなみ)・お月見(つきみ)
  賞花・賞月
- 写真(しゃしん)を撮(と)ります。
  拍照
- 音楽(おんがく)を聴(き)きます。
  聽音樂
- ※講義(こうぎ)を聴(き)きます。
  聽課
- 手(て)を洗(あら)います。
  洗手
- シャワーを浴(あ)びます。
  淋浴、沖澡
- お風呂(ふろ)に入(はい)ります。
  洗澡、泡澡
- 日記(にっき)を書(か)きます。
  寫日記
- たばこを吸(す)います。
  抽菸
- 野菜(やさい)を買(か)います。
  買蔬菜（≠買菜）

※在台灣「買菜」廣義的說法＝買(か)い物(もの)します。

- ケーキを切(き)ります。
  切蛋糕
- 紙(かみ)を切(き)ります。
  剪紙
- ※ナイフ、鋏(はさみ)
  刀子、剪刀

※友(とも)だちに会(あ)います。＝遇見朋友、去看朋友
友(とも)だちと会(あ)います。＝跟朋友碰面

例句

1. A：鈴木(すずき)さんは何(なに)を飲(の)みますか。
   鈴木先生（小姐）要喝什麼呢？

B：（わたしは）コーヒーを飲(の)みます。

（我）喝咖啡。

A：木村(きむら)さんは何(なに)がいいですか。

木村先生（小姐）要喝什麼呢？

B_1：（わたしは）ジュースがいいです。

（我）喝果汁好了。

A：それじゃ、僕(ぼく)もジュースにします。すみません。コーヒーとジュースをお願(ねが)いします。

那麼，我也喝果汁好了。不好意思！請給我們咖啡和果汁。

C：はい、かしこまりました。コーヒー一杯(いっぱい)にジュース二杯(にはい)ですね。少々(しょうしょう)お待(ま)ちください。

是，遵命。一杯咖啡再加上兩杯果汁是吧，請稍候。

2. A：小島(こじま)さんは新聞(しんぶん)を毎日(まいにち)読(よ)みますか。

小島先生（小姐）每天看報紙嗎？

B：いいえ、毎日(まいにち)は（新聞(しんぶん)を）読(よ)みませんけれど（も）、時々(ときどき)読(よ)みます。

不，沒有每天看（報紙），但是偶而會看。

單字

1.	を＋買(か)います$_{3}$（買(か)う$_{0}$）	【動詞】買、購買、招惹、招致
2.	を＋洗(あら)います$_{3}$（洗(あら)う$_{0}$）	【動詞】洗
3.	を＋吸(す)います$_{3}$（吸(す)う$_{0}$）	【動詞】吸、吸入
4.	を＋書(か)きます$_{3}$（書(か)く$_{1}$） を＋描(か)きます$_{3}$（描(か)く$_{1}$）	【動詞】寫 【動詞】畫
5.	を＋聴(き)きます$_{3}$（聴(き)く$_{0}$）※聞(き)く	【動詞】聽、問
6.	を＋読(よ)みます$_{3}$（読(よ)む$_{1}$）	【動詞】看、讀、閱讀

7.	を＋飲みます$_3$（飲む$_1$）	【動詞】喝、吞
8.	を＋切ります$_3$（切る$_1$）	【動詞】切、割、剪、斬、斷絕
9.	を＋撮ります$_3$（撮る$_1$）	【動詞】拍攝（相片、電影等）
10.	を＋浴びます$_3$（浴びる$_0$）	【動詞】淋浴、沐浴
11.	を＋見ます$_2$（見る$_1$）	【動詞】看見
12.	を＋食べます$_3$（食べる$_2$）	【動詞】吃
13.	買い物します$_6$（買い物する$_0$）	【動詞】買東西
14.	昼ご飯$_3$（ご飯$_1$）	【名詞】午餐（飯）
15.	日記$_0$	【名詞】日記
16.	たばこ$_0$	【名詞】香煙
17.	新聞$_0$	【名詞】報紙
18.	写真$_0$	【名詞】照片
19.	薬$_0$	【名詞】藥
20.	音楽$_1$	【名詞】音樂
21.	講義$_3$	【名詞】講課、講學
22.	テレビ$_1$	【名詞】電視
23.	お花見$_0$（花見$_3$）	【名詞】賞花
24.	お月見$_0$（月見$_3$）	【名詞】賞月
25.	野菜$_0$	【名詞】蔬菜
26.	手$_1$	【名詞】手
27.	シャワー$_1$	【名詞】淋浴、蓮蓬頭、淋浴間
28.	ケーキ$_1$	【名詞】蛋糕
29.	紙$_2$	【名詞】紙
30.	コーヒー$_3$	【名詞】咖啡

31.	ジュース$_{1}$	【名詞】果汁
32.	僕(ぼく)$_{1}$	【名詞】我（男子面對平輩或晚輩時的自稱，正式場合自稱「わたくし」較有禮貌）
33.	かしこまりました$_{6}$	【動詞】〔謙讓語〕知道了、遵命
34.	一杯(いっぱい)$_{1}$/二杯(にはい)$_{1}$	【數量詞】一杯/兩杯
35.	…杯(はい)（杯(ぱい)）	【助數詞】…杯、…碗
36.	…けれど（も）	【終助詞】（表願望）…就好啦（避免斷定、讓主張及意見可緩和）不過…
37.	少々(しょうしょう)お待(ま)ちください。	【会話文】請稍候（比「ちょっと待(ま)ってください」客氣）

學習項目２　二字熟語＋します。

中文意思　熟語(じゅくご)：兩個（含）以上的漢字所合成的名詞。加上「します」後便成爲動詞。

用法

二字熟語＋します→名詞を＋二字熟語します（漢語サ変動詞）

例：日本語(にほんご)の勉強(べんきょう)をします。（勉強(べんきょう)＝名詞）

從事日文的學習。

＝日本語(にほんご)を勉強(べんきょう)します。（勉強(べんきょう)します＝動詞）

學習日文。

※運動項目 or 遊戲（を）＋します

例：テニス、ゴルフ、オンライン・ゲーム、麻雀(マージャン)、トランプ、…

網球　高爾夫球　線上遊戲　麻將　撲克牌

例句

1. A：先生は早稲田大学で何の勉強をしましたか。

　　老師當初在早稲田大學是從事哪方面的學習呢？

　B：現代日本語の語法を勉強しました。

　　學習現代日語的語法。

2. A：藤田さんは大抵どこで買い物しますか。

　　藤田先生（小姐）大多在哪裡買東西呢?

　B：うちの近くのコンビニかスーパーでします。

　　在住家附近的便利超商或超市。

3. 母は部屋の掃除は掃除機でしますが、洗濯は手でします。

　我媽媽用吸塵器打掃房間，但是卻用手洗衣服。

4. 中島さんは毎日約1時間半ギターを練習します。

　中島先生（小姐）每天練習吉他約1個半小時。

單字

1.	早稲田大学(わせだだいがく)$_4$	【名詞】早稲田大學
2.	現代日本語(げんだいにほんご)$_0$	【名詞】現代日語※指第二次世界大戰後的日語（西元1945年～）
3.	語法(ごほう)$_0$	【名詞】一般指詞、句的組成的規律
4.	勉強(べんきょう)$_0$	【名詞】學習、唸書
5.	コンビニ$_0$ （コンビニエンス・ストア$_9$）	【名詞】便利超商
6.	スーパー$_1$（スーパー・マーケット$_7$）	【名詞】超市
7.	近く(ちかく)$_{2or1}$	【名詞】附近
8.	母(はは)$_1$	【名詞】家母、我媽媽
9.	部屋(へや)$_2$	【名詞】房間

10.	ギター$_{1}$	【名詞】吉他
11.	を＋掃除(そうじ)します$_{5}$（掃除(そうじ)する$_{0}$）	【動詞】打掃
12.	を＋洗濯(せんたく)します$_{6}$（洗濯(せんたく)する$_{0}$）	【動詞】洗滌、洗衣服
13.	を＋練習(れんしゅう)します$_{6}$（練習(れんしゅう)する$_{0}$）	【動詞】練習
14.	大抵(たいてい)$_{0}$	【副詞】大抵上、大致上、大多

學習項目３　疑問詞も動詞ません。

中文意思　全都不…

用法

疑問詞＋も＋動詞ません。

例句

1. A：ただいま。

　我回來了。

　B：お帰(かえ)りなさい。お土産(みやげ)は渡(わた)しましたか。

　回來了啊。禮物送到了沒?

　A：いいえ、おばのうちの人(ひと)、みんな出(で)かけていました。

　沒，阿姨家的人全出去了。

　B：じゃ、誰(だれ)にも会(あ)えませんでしたか。残念(ざんねん)ですね。

　那麼，不就誰也都沒能見到嗎？好遺憾哦。

2. A：今年(ことし)の夏休(なつやす)みは日本(にほん)へ旅行(りょこう)しますか。

　今年暑假要去日本旅行嗎？

　B：いいえ、どこへも行(い)きません。うちで受験勉強(じゅけんべんきょう)します。

　不，那兒都不去。在家做考前衝刺。

3. 子(こ)どもは大人(おとな)の世界(せかい)のことは何(なに)もわかりません。

　小孩子對大人的世界的事情是完全一無所知的。

單字

1.	ただいま$_0$	【挨拶語】我回來了
2.	お帰(かえ)りなさい$_6$	【挨拶語】（您）回來了
3.	*いって参(まい)ります$_7$	【挨拶語】我走了
4.	*いってらっしゃい$_6$	【挨拶語】請慢走、路上小心
5.	お土産(みやげ)$_0$	【名詞】禮物、紀念品、伴手禮
6.	世界(せかい)$_1$	【名詞】全世界、全球、世界
7.	大人(おとな)$_0$	【名詞】大人、成人
8.	子(こ)ども$_0$	【名詞】孩子、兒童
9.	おば$_0$	【名詞】「おば」爲謙稱，用於對別人提到自己的伯母、叔母、姑姑、舅媽、阿姨時使用。「おばさん」爲對自己或別人的伯母、叔母、姑姑、舅媽、阿姨的稱謂/對年長女性的稱謂，如：大嬸、阿姨
10.	受験勉強(じゅけんべんきょう)$_4$	【名詞】考前衝刺
11.	残念(ざんねん)$_3$	【ナ形容詞】遺憾的、可惜的
12.	を＋渡(わた)します$_4$（渡(わた)す$_0$）	【動詞】交付、給予
13.	に＋会(あ)えます$_3$（会(あ)える$_1$）	【動詞】能見到（某人）

學習項目4　名詞を…→名詞（主題）は…

中文意思　名詞的主題化

用法

名詞$_1$が名詞$_2$を動詞ます。

名詞$_2$は名詞$_1$が動詞ます。
（主題）

例句

1. (わたしは)先週(せんしゅう)この牛乳(ぎゅうにゅう)を買(か)いました。
　(我)上週買了這牛奶。

　この牛乳(ぎゅうにゅう)は先週(せんしゅう)買(か)いました。
　這牛奶是上週買的。

2. (わたしが)去年海洋大学(きょねんかいようだいがく)でこの写真(しゃしん)を撮(と)りました。
　(我)去年在海洋大學拍了這張相片。

　この写真(しゃしん)は(わたしが)去年海洋大学(きょねんかいようだいがく)で撮(と)りました。
　這張相片(是我)去年在海洋大學拍的。

3. A:その靴(くつ)はどこで買(か)いましたか。
　　那雙鞋是在那兒買的呢?

　B:この間(あいだ)、デパートで買(か)いました。
　　前些天在百貨公司買的。

單字

1.	牛乳(ぎゅうにゅう)$_0$	【名詞】牛奶
2.	この間(あいだ)$_0$	【名詞】前些時候、前幾天、最近。
3.	靴(くつ)$_2$	【名詞】鞋子
4.	デパート$_2$	【名詞】百貨公司(department store)

學習項目5　動詞ませんか。

中文意思　(邀約對方)要不要一起做某件事?

用法

動詞ません+か。

例句

1. A：いっしょに帰(かえ)りませんか。

   要不要一塊兒回家呢？

   B：ええ、帰(かえ)りましょう。

   好啊，一塊兒回家吧。

2. A：来週(らいしゅう)の金曜日(きんようび)の夜(よる)、いっしょにコンサートに行(い)きませんか。

   下週五晚上要不要一起去聽音樂會？

   B：ああ、いいですね。行(い)きましょう。何時(なんじ)に待(ま)ち合(あ)わせましょうか。

   啊，太好了！一起去吧。我們幾點會合呢？

   A：そうですね。5時(じ)に第一食堂(だいいちしょくどう)の前(まえ)でいかがですか。

   這個嘛…5點在第一餐廳前碰面，如何？

   B：5時(じ)ですか。すみません。5時(じ)はちょっと…。

   5點嗎？不好意思，5點我有點（不方便）。

   A：そうですか。駄目(だめ)ですか。では、6時(じ)にしましょう。

   是哦，你不方便是嗎？那麼，就改成6點吧。

   B：すみません。お願(ねが)いします。

   不好意思，那就拜託囉。

單字

1.	コンサート$_{1 \text{ or } 3}$	【名詞】演唱會、音樂會　（concert）
2.	駄目(だめ)$_{2}$	【名詞】無用、沒用、不行、無望的
3.	待(ま)ち合(あ)わせます$_{6}$（待(ま)ち合(あ)わせる$_{5 \text{ or } 0}$）	【動詞】會合、碰面
4.	ああ$_{1}$	【感動詞】（感動，承諾時的發語詞，依據狀況可以有許多聲調） 啊、是、好、嗯

學習項目6　動詞ましょう。

中文意思　（力邀對方）一起做某個動作行爲吧！

用法

動詞ましょう。

例句

1. さあ、歌（うた）いましょう。
   來吧！一塊兒來唱歌！

2. A：プールへ行（い）きませんか。
   要不要一塊兒去游泳池游泳呢？

   B：いいですね。行（い）きましょう。
   好耶！走吧。

3. A：いっしょに食事（しょくじ）しませんか。
   要不要一塊兒吃飯呢？

   B：はい、そうしましょう。
   好啊，就一塊兒吃吧！

單字

1.	プール$_1$	【名詞】游泳池
2.	を＋歌（うた）いましょう$_5$（歌（うた）う$_0$）	【動詞】唱歌、頌揚
3.	食事（しょくじ）します$_5$（食事（しょくじ）する$_0$）	【動詞】吃飯、進食、用餐

學習項目7　A：もう動詞ましたか。
B：いいえ、まだです。

中文意思

{A：已經…（動詞）了嗎？
B：還沒…。

{A：已經是…（名詞）。
B：還是…（名詞）。

用法

もう ＋ {
動詞ました。
名詞です。
}

また ＋ {
です。※動詞テ形＋いません。
名詞です。
}

例句

1. A：もう窓（まど）を閉（し）めましたか。
   已經關好窗户了嗎？

   B：はい、もう閉（し）めました。
   是，已經關好了。

2. A：もう答（こた）えを書（か）きましたか。
   已經寫好答案了嗎？

   B：いいえ、まだです。or まだ書（か）いていません。
   不，還沒。　　　　還沒寫。

3. A：お風呂（ふろ）にまだ入（はい）りませんか。or お風呂（ふろ）はまだですか。
   （你）還不洗澡嗎？　　　　還沒洗澡嗎？

   B：いいえ、もう入（はい）りました。
   不，已經洗過了。

4. A：社長（しゃちょう）の息子（むすこ）さんはもう中学生（ちゅうがくせい）ですか。
   總經理的公子已經唸國中了嗎？

   B：いいえ、まだ 小学生（しょうがくせい）です。
   不，還在唸小學。

單字

1.	窓（まど）$_1$	【名詞】窗户

2.	答(こた)え$_2$	【名詞】回答、答覆、（問題的）答案
3.	社長(しゃちょう)$_0$	【名詞】（公司）總經理、社長
4.	息子(むすこ)さん$_0$	【名詞】令郎、公子（指別人兒子的客氣說法）
5.	小学生(しょうがくせい)$_3$（小学校(しょうがっこう)$_3$）	【名詞】小學生（小學）
6.	中学生(ちゅうがくせい)$_3$（中学校(ちゅうがっこう)$_3$）	【名詞】國中生（國中）
7.	を＋閉(し)めます$_3$（閉(し)める$_2$）	【動詞】關上

學習項目8　名詞をください/名詞をくださいませんか。

中文意思　請給我…。請給我…好嗎？（較前者更客氣的說法）

用法

名詞を ＋ { ください。 / くださいませんか。 }

例句

1. すみません。高雄(たかお)までの切符(きっぷ)をください。　※カオション（Kaohsiung）

不好意思，請給我一張到高雄的票。

2. A：すみません。150円(えん)の切手(きって)とはがきをください。それから、この荷物(にもつ)を沖縄(おきなわ)までお願(ねが)いします。全部(ぜんぶ)でいくらですか。

不好意思，請給我一張日幣150元的郵票跟一張明信片。然後，麻煩你這個包裹（行李）要寄到沖繩，這樣一共是多少錢？

B：はい。全部(ぜんぶ)で2500円(えん)になります。（＝2500円(えん)です。）

好的。這樣總共是日幣2500元。

A：わかりました。じゃ、5000円(えん)でおつりをください。

好的。那麼，這裡是日幣5000元，麻煩你找零錢。

3.（レストランで）（在餐廳）

A：あのう、そのバター（を）もう一(ひと)つくださいませんか。

不好意思，可不可以再給我一個奶油呢？

B：はい、どうぞ。

好的，請。

單字

1.	を＋ください$_3$（くださる$_3$）	【動詞】請給我… ※「くださる」的命令形。
2.	切符(きっぷ)$_0$	【名詞】（車）票、券
3.	切手(きって)$_0$	【名詞】郵票
4.	はがき$_0$	【名詞】明信片
5.	荷物(にもつ)$_1$	【名詞】行李、貨物、負擔、累贅
6.	沖縄(おきなわ)$_0$	【名詞】琉球、沖繩
7.	全部(ぜんぶ)$_1$	【名詞】全部
8.	おつり$_0$	【名詞】找零、找回的錢
9.	バター$_1$	【名詞】奶油
10.	レストラン$_1$	【名詞】餐廳、西餐館
11.	もう一(ひと)つ$_4$	【副詞】再一個、另一個

學習項目9　人$_1$は人$_2$に物を動詞ます。

中文意思　某甲給某乙…（物）。某甲針對某乙做某個動作、行爲。

用法

人$_1$は＋人$_2$に＋物を動詞ます。
人$_2$は＋人$_1$に＋物を動詞ます。
(orから)

※人は＋機關、團體　に＋物を動詞ます。×
人は＋機關、團體から＋物を動詞ます。○
機關、團體（如學校、公司等非個人）要用「から」。

あげます（出）例：生徒(せいと)は先生(せんせい)に花(はな)をあげました。
給　學生將花獻給了老師。

もらいます（入）例：先生(せんせい)は生徒(せいと)に花(はな)をもらいました。
得到、收到　(or から)
老師收到了學生的獻花。

貸(か)します（出）例：友(とも)だちにお金(かね)を貸(か)しました。
出借　把錢借給了朋友。

借(か)ります（入）例：銀行(ぎんこう)からお金(かね)を借(か)りました。
借入　向銀行借了錢。

教(おし)えます（出）例：海洋大学(かいようだいがく)で日本語(にほんご)を教(おし)えます。
教　在海洋大學教日文。

習(なら)います（入）例：陳先生(ちんせんせい)に日本語(にほんご)を習(なら)いました。
學習　(or から)
跟陳老師學了日文。

電話(でんわ)をかけます（出）　例：だれに電話(でんわ)をかけますか。
打電話　（你）要打電話給誰呢？

電話(でんわ)をもらいます（入）　例：だれに電話(でんわ)をもらいましたか。
接到電話　(or から)
（你）接到了誰打來的電話呢？

手紙（てがみ）を書（か）きます（出）　　例：国（くに）の友（とも）だちに手紙（てがみ）を書（か）きます。

寫信　　給國內的朋友寫信。

手紙（てがみ）をもらいます（入）　　例：父（ちち）に手紙（てがみ）をもらいました。

(or から)

收到信　　收到了父親的來信。

例句

1. 外国人（がいこくじん）にアジアの地図（ちず）を見（み）せました。　※地図（ちず）＝マップ

   給外國人看了亞洲的地圖。

2. アルバイトで近所（きんじょ）の人（ひと）に自家製（じかせい）のサンドイッチとジャムを売（う）ります。

   打工賣自製的三明治和果醬給住家附近的人（＝街坊鄰居）。

3. 先週（せんしゅう）宮島（みやじま）さんにノートを借（か）りました。そして、その日（ひ）に返（かえ）しました。

   上週跟宮島先生（小姐）借了筆記，並且在當天就還給他了。

4. A：ご結婚（けっこん）おめでとうございます。

   恭喜新婚快樂。

   B：ありがとうございます。しかし、両親（りょうしん）に話（はな）しません。

   謝謝。不過，我不打算告訴父母。

   A：えっ、それはいけませんね。

   什麼！你這樣做不好吧。

單字

1.	生徒（せいと）$_{1}$	【名詞】學生
2.	花（はな）$_{2}$	【名詞】花
3.	手紙（てがみ）$_{0}$	【名詞】信
4.	父（ちち）$_{2\ or\ 1}$	【名詞】家父
5.	アジア$_{1}$	【名詞】亞洲

6.	地図（ちず）$_1$	【名詞】地圖
7.	外国人（がいこくじん）$_4$	【名詞】外國人
8.	家（いえ）$_2$	【名詞】房子、家
9.	アルバイト$_3$	【名詞】打工
10.	近所（きんじょ）$_1$	【名詞】近處、附近
11.	自家製（じかせい）$_0$	【名詞】自製的
12.	サンドイッチ$_4$	【名詞】三明治
13.	ジャム$_1$	【名詞】果醬
14.	ノート$_1$	【名詞】筆記本
15.	両親（りょうしん）$_1$	【名詞】雙親、父母
16.	を＋あげます$_3$（あげる$_0$）	【動詞】送、給
17.	を＋もらいます$_4$（もらう$_0$）	【動詞】接受、收取
18.	を＋教（おし）えます$_4$（教（おし）える$_0$）	【動詞】教、教導、教授、告訴、指教
19.	を＋習（なら）います$_4$（習（なら）う$_2$）	【動詞】學習
20.	を＋貸（か）します$_3$（貸（か）す$_0$）	【動詞】借出、出借、出租
21.	を＋借（か）ります$_3$（借（か）りる$_0$）	【動詞】借入、借助、租借
22.	を＋返（かえ）します$_4$（返（かえ）す$_1$）	【動詞】歸還、退還、報答
23.	を＋出（だ）します$_3$（出（だ）す$_1$）	【動詞】拿出、提出、交出、取出
24.	を＋売（う）ります$_3$（売（う）る$_0$）	【動詞】販賣
25.	を＋言（い）います$_3$（言（い）う$_0$）	【動詞】說
26.	を＋見（み）せます$_3$（見（み）せる$_2$）	【動詞】給…看、展示
27.	そして	【接続詞】並且、而且、於是
28.	しかし	【接続詞】可是、但是
29.	おめでとうございます	【挨拶語】恭喜
30.	それはいけませんね	【挨拶語】那樣不行哦

學習項目 10 名詞でも（例示：極端な例）

中文意思　即使…都…。連…都…。（舉例：舉極端的例子）

用法

名詞＋でも

例句

1. この病気（びょうき）の原因（げんいん）は医者（いしゃ）でもよくわかりません。
   這種病的病因，即使是醫生也不是很清楚。

2. この試験問題（しけんもんだい）は小学生（しょうがくせい）でもできます。
   這份考題連小學生都會。

3. 兄（あに）は雨（あめ）の日（ひ）でも傘（かさ）をさしません。
   哥哥即使是雨天也不撐傘。

單字

1.	病気（びょうき）$_0$	【名詞】疾病、生病
2.	原因（げんいん）$_0$	【名詞】原因
3.	医者（いしゃ）$_0$	【名詞】醫生
4.	兄（あに）$_1$	【名詞】哥哥（謙稱，對他人提到自己的兄長時）
5.	問題（もんだい）$_0$	【名詞】問題、（麻煩的）事件、考題
6.	雨（あめ）$_1$	【名詞】雨、雨天
7.	さします$_3$（さす$_1$）	【動詞】舉（撐傘、打傘）
8.	が＋できます$_3$（できる$_2$）	【動詞】會、能、有才能

文法解說

學習項目１　名詞を動詞ます。

說明

- 「を」是助詞，接在名詞之後表示該名詞是「食べます（食べる）」、「飲みます（飲む）」、「買います（買う）」、「書きます（書く）」等動作的對象。
- 「読みます（読む）」有兩種意思，一是指「閱讀」、一是指發出聲音的「唸」或是「讀」。
- 「見ます（見る）」是指「看」人（或事物）的外表（或狀態），不同於「読みます（読む）」是指閱讀文字，理解字句所表達的意義。
- 「野菜を買います」是指單買蔬菜。在台灣一般媽媽上市場「買菜」大多不會只買蔬菜，這時要說成「買物します」（購物）才較爲接近事實。
- 「…を買います」和「買物します」的不同點在於「買物します」泛指購物，不須要一一列舉所購買的物品，所以不會有「…を買物します」這樣的說法。
- 「洗澡」一般是指「整個人除全身上下之外，該洗的地方都有洗」的意思，所以大多不會使用「…を洗います」這樣的說法。在日本「お風呂に入ります」（泡澡）的前提是洗澡的人必須先把身體洗乾淨，也就是一般所說的「シャワーを浴びます」（沖澡、淋浴）之後才能泡澡，所以「洗澡」使用「お風呂に入ります」的說法較爲普遍。
- 「切ります」視所使用的工具是刀子還是剪刀，中文要翻成「切、割」或是「剪」。
- 表示「会います（会う）」（見面）的對象，使用「に」或「と」都可以。如以下例句所示，使用「に」或「と」時，意思會稍有不同：

例1：図書館で友だちに会いました。

在圖書館遇見了朋友。

例2：図書館で友だちと会いました。

在圖書館跟朋友碰了面。

學習項目2　二字熟語＋します。

說明

- 「熟語」指兩個（含）以上的漢字所合成的名詞。加上「します」後便成為動詞，但並非所有漢字合成的名詞都可加上「します」成為動詞，必須是表示動作或行為的漢字合成名詞才能如此使用。表示抽象或具體事物的普通名詞（普通名詞），如「精神」、「テレビ」等就無此用法。
- 「二字熟語します」和「二字熟語をします」意義大致相同。但前者視為一個動詞，後者的「二字熟語」則視為動詞「します」的對象。
- 屬N5級的「二字熟語します」動詞有：

洗濯します（洗濯する）、掃除します（掃除する）、

散歩します（散歩する）、勉強します（勉強する）、

練習します（練習する）、結婚します（結婚する）、

旅行します（旅行する）、…

學習項目３　疑問詞も動詞ません。

說明

● 當要表示全盤否定的意思時，如以下所示，動詞的對象置換成「疑問詞」，助詞「を」換成了「も」，「動詞ます」也要改成否定形「動詞ません」。

例：　…　を動詞ます

　　↓　↓　↓

　疑問詞も動詞ません

● 當「日本語がわかります」（懂日文）被改寫成表示全盤否定的說法時，如以下所示，動詞的對象「日本語」置換成「疑問詞」，助詞「が」要換成「も」，動詞「わかります」也要改成否定形「わかりません」。

例：日本語がわかります

　懂日文

　↓　↓　↓

　何　もわかりません

　什麼都不懂（or都不會）

學習項目４　名詞を…→名詞（主題）は…

說明

● 如以下所示，有的「単語」（單字）能自成一個「文節」（文節），有的則必須加上助詞才能構成一個「文節」。通常一個「文」（句子）是由複數個「文節」所組合成的，這就好比一根竹子是由好幾個竹節結合組成是一樣的道理。

例：単語 ＝ 文節 or 単語 ＋ 助詞 ＝ 文節

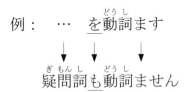

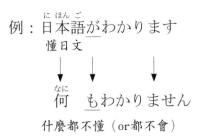

　文節 ＋ 文節 ＋ … ＝ 文（句子）

● 由「単語＋助詞」所構成的文節，其中的助詞主要是用來表示單語（單字）在整句中所擔負的文法功能（例如是主詞 or 動詞的對象等）。所以1個文節中往往只能有1個助詞，因爲如果同時加上2個助詞就會像「1時＋から＋まで」這樣，究竟是指從1點鐘開始呢？或是指到1點鐘爲止呢？令對方感到困惑。當然，還是會有某些情況不在此限，例如爲表示成爲主題的文節，往往就會有像「に＋は」、「へ＋は」、…這樣，同時有2個助詞出現的情形，不過原則上1個文節大多都只有1個助詞。

● 含主語的文節通常會位於句首，而原本並非陳述重點的文節，一旦變爲焦點成爲主題時，就會被移到句首。於是，和成爲主題的文節相關的助詞便會發生以下變化：

1. 無助詞的文節（「単語」）：

要加上表示主題的助詞「は」。

「単語」→「単語＋は」

2. 有助詞的文節（「単語＋助詞」）：

原先的助詞是「が」「を」者，要置換成「は」。

「単語＋~~が~~→は」、「単語＋~~を~~→は」

3. 有助詞的文節（「単語＋助詞」）：

原先的助詞是「に」「へ」「で」「と」「から」「まで」者，要加上「は」。

「単語＋に→単語＋には」、「単語＋へ→単語＋へは」、
「単語＋で→単語＋では」、「単語＋と→単語＋とは」、
「単語＋から→単語＋からは」、「単語＋まで→単語＋までは」、…

例：わたしが　去年　海洋大学で　デジカメで　この写真を　撮りました。

→ この写真は　わたしが　去年　海洋大学で　デジカメで　撮りました。

- 上句中的「主語文節」（＝「わたしが」）以「が」表示時，表示説話者認爲對方並不知道拍下照片的人正是「わたし」，也就是當告知對方一個他從未聽聞過的新資訊時，陳述新資訊的文句，主語必須要以「が」來表示。換一種較惡劣的説法就是：當舉發某人做了某件事時，某人之後要加上「が」，表示大家有所不知，做了某件事的就是某人。與此相對地，當再一次提到陳述過的新資訊文句中的主語時，因爲已是第二次提起，所以不算是新的資訊，而且不是另有所指，指的正是第一次指出的那個主語，這時主語必須要以「は」來表示。

例A：だれが行きますか。

誰會去呢？

B：武部さんが行きます。　※提供新資訊

武部先生（小姐）會去。

A：武部さんはあなたのルームメートのあの武部さんですね。※再次提及

武部先生（小姐）就是你的室友的那位武部先生（小姐）是吧。

B：そうです。

是的。

學習項目5　動詞ませんか。

説明

● 如以下1所示，「動詞ますか」表示只是在確認對方的意圖，並未試圖影響對方的想法。2以否定形「動詞ませんか」詢問對方，就是表示企圖説動對方接受自己邀約的意思。

1. 動詞ますか。　　例：お茶を飲みますか。（確認）
   要喝茶嗎？

2. 動詞ませんか。例：お茶を飲みませんか。（邀約）
   要不要喝茶？（積極一點的意思是指：要不要去喝茶聊天？）

學習項目6　動詞ましょう。

説明

● 「動詞ましょう」爲説動對方接受自己邀約的用法，較上述的「動詞ませんか」更積極。兩種用法相較之下，「動詞ませんか」因爲是以疑問句的方式詢問對方的意願，所以感覺較客氣、有禮貌。

● 當接受邀請時，有以下幾種説法：

例1：はい、動詞ましょう。
好的，我們一起…（動詞）吧。

例2：ええ、動詞ましょう。
好啊，我們一起…（動詞）吧。

例3：いいですね。動詞ましょう。
好耶，我們一起…（動詞）吧。

● 當回絕邀請時，有以下幾種說法：

例1：ありがとうございます。（時間 or 事、物）はちょっと…。

謝謝（你的邀請），（時間 or 事、物）我有點…（不方便 or 不喜歡、沒興趣、…）。

例2：すみません。…（說明理由）。

抱歉，我…（說明理由）。

● 「動詞(どうし)ましょう」也可用來表示說話者的意志，因此多用在指示對方配合的情形，例如上課時老師對學生的指示「さあ、読(よ)みましょう」（來！大家一起唸）。

歸納（學習項目1、5、6）

● 關於動作的各種說法

1. 動詞(どうし)ますか。（確認）

例：食(た)べますか。

（你）要吃嗎？

2. 動詞(どうし)ませんか。（邀約）

例：食(た)べませんか。

要不要一塊兒吃？

3. 動詞(どうし)ましょう。（力邀）　　※Let's ...（動詞）！

例1：食(た)べましょう。

讓我們一起吃吧！

4. 動詞(どうし)ましょうか。（委婉建議）　※由我來…（動詞）好嗎？

例1：食(た)べましょうか。

由我來吃，好嗎？

例2：暑(あつ)いですね。窓(まど)を開(あ)けましょうか。

好熱，（由我來）開窗好嗎？

- 「動詞ましょうか」表示「委婉地提出建議」，上述的例1「食べましょうか」感覺上會有點怪怪的，是因爲以此說法提出的建議通常都是像例2「窓を開けましょうか。（我來開窗户吧）」這類，屬於自願及服務性質的行爲、動作。

學習項目７　A：もう動詞ましたか。
　　　　　　　B：いいえ、まだです。

說明

- 「副詞」（副詞）的主要功能是用來修飾同在一個文句中的動詞 or 形容詞 or 形容動詞 or 別的副詞，讓語句的陳述更爲明確、更加精準。
- 「もう」是副詞，表示某個動作、行爲已經完成。換句話説，「もう」用來表示由於起變化，一直以來的狀態已經有所改變，所以後續的動詞往往會是過去形「動詞ました」。
- 「もう」後續的動詞如果是否定形「動詞ません」，則表示「已經沒…」或是「再也不做某件事」的意思。

例1：もうお金がありません。
　　　已經沒錢了。

例2：もう二度とうそをつきません。
　　　再也不會説謊了。

- 「もう」後面也可加名詞，表示已經是某個時節或是已邁入某個階段。

例：もう12時です。
　　　已經12點了。

- 「まだ」是副詞，表示預期的變化還沒發生，持續一直以來的狀態沒有改變，所以後續的動詞往往會是否定形「動詞ません」。
- 「まだ」後續的動詞有時也可以是肯定形「動詞ます」，表示「還有…、還在…、還是…」等，狀況尚未改變的意思。

例：まだ時間があります。
還有時間

- 「まだ」後面也可加名詞，表示還不到某個時節或是尚未邁入某個階段。

例：まだ小学生です。
還是個小學生。

學習項目８　名詞をください/名詞をくださいませんか。

說明

- 「を」是助詞，表示動詞「ください」（請給我）的對象，即「…（名詞）をください」（請給我…）。購物或點餐時，有時「を」會被省略，說成「…（名詞）、ください」。購物或點餐時，如例句所示，可以用「お願いします」（拜託）代替「ください」。

例：すみません。ラーメン（を）二つください。
すみません。ラーメン（を）二つお願いします。
不好意思（或老闆），請給我兩碗拉麵。

- 購物或點餐時，物品超過1項時，可說成「名詞$_1$と名詞$_2$（を）ください」。
- 「ください」是敬語動詞（敬語動詞）「くださる」的命令形（命令形），類似英文祈使句的語氣。和「くださる→ください」同樣是表示「給我…」的意思，但是沒「くださる→ください」這麼客氣的動詞組合是「くれる→くれ（命令形）」。

- 比「ください」還要更客氣的說法是「くださいませんか」（請給我好嗎）。試將這3種說法依客氣程度遞增順序，排列如下：

…（名詞）をくれ→…（名詞）をください→…（名詞）をくださいませんか

給我…　　請給我…　　請給我…好嗎

- 購票或寄包裹或搭計程車時，目的地後面都是加表示終點的助詞「まで」。因爲既然都花錢買票、寄包裹、搭車了，當然是要以抵達、送達目的地爲最終目標。
- 前文中雖然有提到像「単語＋助詞」這樣有助詞的文節，往往只能有1個助詞，否則就會令對方感覺混淆不清。可是，如以下所示，助詞「の」卻可以和其他助詞並用，添增「…的…」的意思。例如：

高雄までの切符、父からの手紙、母へのプレゼント、大学での生活、

到高雄的車票　　父親的來信　　給母親的禮物　　在大學的生活

日本人との会話、…

與日本人的對話

- 「全部」＝all（全部、全都…），「全部＋で」＝total（總共、合計、共計）兩者意思不同。

例1：全部買いました。

全部買下來。

例2：全部で1500円です。

總共是日幣1500元。

- 如以下例句中所示，「金額 or 數量になります」＝「金額 or 數量です」這樣的說法，大多出現在購物等交易、買賣的情況。因爲「…になります」聽起來較「…です」委婉、客氣。

例：全部で2500円になります。＝全部で2500円です。

總共是日幣2500元。

學習項目9　人$_1$は人$_2$に物を動詞ます。

説明

- 「に」是助詞，表示動作、行爲的對象。同樣是表示「動詞ます」的對象，對象是東西的時候，成爲對象的東西稱爲「目的語」（類似英文文法中所謂的「受詞」），以「を」表示。對象是人或團體時，大多必須以助詞「に」表示，如「学生は先生に花をあげました」（學生將花獻給了老師）。
- 如以下例句所示，有些行爲至少須要有2個人才能成立。以下標示「（出）」者是指「付出、輸出」的一方；標示「（入）」者則是指「收受、輸入」的一方。

1. 贈與&收禮

あげます（出）例：学生は先生に花をあげました。

學生將花獻給了老師。

もらいます（入）例：先生は学生に花をもらいました。
(or から)

老師收到了學生的獻花。

2. 出借&借貸

貸します（出）例：友だちにお金を貸しました。

把錢借給了朋友。

借ります（入）例：銀行からお金を借りました。
(に×)

向銀行借了錢。

3. 教導&學習

教えます（出）例：海洋大学で日本語を教えます。

在海洋大學教日文。

習います（入）例：陳先生に日本語を習いました。
(or から)

跟陳老師學了日文。

4. 聯絡（含打電話＆接電話、寫信＆收信、寫e-mail＆收e-mail等）

電話（でんわ）をかけます（出）例：だれに電話（でんわ）をかけますか。

（你）要打電話給誰呢？

電話（でんわ）をもらいます（入）例：だれに電話（でんわ）をもらいましたか。
(or から)

（你）接到了誰打來的電話呢？

手紙（てがみ）を書（か）きます（出）例：国（くに）の友（とも）だちに手紙（てがみ）を書（か）きます。

給國內的朋友寫信。

手紙（てがみ）をもらいます（入）例：父（ちち）に手紙（てがみ）をもらいました。
(or から)

收到了父親的來信。

- 如以上所示，就收受者（「入」的那一方）的立場敘述上述行爲時，「目的語（もくてきご）」的來源是個人時，可以助詞（じょし）「に」或「から」表示。但若來源是團體或組織時，只能以助詞（じょし）「から」表示。
- 以上1～4的例句是須要有兩人以上才能成立的行爲，而且一來一往的行爲都恰好各自有對應的動詞（どうし），不須要再變化動詞（どうし）的詞形，但這並不表示所有須要有兩人以上才能成立的行爲，都一定會有與其對應的動詞（どうし）。
- 表示須有兩人以上才能成立的行爲，屬於N5級的動詞（どうし）有：

売（う）ります（売（う）る）、返（かえ）します（返（かえ）す）、渡（わた）します（渡（わた）す）、

販賣…給…　　把…歸還給…　　交付…給…

話（はな）します（話（はな）す）、言（い）います（言（い）う）、見（み）せます（見（み）せる）、

跟…談…　　跟…說…　　給…看…

頼（たの）みます（頼（たの）む）、…

拜託…做…

學習項目10 名詞でも（例示：極端な例）

說明

- 「でも」是助詞（じょし），接在意味著某種極端的名詞（めいし）之後，表示「即使…（名詞）都…」的意思。也就是藉舉出極端的例子，表示「由此可知，其他的就不必再多說了」的意思。
- 「でも」若接在疑問詞（ぎもんし）之後，以肯定句陳述時，則表示「全面肯定」的意思。

例：何（なん）でも食（た）べます。

什麼都吃

第五單元

日語能力測驗N4&N5級イ形容詞分類結果（※爲非N4&N5級單字）

おお 大きい$_{3}$ 大的【N5】	ちい 小さい$_{3}$ 小的【N5】	つよ 強い$_{2}$ 強的【N5】	よわ 弱い$_{2}$ 弱的【N5】
なが 長い$_{2}$ 長的【N5】	みじか 短い$_{3}$ 短的【N5】	おもしろ （面白）い$_{4}$ 有趣的【N5】	つまらない$_{3}$ 無趣的【N5】
おも 重い$_{0}$ 重的【N5】	かる 軽い$_{0}$ 輕的【N5】	むずか 難しい$_{4\ or\ 0}$ 難的【N5】	やさ 易しい$_{3\ or\ 0}$ 容易的【N5】
あつ 厚い$_{0}$ 厚的【N5】	うす 薄い$_{0\ or\ 2}$ 薄的【N5】	あか 明るい$_{3\ or\ 0}$ 明亮的【N5】	くら 暗い$_{2}$ 黑暗的【N5】
ふと 太い$_{2}$ 粗的【N5】	ほそ 細い$_{2}$ 細的【N5】	ちか 近い$_{2}$ 近的【N5】	とお 遠い$_{0}$ 遠的【N5】
よ いい／良い$_{1}$ 好的【N5】	わる 悪い$_{2}$ 壞的【N5】	せま 狭い$_{2}$ 狹窄的【N5】	ひろ 広い$_{2}$ 寬敞的【N5】
たか 高い$_{2}$ 高的【N5】	ひく 低い$_{2}$ 低的、矮的【N5】	あつ 暑い$_{2}$ 炎熱的【N5】	さむ 寒い$_{2}$ 寒冷的【N5】
たか 高い$_{2}$ 貴的【N5】	やす 安い$_{2}$ 便宜的【N5】	すず 涼しい$_{3}$ 涼快的【N5】	あたた 暖かい$_{4}$ 暖和的【N5】 あたた ※温かい$_{4}$ 溫熱的【N5】
あたら 新しい$_{4}$ 新的【N5】	ふる 古い$_{2}$ 舊的【N5】	あつ 熱い$_{2}$ 熱的【N5】	つめ 冷たい$_{3}$ 冰的、冷的【N5】
はや　はや 早い／速い$_{2}$ 早的／快的【N5】	おそ 遅い$_{2\ or\ 0}$ 晚的、慢的【N5】	おいしい$_{3\ or\ 0}$ 好吃的【N5】	まずい$_{2}$ 難吃的、不好、糟了【N5】
おお 多い$_{1\ or\ 2}$ 多的【N5】	すく 少ない$_{3}$ 少的【N5】	うまい$_{2}$ 好吃的、高明的【N4】	まずい$_{2}$ 難吃的、不好、糟了【N5】
やさ （優）しい$_{3\ or\ 0}$ 溫柔的、和藹可親的【N5】	きび 厳しい$_{3}$ 嚴厲的、嚴肅的【N4】	やわ 柔らかい$_{4}$ 柔軟的【N4】	かた　かた　かた 硬い／堅い／固い$_{2\ or\ 0}$ 堅硬的／堅固的／堅定的【N4】
ふか 深い$_{2}$ 深的【N4】	あさ 浅い$_{0\ or\ 2}$ 淺的【N4】	こま 細かい$_{3}$ 細的、詳細的【N4】	あら ※粗い$_{0}$ 粗的、粗糙的、粗魯的

1. 關於顏色

黒(くろ)い$_2$ 黑的【N5】	白(しろ)い$_2$ 白的【N5】	青(あお)い$_2$ 藍的／綠的【N5】	赤(あか)い$_0$ 紅的【N5】	黄色(きいろ)い$_0$ 黃的【N5】

2. 關於味覺

※酸(す)っぱい$_3$ 酸的【N5】	甘(あま)い$_0$ 甜的【N5】	苦(にが)い$_2$ 苦的【N4】	辛(から)い$_2$　※塩辛(しおから)い$_4$ or 辣的／鹹的【N4】　しょっぱい$_3$

3. 關於心情＆感覺

嬉(うれ)しい$_3$ 喜悅的【N4】	悲(かな)しい$_{3\ or\ 0}$ 哀傷的【N4】	楽(たの)しい$_3$ 快樂的【N5】	寂(さび)しい$_3$ 寂寞的【N4】	※懐(なつ)かしい$_4$ 令人懷念的
痛(いた)い$_2$ 疼痛的【N5】	忙(いそが)しい$_4$ 忙碌的【N5】	欲(ほ)しい$_2$ 想得到的【N5】	眠(ねむ)い$_{2\ or\ 0}$ 睏的【N4】	
おかしい$_3$ 可笑的、滑稽的、奇怪的【N4】		こわい$_2$ 可怕的、令人害怕的【N4】		
恥(は)ずかしい$_4$ 害臊的、丟臉的、可恥的【N4】				

4. 其他

若(わか)い$_2$ 年輕的【N5】	かわいい$_3$ 可愛的【N5】	汚(きたな)い$_3$ 骯髒的【N5】	危(あぶ)ない$_{3\ or\ 0}$ 危險的【N5】
温(ぬる)い$_2$ 微溫的【N5】	丸(まる)い$_{2\ or\ 0}$ 圓的【N5】	※四角(しかく)い$_3$ 方的	ない$_1$ 沒有【N5】
美(うつく)しい$_4$ 美麗的、好看的【N4】	正(ただ)しい$_4$ 正確的【N4】	ひどい$_2$ 過份的、無情的、殘酷的、嚴重的【N4】	
すごい$_2$ 厲害的、好棒、（景色）壯觀的【N4】		すばらしい$_4$ 絕佳的、了不起的【N4】	

珍(めずら)しい$_4$ 新奇的、稀有的、罕見的【N4】	動詞~~マス~~形＋やすい 易於（動詞）【N4】
よろしい$_{3\ or\ 0}$ 可以的、妥當的／沒關係的【N4】	動詞~~マス~~形＋にくい 難以（動詞）【N4】

日語能力測驗N4&N5ナ形容詞分類結果（※爲非N4&N5級單字或是非ナ形容詞）

上手(じょうず)$_3$ 擅長的【N5】	下手(へた)$_2$ 笨拙的【N5】	暇(ひま)$_0$ 有空的、有閒的【N5】	※忙(いそが)しい$_4$ 忙碌的【N5】
好(す)き$_2$ 喜歡的【N5】	嫌(きら)い$_0$ 厭惡的【N5】	同(おな)じ$_0$　☆用法特殊 相同的【N5】	※違(ちが)う$_0$ 不同【N5】
大好(だいす)き$_1$ 超喜歡的【N5】	※大嫌(だいきら)い$_1$ 超討厭的	静(しず)か$_1$ 安靜的【N5】	※うるさい$_3$ 吵雜的【N5】
便利(べんり)$_1$ 方便的【N5】	不便(ふべん)$_1$ 不便的【N4】	（綺麗(きれい)$_1$） 美麗的、乾淨的【N5】	※汚(きたな)い$_4$ 骯髒的【N5】
簡単(かんたん)$_0$ 簡單的【N4】	複雑(ふくざつ)$_0$ 複雜的【N4】	親切(しんせつ)$_1$ 親切的【N4】	※冷(つめ)たい$_3$ 冷漠的【N5】
安全(あんぜん)$_0$ 安全的【N4】	危険(きけん)$_0$ 危險的【N4】	大(おお)きな$_1$ ☆用法特殊 大大的【N5】	小(ちい)さな$_1$ ☆用法特殊 小小的【N5】
普通(ふつう)$_0$ 普通的、一般的【N4】	特別(とくべつ)$_0$ 特別的、特殊的【N4】	注意：由此表可得知，日文詞義相反的詞彙，其品詞(ひんし)（詞類）未必相同。	

其他

有名(ゆうめい)$_0$ 有名的【N5】	丈夫(じょうぶ)$_0$ 強韌的、健壯的【N5】	りっぱ$_0$ 雄偉的、偉大的【N5】	大丈夫(だいじょうぶ)$_3$ 不要緊的、沒關係【N5】
大切(たいせつ)$_0$ 重要的【N5】	嫌(いや)$_2$ 討厭的、不喜歡的【N5】	元気(げんき)$_1$ 健康的、有朝氣的【N5】	まっすぐ$_3$ 筆直的、直直的【N5】
どんな$_1$ 什麼樣的【N5】	大変(たいへん)$_0$ 很非比尋常的【N5】	たくさん$_3$ 很多、夠了、許多【N5】	いろいろ$_0$ 各式各樣的【N5】

あまり$_3$ 太過於…的【N5】	いかが$_2$ 怎麼樣、如何【N5】	にぎやか$_2$ 熱鬧的、繁華的【N5】	まじめ$_0$ 認真的【N4】
大事(だいじ)$_0$ 重要的【N4】	十分(じゅうぶん)$_3$ 十分的、充分的【N4】	急(きゅう)(に)$_0$ 突然的、急遽的【N4】	安心(あんしん)$_0$ 安心的、放心的【N4】
適当(てきとう)$_0$ 適宜的、適度的【N4】	久(ひさ)しぶり$_{0\ or\ 5}$ 好久不見、隔好久【N4】	一生懸命(いっしょうけんめい)$_5$ 拼命地、努力地【N4】	必要(ひつよう)$_0$ 必要的、必需的【N4】
確(たし)か$_1$ 的確、確實的【N4】	結構(けっこう)$_1$ 很好的、相當的【N4】	かっこう$_0$ 合適的、適當的【N4】	自由(じゆう)$_2$ 自由的、隨意的【N4】
盛(さか)ん$_0$ 興盛的、旺盛的、盛大的、積極的【N4】		変(へん)$_1$ 奇怪的、不尋常的【N4】	※素敵(すてき)$_0$ 很棒的、美好的
別(べつ)(に)$_0$ 另外、區別的、分別的【N4】		熱心(ねっしん)$_{1\ or\ 3}$ 熱心的、熱情的【N4】	丁寧(ていねい)$_1$ 有禮貌的、恭恭敬敬的、鄭重其事的、小心謹慎的、非常仔細的【N4】
無理(むり)$_1$ 無理的、勉強的、辦不到的【N4】		じゃま$_0$ 妨礙、阻礙、礙事的【N4】	

補充說明

形容詞(けいようし)のアクセント(形容詞的重音)

1. 日語標準語形容詞(けいようし)的アクセント可大致分類如下，但無尾高型(おだかがた)(尾高型)。

A. 起伏型(きふくがた)　頭高型(あたまだかがた)　例：**よ**い(良い)　「1」

中高型(なかだかがた)　例1：ぬ**る**い(温い[1])　「2」

例2：おお**き**い(大きい)　「3」

B. 平板型(へいばんがた)　例：あつい(厚い)　「0」

2. 若以重音核所在的音節(おんせつ)來分類，形容詞(けいようし)的アクセント大致可分為下列兩類。

A. 重音核在辞書形(じしょけい)(辭書形)倒數第二拍，即倒數第二個音節(おんせつ)。

例：わ**か**い(若い)　うれ**し**い(嬉しい)　すく**な**い(少ない)

---

[1] 依據「新聞用語集」應以平假名標示。

B. 無重音核，即平板型（平板型）。

例：あかい（赤い）　つよい（強い）　あぶない（危ない）

3. B類形容詞很少，但若在形容詞字首前加上表鄭重的接頭語（接頭詞）「お」時，則大多會成爲B類形容詞。

例：おはやい（お早い）　おいそがしい（お忙しい）

4. A類形容詞＋です → 重音核在倒數第四拍，即倒數第四個音節。

例：た**か**い（高い）→た**か**いです（高いです）

う れ**し**い（嬉しい）→うれ**し**いです（嬉しいです）

A類形容詞く＋ない →「…い」重音核在第一個音節，成爲頭高型。

例：た**か**い（高い）→ **た**かくない（高くない）

→「…しい」重音核在「し」的前一個音節。

例：うれ**し**い（嬉しい）→う**れ**しくない（嬉しくない）

A類形容詞く＋て →「…い」重音核在第一個音節，成爲頭高型。

例：た**か**い（高い）→ **た**かくて（高くて）

→「…しい」重音核在「し」的前一個音節。

例：うれ**し**い（嬉しい）→ う**れ**しくて（嬉しくて）

A類形容詞かっ＋た →「…い」重音核在第一個音節，成爲頭高型。

例：た**か**い（高い）→ **た**かかった（高かった）

→「…しい」重音核在倒數第四拍，即倒數第四個音節。

例：うれ**し**い（嬉しい）→うれ**し**かった（嬉しかった）

5. B類形容詞＋です → 重音核在倒數第四拍，即倒數第四個音節。

例：あかい（赤い）→ あ**か**いです（赤いです）

やさしい（易しい）→ やさ**し**いです（易しいです）

B類形容詞く＋ない→重音核在倒數第二拍，即倒數第二個音節。

也就是說「B類形容詞く」本身無重音核。

例：あかい（赤い）→ あかく**な**い（赤くない）

やさしい（易しい）→ やさしく**な**い（易しくない）

B類形容詞く＋て →「…い」音節較少的形容詞重音核在倒數第三拍，即倒數第三個音節。

例：あかい（赤い）→ あ**か**くて（赤くて）

→「…しい」重音核在「し」的前一個音節。

例：やさしい（易しい）→ や**さ**しくて（易しくて）

B類形容詞かっ＋た → 重音核在倒數第四拍，即倒數第四個音節。

例：あかい（赤い）→ あ**か**かった（赤かった）

やさしい（易しい）→やさ**し**かった（易しかった）

• イ形容詞（形容詞）「…い」

1. イ形容詞 い ＋名詞。　例：おいしい ラーメン。

好吃的拉麵。

2. 名詞はイ形容詞 い 。　例：ラーメンはおいしい 。（常体）

ラーメンはおいしい ＋です。（敬体）

拉麵好吃。

學習項目1　イ形容詞の活用

中文意思　イ形容詞的字尾詞形變化。

用法Ⅰ. 名詞是…的。名詞是不…的。

名詞は
- イ形容詞い＋です。
- イ形容詞くない＋です。or
- イ形容詞くありません。

★例外　いい
- いい＋です。
- よくない＋です。or
- よくありません。

例句

1. A：新(あたら)しい先生(せんせい)はやさしいですか。
新老師爲人和善嗎？

B：はい、やさしいです。
是的，很和善。

C：いいえ、全然(ぜんぜん)やさしくありません。
不，一點都不和善。

A：えっ、おかしいですね。あなたたちの先生(せんせい)は同(おな)じ先生(せんせい)ですか。
咦！這就奇怪了。你們的老師是同一位老師嗎？

用法Ⅱ. 名詞過去是…的。名詞過去不是…的。

名詞は
- イ形容詞かった＋です。
- イ形容詞くなかった＋です。or
- イ形容詞くありません＋でした。

★例外　いい
- よかった＋です。
- よくなかった＋です。or
- よくありません＋でした。

例句

1. A：旅行(りょこう)は楽(たの)しかったですか。

　旅行玩得愉快嗎？

　B：はい、おかげさまで楽(たの)しかったです。

　是啊，託您的福玩得很開心。

　A：天気(てんき)はどうでしたか。

　當時的天氣如何啊？

　B：あまりよくなかったです。

　當時的天氣並不怎麼好。

單字

※凡加上（）之漢字，根據「記者ハンドブック・新聞用語用字集」應以平假名書寫。

1.	ラーメン$_{1}$	【名詞】拉麵
2.	天気(てんき)$_{1}$	【名詞】天氣、晴天
3.	（優(やさ)）しい$_{0 \text{ or } 3}$	【イ形容詞】和善的、溫和的、和藹的、溫柔的
4.	おかげさまで$_{0}$	【挨拶語】託您的福

• ナ形容詞（形容動詞）「…だ」

1. ナ形容詞 な 名詞。　例：静(しず)か な 喫茶店(きっさてん)

　安靜的咖啡廳

2. 名詞はナ形容詞 だ 。　例：喫茶店(きっさてん)は静(しず)か だ 。（常体）

　喫茶店(きっさてん)は静(しず)か です 。（敬体）

　咖啡廳蠻安靜的。

學習項目２　ナ形容詞の活用

中文意思　ナ形容詞的字尾詞形變化。

用法Ⅰ. 名詞是…的。名詞是不…的。

名詞は
- ナ形容詞だ。
  ↓
- ナ形容詞です。
- ナ形容詞ではない＋です。or
  ↓
- ナ形容詞ではありません。

例句

1. A：ご家族(かぞく)の皆(みな)さんはお元気(げんき)ですか。
   您的家人大家都很好嗎？

   B：はい、おかげさまでみんな元気(げんき)です。
   是的，託您的福大家都很好。

2. A：学校(がっこう)の勉強(べんきょう)は大変(たいへん)ですか。
   學校裡的功課很重嗎？

   B：いいえ、あまり大変(たいへん)ではありません。（or 大変(たいへん)じゃありません。）
   不，不會很重。

   A：そうですか。それはよかったですね。
   是這樣喔，那很好啊。

用法Ⅱ.名詞過去是…的。名詞過去不是…的。

敬体

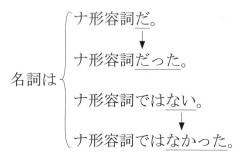

名詞は
- ナ形容詞です。
  ↓
- ナ形容詞でした。
- ナ形容詞ではありません。
  ↓
- ナ形容詞ではありませんでした。

常体

名詞は
- ナ形容詞だ。
  ↓
- ナ形容詞だった。
- ナ形容詞ではない。
  ↓
- ナ形容詞ではなかった。

例句

1. A：おととい病院(びょういん)で村田(むらた)さんに会(あ)いました。

   前天在醫院遇見村田先生。

   B：あっ、そう。（村田(むらた)さんは）どうでしたか。

   哦，是喔。他氣色如何呢？

   A：村田(むらた)さん本人(ほんにん)はとても元気(げんき)でした。しかし、村田(むらた)さんのおじいさんは、元気(げんき)ではありませんでした。（or 元気(げんき)じゃありませんでした。）

   村田先生本人氣色是很好啦。但是，他的爺爺啊，就不好了。

單字

1.	病院(びょういん)$_0$	【名詞】醫院
2.	本人(ほんにん)$_1$	【名詞】本人、當事者
3.	おじいさん$_2$	【名詞】祖父、老爺爺
4.	とても$_0$	【副詞】很、非常

歸納（學習項目1・2）

● イ形容詞(けいようし)・ナ形容詞(けいようし)の活用(かつよう)（イ形容詞・ナ形容詞的詞形變化）

		常体		敬体	
		肯定	否定	肯定	否定
イ形容詞	現在	優(やさ)しい	優(やさ)しくない	優(やさ)しいです	優(やさ)しくないです
	過去	優(やさ)しかった	優(やさ)しくなかった	優(やさ)しかったです	優(やさ)しくなかったです
ナ形容詞	現在	便利(べんり)だ	便利(べんり)ではない	便利(べんり)です	便利(べんり)ではありません
	過去	便利(べんり)だった	便利(べんり)ではなかった	便利(べんり)でした	便利(べんり)ではありませんでした
名詞	現在	夢(ゆめ)だ	夢(ゆめ)ではない	夢(ゆめ)です	夢(ゆめ)ではありません
	過去	夢(ゆめ)だった	夢(ゆめ)ではなかった	夢(ゆめ)でした	夢(ゆめ)ではありませんでした

● イ形容詞(けいようし)・ナ形容詞(けいようし)の名詞修飾(めいししゅうしょく)（イ形容詞・ナ形容詞的修飾名詞形）

※常体(じょうたい)のみ（只有普通形）

Ⅰ. 肯定形：

1. イ形容詞 い 名詞。例：おいし い ラーメン。

好吃的拉麵。

2. ナ形容詞 な 名詞。例：静(しず)か な 喫茶店(きっさてん)。

安靜的咖啡廳。

Ⅱ. 否定形：

1. イ形容詞 く ない名詞。　例：おいし く ない牛丼(ぎゅうどん)。

不好吃的牛肉蓋飯。

2. ナ形容詞 では ない名詞。例：静(しず)か では ない喫茶店(きっさてん)。

不安靜的咖啡廳。

Ⅲ. 過去形：

1. イ形容詞 かっ た名詞。　例：高(たか)かった車(くるま)

以前很貴的車。

2. ナ形容詞 だっ た名詞。　例：有名(ゆうめい)だった歌手(かしゅ)

過去很有名的歌手

Ⅳ. 否定過去形：

1. イ形容詞 く なかった名詞。　例：高(たか)く なかった車(くるま)。

以前不貴的車。

2. ナ形容詞 では なかった名詞。例：有名(ゆうめい)では なかった歌手(かしゅ)。

過去默默無聞的歌手。

學習項目3　イ形容詞くて／ナ形容詞で／名詞で

中文意思　既…又…。

用法Ⅰ. …（名詞）既…又…。

名詞は／が
- イ形容詞い　→　イ形容詞くて、…。
- イ形容詞い＋です。→イ形容詞くて、…＋です。or
  イ形容詞くて、動詞ます。
- イ形容詞くありません＋でした。

例：このデジカメは台湾製(たいわんせい)で、軽(かる)くて、便利(べんり)です。

這台數位相機是台灣製造的，很輕便（=又輕又方便）。

名詞は／が
- ナ形容詞だ　→ナ形容詞で、…。
- ナ形容詞です。→ナ形容詞で、…です。or
  ナ形容詞で、動詞ます。

例：中村(なかむら)さんはハンサムで、頭(あたま)がいいです。

中村先生長得很帥、人又聰明。

名詞は／が｛名詞＋だ　→名詞で、…。
　　　　　　名詞＋です。→名詞で、…＋です。or
　　　　　　　　　　　　　名詞で、動詞ます。

例：小野(おの)さんは28歳(さい)で、独身(どくしん)です。
小野先生（小姐）今年28歲、單身。

用法Ⅱ. 既…又…的…（名詞）。

イ形容詞→イ形容詞くて＋ナ形容詞な名詞　例：小(ちい)さくてきれいな花(はな)
小小的美麗的花

イ形容詞→イ形容詞くて＋イ形容詞い名詞　例：大(おお)きくて黒(くろ)い犬(いぬ)
大大的黑色的狗

ナ形容詞だ→ナ形容詞で＋ナ形容詞な名詞　例：きれいで静(しず)かな店(みせ)
漂亮又安靜的店

ナ形容詞だ→ナ形容詞で＋イ形容詞い名詞　例：元気(げんき)でかわいい犬(いぬ)
很有活力又可愛的小狗

單字

1.	頭(あたま)$_{3\text{ or }2}$	【名詞】頭、頭腦
2.	独身(どくしん)$_{0}$	【名詞】單身、未婚
3.	犬(いぬ)$_{2}$	【名詞】狗
4.	店(みせ)$_{2}$	【名詞】商店
5.	ハンサム$_{1}$	【ナ形容詞】帥的、英俊的
6.	…製(せい)	【接尾語】…製造的

學習項目4　が（接続）

中文意思　Ⅰ.…，但是…。（逆接）

Ⅱ.…，那…。（表前提）

用法Ⅰ.…，但是…。（逆接）

文$_1$＋が、文$_2$。

例句

1. A：日本語の勉強はどうですか。

日文學得怎麼樣呢？

B：たくさんテストがありますが、おもしろいです。

雖然有很多考試，但是很有趣。

用法Ⅱ.…，那…。（表前提）

文$_1$＋が、文$_2$。

例句

1. A：海洋大学外語センターの柯ですが、小松さんをお願いします。

我是海大外語中心、姓柯，麻煩請小松先生（小姐）聽電話。

B：申し訳ありません。小松は今外出中ですが、…

很抱歉，小松現在外出中…。

A：そうですか。じゃ、また後で電話します。

這樣喔，那麼，我等一下再打過來好了。

單字

1.	たくさん$_0$	【名詞】很多※在此句當副詞使用
2.	外語センター$_4$	【名詞】指「海大外語教學研究中心」。
3.	外出中$_0$	【名詞】外出中（人在外面）

4.	…中$_0$（二字熟語＋中）	【接尾語】正在…。
5.	申し訳ありません	【会話文】很抱歉，比「すみません」還要委婉客氣。
6.	また後で（電話します）	【会話文】過一會兒再（打電話來）。
7.	また$_2$	【副詞】又…。再…。
8.	後で$_1$（後$_1$）	【連語】待會兒。等一下。 ※「後」：後面、後來、之後／結果、後果／其餘／子孫、後繼。

學習項目5　あまり…否定

中文意思　不太…。

用法

あまり＋
- 動詞ません。
- イ形容詞くないです。
- ナ形容詞ではありません。

例句

1. わたしはあまり映画館へ行きません。
   我不常上電影院。（＝我不常看電影。）

2. A：授業はよくわかりましたか。
   上課的內容（你）充分理解嗎？

   B：いいえ、あまりわかりませんでした。
   沒有，不是很清楚。

3. きょうはあまり寒くありません。
   今天不太冷。

單字

1.	映画館（えいがかん）3	【名詞】電影院

學習項目6　よ／ね

中文意思　Ⅰ.（對方有所不知時）…喲！
Ⅱ.（徵求對方的同感）…哦！

用法

名詞です＋よ／ね。
イ形容詞いです＋よ／ね。
ナ形容詞です＋よ／ね。
動詞ます＋よ／ね。

例句

1. A：昨夜（さくや）のパーティーはにぎやかでしたよ。
昨晚的聚會很熱鬧喲！

B：そうですか。よかったですね。
是哦，那很好啊。

2. A：そのカレンダーは来年（らいねん）のですか。
那個月曆是明年的嗎？

B：はい、そうです。銀行（ぎんこう）からもらいました。
是啊，是銀行送的。

A：全部（ぜんぶ）花（はな）の絵（え）ですね。美（うつく）しいですね。
全都是花的圖畫耶。好美哦。

B：そうですね。
是啊。

單字

1.	カレンダー$_2$	【名詞】月曆
2.	パーティー$_1$	【名詞】派對、聚餐、聚會
3.	絵（え）$_1$	【名詞】畫、圖畫
4.	全部（ぜんぶ）$_1$	【副詞】全部

文法解説

學習項目１　イ形容詞の活用

說明

- 日語的形容詞有兩種。以「…い＋名詞」的形式修飾名詞者，稱爲「イ形容詞」。以「…な＋名詞」的形式修飾名詞者，稱爲「ナ形容詞」，以上是教學對象爲非日本人的「日本語教育」（日語教育）專業領域的名稱。
- 在以日本人爲教學對象的「国語教育」（國語教育）專業領域，通常將所謂的「イ形容詞」就稱爲「形容詞」，語尾清一色都是「…い」，而「ナ形容詞」則稱爲「形容動詞」，語尾清一色都是「…だ」，在一般日本人的國語課本或國語辭典裡也都採用「形容詞」、「形容動詞」這樣的名稱。
- 如以下1所示，イ形容詞除可修飾名詞；也可如2所示，接在主語之後做爲述語（謂詞），敘述主語的性質或特徵（如顏色、形狀、大小等）或狀態。

1. イ形容詞い＋名詞　例：おいしいラーメン
　好吃的拉麵

2. 名詞はイ形容詞い。　例：ラーメンはおいしい。（常体）
　ラーメンはおいしい＋です。（敬体）
　拉麵好吃

加上表客套的助動詞「です」，字義雖然沒變，但成爲語氣較莊重的「敬体」（敬體），而沒加上「です」的稱爲「常体」（常體），無所謂莊重、不莊重（或客套、不客套），語氣平常，只是單純表達意思而已。

- イ形容詞當做述語時，除可敘述主語的性質、特徵、狀態之外，也可用來陳述說話者的意見或感想，例如：先生は厳しいです。

  老師很嚴格。

- 「ない」表示否定的意思，可接在イ形容詞、ナ形容詞、動詞等之後，類似英文的「not」。接在イ形容詞之後時，イ形容詞的語尾「…い」，必須變爲「…く」，才能加上「ない」，例如：「…く+ない」。
- 如果在「…くない」之後再加上表客套的助動詞「です」，例如「…くない＋です」，便成爲語氣莊重的イ形容詞「ナイ形」（否定形）。
- 敬体的イ形容詞ナイ形「…くないです」又可寫成「…くありません」。

原因是：「ない」如果沒有接在イ形容詞、ナ形容詞、動詞等之後，單獨存在時是イ形容詞，和「ありません」字義相同，都是表示無、沒有的意思。只是「ない」是語氣平常的「常体」，而「ありません」則是語氣莊重的「敬体」。可是當「ない」加上「です」之後，兩者的字義及語氣莊重的程度便旗鼓相當，於是「ない＋です」＝「ありません」。當然「…くないです」也就等於「…くありません」。

結論是：イ形容詞的ナイ形，常体只有「…くない」一種寫法。敬体則有「…くないです」和「…くありません」兩種寫法。

- 如以下所示，接在イ形容詞、ナ形容詞之後的「ない」和接在動詞之後的「ない」雖然文法上的功能相同，都是表示否定的意思，但是被歸類的品詞（詞類）並不相同。

例1：このケーキはおいしくない。「…ない」→補助形容詞

這個蛋糕不好吃。

例2：わたしはこのケーキを買わない。「…ない」→助動詞

我不買這個蛋糕。

原因是：接在イ形容詞「おいしい」之後的「ない」，在「おいしく」和「ない」之間，如以下所示，還可插入其他助詞，例如「は」表示強調並不…的意思。也可插入「も」表示既不…、也不…的意思。接在動詞「買う」的ナイ形「買わ」之後的「ない」，在兩者之間不能插入任何助詞。

例1：このケーキはおいしくはない。→「おいしく+は+ない」

這個蛋糕並不好吃。

例2：このケーキはおいしくもまずくもない。→「おいしく+も+まずく+も+ない」

這個蛋糕既不好吃、也不難吃。

例3：わたしはこのケーキを買わはない。×

わたしはこのケーキを買わもない。×

結論是：「ない」有3種。

1.「ない」單獨存在時，是イ形容詞，表示無、沒有的意思。

2.「イ形容詞く＋ない」時，是補助形容詞，表示表示否定的意思。

3.「動詞＋ない」時，是助動詞，表示表示否定的意思。

- 詢對方的意見或感想時，多會以「名詞はどうですか」的形式發問。
- 詢問對方某個物品的顏色或形狀時，多會以「名詞はどんな名詞ですか」的形式發問，而不會以「名詞はどうですか」的形式發問。
- 「た」是助動詞，表示過去的意思，類似英文的「-d」或「-ed」。接在イ形容詞之後時，イ形容詞的語尾（…い），必須變爲「…かっ」，才能加上「た」，例如：「…かった」，表示過去某個時點的樣子或狀態。

- 如果在タ形「…かった」之後再加上表客套的助動詞「です」，例如「…かった＋です」，便成爲語氣莊重的イ形容詞「タ形」（過去形）。
- イ形容詞的ナイ形「…くない」加上表示過去的助動詞「た」之後，變爲「…くなかっ+た」。再加上表示客套的助動詞「です」，於是變成了「…くなかった+です」，又可寫成「…くありませんでした」。
- 詢問對方某個物品以前的樣子或狀態時，多會以「名詞はどうでしたか」的形式發問。
- 徵詢對方對過去某件事的意見或感想時，也多會以「名詞はどうでしたか」的形式發問。
- 如以下所示，只有常体，也就是普通形的イ形容詞才能修飾名詞，敬体的イ形容詞只能放在句末當做述語。

イ形容詞の名詞修飾（イ形容詞的修飾名詞形）

Ⅰ. 肯定形：イ形容詞 い 名詞	例：おいし い ラーメン 好吃的拉麵
Ⅱ. 否定形：イ形容詞 く ない名詞	例：おいし く ない牛丼 不好吃的牛肉蓋飯
Ⅲ. 過去形：イ形容詞 かっ た名詞	例：高 かっ た車 以前很貴的車
Ⅳ. 否定過去形：イ形容詞 くなかった 名詞	例：高 くなかった 車 以前不貴的車

學習項目2　ナ形容詞の活用

說明

- 如以下1所示，ナ形容詞除了可以修飾名詞外；也可如2所示，接在主語之後做爲述語，敘述主語的性質或特徵（如顏色、形狀、大小等）或狀態。

1. ナ形容詞 な ＋名詞　例：静か な 喫茶店

　安靜的咖啡廳

2. 名詞はナ形容詞 だ 。例：喫茶店は静か だ 。（常体）

　喫茶店は静かです。（敬体）

　咖啡廳蠻安靜的。

語尾「…だ」沒變化時，稱爲「常体」，語氣平常，無所謂莊重、不莊重（或客套、不客套），只是單純表達意思而已。但是，語尾「だ」變成「敬体」的「です」時，語氣變莊重。

- ナ形容詞當做述語時，除可敘述主語的性質、特徵、狀態之外，也可用來陳述說話者的意見或感想，例如：仕事は大変です。

　工作很辛苦。

- 表示否定的「ない」接在ナ形容詞之後時，ナ形容詞的語尾「…だ」，必須變爲「…で」，才能加上「ない」，並且還必須加上表示強調否定的助詞「は」，變爲「～では＋ない」，口語時多說成「～じゃない」。
- 如果在「…ではない」之後再加上表客套的助動詞「です」，例如「…ではない＋です」，便成爲語氣莊重的ナ形容詞「ナイ形」（否定形）。
- 敬体的ナ形容詞ナイ形「…ではないです」，又可寫成「…ではありません」。

　結論是：ナ形容詞的ナイ形，常体只有「…ではない」一種寫法。敬体則有「…ではないです」和「…ではありません」兩種。

- 表示過去的助動詞「た」接在ナ形容詞之後時，ナ形容詞的語尾（…だ），必須變爲「…だっ」，才能加上「た」，例如「…だった」，表示過去某個時點的樣子或狀態。
- ナ形容詞的語尾（…だ）敬体是「…です」。「…です」必須變爲「…でし」，才能加上「た」，例如「…でした」，表示過去某個時點的樣子或狀態。
- ナ形容詞ナイ形的常体是「…ではない」，タ形只有一種寫法：「…ではなかった」。
- ナ形容詞ナイ形的敬体有兩種：「…ではないです」和「…ではありません」。所以，タ形也有兩種：「…ではありませんでした」和「…ではなかったです」。在某些教科書中並不認同「…ではなかったです」這樣的説法，某些教科書中則同意口語時可以這麼説。
- 如以下所示，只有常体，也就是普通形的ナ形容詞才能修飾名詞，敬体的ナ形容詞只能放在句末當做述語。

ナ形容詞の名詞修飾（ナ形容詞的修飾名詞形）

Ⅰ. 肯定形：ナ形容詞 な 名詞　　例：静か な 喫茶店
安靜的咖啡廳

Ⅱ. 否定形：ナ形容詞 では ない名詞　　例：静か では ない喫茶店
不安靜的咖啡廳

Ⅲ. 過去形：ナ形容詞 だっ た名詞　　例：有名 だっ た歌手
過去很有名的歌手

Ⅳ. 否定過去形：ナ形容詞 ではなかった 名詞　　例：有名 ではなかった 歌手
過去默默無聞的歌手

學習項目３　イ形容詞くて／ナ形容詞で／名詞で

說明

● 兩個以上的イ形容詞或ナ形容詞可以結合在一起做爲述語或是修飾名詞，但イ形容詞的語尾（…い），必須變爲「…く」，加上助詞「て」才能與其他イ形容詞或ナ形容詞連結在一起使用，例如：

…く＋て…い。（常体）　　　　…く＋て…だ。（常体）

…く＋て…いです。（敬体）　　…く＋て…です。（敬体）

或是

…くて…い名詞　　　　…くて…な名詞

● ナ形容詞的語尾（…だ），則必須變爲「…で」，才能與其他イ形容詞或ナ形容詞連結在一起使用，例如：

…で…い。（常体）　　　　…で…だ。（常体）

…で…いです。（敬体）　　…で…です。（敬体）

或是

…で…い名詞　　　　…で…な名詞

● 名詞因爲沒有語尾，所以比照ナ形容詞的活用（語尾變化），例如：

名詞＋で…い。（常体）　　　　名詞＋で…だ。（常体）

名詞＋で…いです。（敬体）　　名詞＋で…です。（敬体）

或是

名詞＋で…い名詞　　　　名詞＋で…な名詞

● 「イ形容詞くて／ナ形容詞で／名詞で」有時可用來表示緊接其後的「イ形容詞／ナ形容詞／名詞／動詞」的原因或是理由。

例：難しくて分かりません。
因爲太難而無法理解。

● 兩個以上的イ形容詞或ナ形容詞合在一起使用時必須顧慮彼此間的語義是否協調，也就是同屬正面評價（＋、＋）或是負面評價（－、－）者，才能如以上所述形式合在一起使用。

例1：安くておいしい。（＋、＋）
既便宜又好吃。

例2：高くてまずい。（－、－）
既貴又難吃。

● 語義屬「一正、一負」（＋、－）或是「一負、一正」（－、＋）者，合在一起使用時，中間須插入助詞「が」，表示「逆接」（逆接），意思約等同英文的「but」，中文可譯爲「雖然、但是、可是、不過」。

例1：おいしいですが、高いです。（＋、－）
雖然好吃，但是貴。

例2：高いですが、おいしいです。（－、＋）
雖然貴，但是好吃。

在此必須注意的是：例1和例2雖然同樣屬於表示「逆接」的句子。但從結果來看，因爲例2是以正面評價結束，所以整體來看還是正面評價大於負面評價。

歸納

■ 順接(じゅんせつ)＋、＋ or −、−

台湾料理(たいわんりょうり)は安(やす)いです。

台菜很便宜。

台湾料理(たいわんりょうり)はおいしいです。

台菜很好吃。

→ 台湾料理(たいわんりょうり)は安(やす)くておいしいです。or

台菜既便宜又好吃。

→ 台湾料理(たいわんりょうり)は おいしくて安(やす)いです。

台菜既好吃又便宜。

■ 逆接(ぎゃくせつ)−、＋　or　＋、−

日本料理(にほんりょうり)は高(たか)いです。or

日本料理很貴。

日本料理(にほんりょうり)はおいしいです。

日本料理很好吃。

→ 日本料理(にほんりょうり)は高(たか)いですが、おいしいです。（正面評價）or

日本料理雖然貴，但是好吃。　−、＋

→ 日本料理(にほんりょうり) はおいしいですが、高(たか)いです。（負面評價）

日本料理雖然好吃，但是貴。　＋、−

學習項目４　が（接続）

說明

- 「が」是助詞(じょし)，用來接続(せつぞく)其前後的兩個句子，所謂接続(せつぞく)就是「承先啓後」、「連結」的意思。以「が」接続(せつぞく)的前後兩個句子，彼此所敘述的內容處於對立的關係。

例：きれいですが、高（たか）いです。

雖然很漂亮，但是很貴。

● 以「が」接続（せつぞく）的前後兩個句子，有時表示後句是前句的補充說明。

例：失礼（しつれい）ですが、お名前（なまえ）は？

請恕我冒昧，您的大名是？

● 以「が」接続（せつぞく）的前後兩個句子，有時會故意省略後句，將球拋給對方回答。

例：あのう、お金（かね）のこと（なん）ですが、…

嗯～，有關於錢的事…。

● 在口語，前述各句中的「が」，有時可以「けれども」、「けど」替代。

例1：きれいですが、高（たか）いです。

↓

きれいですけど、高（たか）いです。

例2：あのう、お金（かね）のこと（なん）ですが、…

↓

あのう、お金（かね）のこと（なん）ですけど、…

補充

● 「逆接（ぎゃくせつ）」の接続詞（せつぞくし）&接続助詞（せつぞくじょし）（表示「逆接」的接續詞&接續助詞）

接続詞（せつぞくし）：位於兩個句子之間，接續的是兩個句子。

接続助詞（せつぞくじょし）：位於一個句子中間，接續的是兩個文節（ぶんせつ）。

…が、…。	接続助詞（せつぞくじょし）	表示接続（せつぞく）的前後兩個文節（ぶんせつ），彼此所敘述的內容處於對立的關係。
…。だが、…。	接続詞（せつぞくし）	當做接続詞（せつぞくし）使用時，大多用在書面。
…。それでも、…。	接続詞（せつぞくし）	表示接続（せつぞく）的前後兩個句子，雖然對前句的內容有部分是認同的，主要敘述的內容在於後句。

…。でも、…。	接続詞	大多用在口語，與「それでも」的用法大致相同。還可用來接続彼此無推論關係的兩個句子，表示辯解或託辭的意思。
…けれども、…。	接続助詞	「けれど」「けど」是「けれども」的省略形，大多用在口語。
…。けれども、…。	接続詞	除表示接続的前後兩個句子內容不相同以外，大多用來並列兩個內容呈現對比的句子。
…。ところが、…。	接続詞	表示接続的前後兩個句子，由前句所推測的結果，竟然和後句的內容大不相同，而感很到意外的意思。
…。しかし、…。	接続詞	表示接続的前後兩個句子，後句和前句所導出的結果大相逕庭以外，還含有追加敘述的意味。

學習項目５　あまり…否定

說明

- 「あまり」是副詞，以「あまりイ形容詞くないです」或「あまりナ形容詞ではありません」或「あまり動詞ません」陳述時，都是表示程度不高或次數不頻繁的意思，所以都要用ナイ形。「あまり」副詞主要用來修飾所謂的用言（如イ形容詞／ナ形容詞で／動詞），使這類單字的意思更加明確。
- 「あまり」所修飾的用言如果不是ナイ形，而是肯定形時，例如「あまり…（肯定）」則表示「太…」的意思。
- 在口語，有時候「あまり」會被唸成「あんまり」。

學習項目６　よ／ね

說明

- 「よ」是助詞（じょし），置於句末，用來強調句中所敘述的內容，是對方所不知道的。

例：この店（みせ）のラーメン、おいしいですよ。

這家店的拉麵很好吃喲！

- 「ね」是助詞（じょし），置於句末，用來尋求對方的共鳴，或表示認同對方的說法。

例A：きょうは寒（さむ）いですね。

今天好冷喔！（你說是不是啊？）

B：ええ、そうですね。

嗯，確實好冷哦。

第六單元

學習項目1　が（主語）

中文意思　表示句子的主詞。

用法

名詞1が$_1$ ＋ ｛ 名詞$_2$です。／イ形容詞です。／ナ形容詞です。／動詞ます。

- 名詞1が$_1$ ＋ 名詞$_2$です。
- 名詞1が$_1$ ＋ イ形容詞です。
- 名詞1が$_1$ ＋ ナ形容詞です。
- 名詞1が$_1$ ＋ 動詞ます。

例句

1. A：あした本田(ほんだ)さんが来(き)ます。（告知對方其未知事項時的主詞）
　明天本田小姐會來哦。

　B：そうですか。本田(ほんだ)さんは一人(ひとり)で来(き)ますか。（雙方共知事項的主詞）
　是哦，本田小姐會自己一個人來嗎？

　A：いいえ、妹(いもうと)さんと一緒(いっしょ)に来(き)ます。ほら、これが本田(ほんだ)さんと妹(いもうと)さんの写真(しゃしん)です。（描述眼前景象的主詞）
　不會，她會和妹妹一起來。喏！這就是本田小姐跟她妹妹的照片。

　B：どの人(ひと)が本田(ほんだ)さんの妹(いもうと)さんですか。（未知事項的主詞）
　哪一位是本田小姐的妹妹呢？

　A：本田(ほんだ)さんの隣(となり)の目(め)が大(おお)きい人(ひと)です。（敘述句的主詞）
　本田小姐旁邊那個眼睛大大的人就是。

　B：わあ、若(わか)くてかわいい人(ひと)ですね。でも、本田(ほんだ)さんは髪(かみ)が長(なが)いですけど、妹(いもうと)さんは髪(かみ)がすごく短(みじか)いですね。（對比句的主詞が×→は）
　哇～好年輕又可愛哦！不過，本田小姐的頭髮長長的，她妹妹的頭髮卻好短。

單字

1.	髪（かみ）2	【名詞】頭髮
2.	背（せい）1	【名詞】身高
3.	妹（いもうと）4（さん）	【名詞】妹妹（令妹）
4.	すごい2→すごく2	【イ形容詞】（在此當作副詞使用）非常地、十分地
5.	でも	【接続詞】然而、但是、可是
6.	ほら1	【感動詞】喏！（你看）

學習項目2　名詞が動詞／名詞を動詞

※請參考第四單元學習項目1

中文意思　不帶受詞的不及物動詞／帶受詞的及物動詞

用法

文（句子）	
主語	述語
名詞が	動詞
名詞1が	名詞2を動詞

※名詞2：表示目的語（受詞）

例：ドアが開（あ）きます。（主語：ドア）
門將會打開。

・窓（まど）が閉（し）まります。（主語：窓）
窗户將會關上。

わたしがドアを開（あ）けます。（主語：わたし）（目的語：ドア）
我把門打開。

・わたしが窓（まど）を閉（し）めます。（主語：わたし）（目的語：窓）
我把窗户關上。

例句

1. A：おかげさまで、10月（がつ）14日（か）に3800グラムの元気（げんき）な男（おとこ）の子（こ）が生（う）まれました。
託您的福，（我）在10月14日生了一個重3800公克的健康男嬰。

B：わあ、ご出産（しゅっさん）おめでとうございます。
哇！恭喜您添丁。

2. A：ニワトリはどうして夜(よる)たまごをうみませんか。
雞爲什麼晚上不下蛋呢？

B：さあ？
這個嘛？

3. A：このボタンは何(なん)ですか。
這個按鍵是什麼用途呢？

B：それを押(お)しますと、電気(でんき)がつきます。
按下那個（按鍵），燈就會點亮。

4. A：テレビを消(け)しましたか。
（你）關電視了嗎？

B：あっ、忘(わす)れました。
啊！（我）忘了。

5. A：キャンドルの火(ひ)が消(き)えましたよ。
蠟燭的火熄了喲！

B：もう一度(いちど)火(ひ)をつけましょう。
（我）再點一次火吧。

單字

※凡加上()之漢字，根據「記者ハンドブック・新聞用語用字集」應以平假名書寫。

1.	開(あ)きます$_3$（開(あ)く$_0$）	【動詞】開、開著、開始、空出、騰出、空缺
2.	開(あ)けます$_3$（開(あ)ける$_0$）	【動詞】打開、開始、空出、騰出、空缺
3.	閉(し)まります$_4$（閉(し)まる$_2$）	【動詞】關閉、緊閉
4.	閉(し)めます$_3$（閉(し)める$_2$）	【動詞】關上
5.	（生(う)）まれます$_4$（生(う)まれる$_0$）	【動詞】出生、出世
6.	（生(う)）みます$_3$（生(う)む$_0$）	【動詞】下（蛋）、生（小孩）
7.	つきます$_3$（つく$_{1or2}$）	【動詞】點著、點燃

8.	つけます$_3$（つける$_2$）	【動詞】開（燈）
9.	消えます$_3$（消える$_0$）	【動詞】熄滅、消失
10.	消します$_3$（消す$_0$）	【動詞】關掉、抹去、關閉
11.	忘れます$_3$（忘れる$_0$）	【動詞】忘記、遺忘
12.	押します$_3$（押す$_0$）	【動詞】推、壓、按、蓋（章）
13.	出産$_0$	【名詞】分娩、生產
14.	ニワトリ$_0$（鶏$_0$）	【名詞】雞
15.	電気$_1$	【名詞】電力、電燈
16.	火$_1$	【名詞】火
17.	ボタン$_0$	【名詞】按鍵、鈕扣（button）
18.	キャンドル$_1$	【名詞】蠟燭（candle）
19.	グラム$_1$	【助数詞】公克（gram）

學習項目3　主題は主語が…。

中文意思　表示「主題」的性質、狀態。「主題」是整體、「主詞」是其一部分。

用法

主題は＋主語が
- 名詞です。
- イ形容詞です。
- ナ形容詞です。
- 動詞ます。

例句

1. A：外国の人はみんな背が高いですね。
   外國人大家個子都好高哦。

B：そうですか。必(かなら)ずしもそうじゃありませんよ。

是嗎？未必都如此吧。

單字

1.	外国(がいこく)$_0$	【名詞】外國、國外
2.	必(かなら)ずしも$_4$	【副詞】未必…（後須接否定句）

補充

- 台湾大学(たいわんだいがく)は学生(がくせい)が多(おお)いです。（主題は主語が…）

  台灣大學有很多學生。

- 台湾大学(たいわんだいがく)の学生(がくせい)が多(おお)いです。（主語が…）

  有很多是台灣大學的學生。

- 台湾大学(たいわんだいがく)はキャンパスが広(ひろ)いです。台湾大学(たいわんだいがく)は有名(ゆうめい)です。

  台灣大學校園很廣闊。台灣大學很有名氣。

→ 台湾大学(たいわんだいがく)はキャンパスが広(ひろ)くて、有名(ゆうめい)です。（主題は主語が…）

台灣大學校園很廣闊，並且也很有名氣。

or 台湾大学(たいわんだいがく)はキャンパスが広(ひろ)くて、有名(ゆうめい)な学校(がっこう)です。（主題は主語が…）

台灣大學校園很廣闊，並且也是所很有名氣的學校。

學習項目4　が（対象）

中文意思　表示例如擁有、能力、感覺等狀態的動詞或表感覺、情緒的形容詞所投射的對象。

用法

「対象語」が＋ナ形容詞です
- 好きです・嫌いです（好悪的對象）
- 上手です・下手です（能力的對象）

「対象語」が＋イ形容詞です：欲しいです（需求的對象）
※動詞~~ます~~＋たいです（希望的對象）

「対象語」が＋動詞ます
- あります（擁有的對象）
- 見えます・聞こえます（感覺的對象）
- できます（能力的對象）
- わかります（理解能力的對象）

用法Ⅰ. 某人喜歡…（名詞）。or 某人討厭…（名詞）。

人は ＋ 名詞が
- 好きです。
- 嫌いです。

例句

1. わたしはラーメンが大好(だいす)きです。もちろん、しょうゆラーメンもみそラーメンも好(す)きです。でも、刺身(さしみ)は嫌(きら)いです。

   我超喜歡吃拉麵，當然醬油拉麵、味噌拉麵我都喜歡。不過，我討厭吃生魚片。

用法Ⅱ. 某人擅長…（名詞）。or 某人拙於…（名詞）。

人は ＋ 名詞が
- 上手です。
- 下手です。

例句

1. A：日本語(にほんご)が上手(じょうず)ですね。どこで習(なら)いましたか。

   你的日文很好耶，是在那裡學的呢？

   B：海洋大学(かいようだいがく)です。

   海洋大學。

A：失礼(しつれい)ですが、どのぐらい習(なら)いましたか。

請恕我冒昧，請問你學多久了？

B：1年(ねん)ぐらい勉強(べんきょう)しました。でも、まだ下手(へた)です。

學了大約1年左右，但是還很差。

A：いいえ、そんなことありませんよ。とても上手(じょうず)ですよ。

哪裡，沒那回事。你的日文很好。

用法Ⅲ. 某人擁有…（名詞：親友、具體物品、抽象概念）。

人は＋名詞が＋あります。

例句

1. わたしは子(こ)どもがあります。or わたしは子(こ)どもがいます。※此說法較普遍。

我有小孩。

2. わたしはノートパソコンがあります。or

わたしはノートパソコンを持(も)っています。※此說法較普遍。

我有筆記型電腦。

3. A：山口(やまぐち)さん、今度(こんど)の土曜日(どようび)の夜時間(よるじかん)がありますか。or

山口(やまぐち)さん、今度(こんど)の土曜日(どようび)の夜暇(よるひま)ですか。

山口先生（小姐）這個週六晚上你有時間（or有空）嗎？

B：はい、ありますが、何(なに)か…。or はい、暇(ひま)ですが、何(なに)か…

有啊，有空。有什麼事嗎？

A：よかったら、いっしょに映画(えいが)を見(み)ませんか。

如果可以的話，要不要一起去看電影啊？

B：いいですね。じゃ、見(み)ましょう。

好耶，一起去看吧！

4. わたしは日本語（にほんご）が少（すこ）しわかりますが、スペイン語（ご）は全然（ぜんぜん）わかりません。

我略懂日文。但是西班牙文可就一竅不通了。

5. わたしは車（くるま）の運転（うんてん）ができます。

我會開車。

單字

1.	しょうゆ$_0$	【名詞】醬油
2.	みそ$_1$	【名詞】味噌／[特徵]自滿的地方、得意之處
3.	ノートパソコン$_4$	【名詞】筆記型電腦
4.	刺身（さしみ）$_3$	【名詞】生魚片、將魚貝類的肉切片沾醬油生食。
5.	運転（うんてん）$_0$	【名詞】駕駛／（機械）操縱、運轉／（資金等的）運用、利用
6.	できます$_3$（できる$_2$）	【動詞】完成、做成、形成、出現、生產、出產
7.	少（すこ）し$_2$	【副詞】稍微、一點、少量
8.	よかったら、…	【挨拶語】如果可以的話…

學習項目5　人は名詞が欲しいです。

中文意思　想要有…。表需求。

用法Ⅰ. 表示自己想要有…。or 詢問對方或第三者想要有…嗎？

人は名詞が＋欲しいです。　※人：第一人稱

人は名詞が＋欲しいですか。　※人：第二人稱或第三人稱

例句

1. A：誕生日（たんじょうび）に何（なに）が欲（ほ）しいですか。

你生日時想要得到什麼禮物？

B：そうですね、新（あたら）しい時計（とけい）が欲（ほ）しいです。そして、時間（じかん）も欲（ほ）しいですね。

嗯，這個嘛。我想要有個新的手錶，並且也想要有時間。

2. わたしは何(なに)も欲(ほ)しくないです。or わたしは何(なに)も欲(ほ)しくありません。

我什麼都不想要。

3. わたしは車(くるま)が欲(ほ)しかったですが、今(いま)はコンピューターが欲(ほ)しいです。

我以前想要有車子，現在想要有電腦。

4. わたしはガールフレンド（or ボーイフレンド）が欲(ほ)しいです。

我想要有女朋友（or 男朋友）。

用法Ⅱ. 表示自己以外的人想要有…。（敘述別人想要的心情溢於言表）

人は/が名詞を＋欲しがっています。　　※人：第二人稱或第三人稱

例句

1. 息子(むすこ)が最新版(さいしんばん)のゲームを欲(ほ)しがっています。

我兒子一直想要有最新版的遊戲。

單字

1.	ボーイフレンド$_{5}$	【名詞】男朋友　（boy friend）
2.	ガールフレンド$_{5}$	【名詞】女朋友　（girl friend）
3.	コンピューター$_{3}$	【名詞】電腦
4.	時計(とけい)$_{0}$	【名詞】鐘、錶
5.	最新版(さいしんばん)$_{0}$	【名詞】最新版本
6.	欲(ほ)しがっています$_{3}$（欲(ほ)しがる$_{3}$）	【動詞】想得到、想得到的樣子
7.	…がる	【接尾語】覺得…、感覺…

學習項目6　人は名詞が動詞たいです。

中文意思　想做某個動作、行為。

用法Ⅰ. 表示自己想做某件事。or 詢問對方或第三者想做某件事嗎？

人は動詞~~ます~~＋たいです。　※人：第一人稱
人は動詞~~ます~~＋たいですか。※人：第二人稱或第三人稱

例句

1. わたしは水が飲みたいです。（重點在於對象「水が」）
   我想喝水。

2. わたしは水を飲みたいです。（重點在於心態「を飲みたい」）
   我想喝水。

3. A：夏休みはどこへ行きたいですか。
   暑假時想上哪兒去？

   B：どこ（へ）も行きません。うちでゆっくり休みたいです。
   哪兒都不去。想在家好好休息。

   C：わたしもそうです。どこも行きたくないです。or
   わたしもそうです。どこも行きたくありません。
   我也是，哪兒都不想去。

用法Ⅱ. 表示第三者想做某件事。（敘述第三者想做某件事的心情溢於言表）

人は／が動詞~~ます~~＋たがります。　　※人：第三人稱
人は／が動詞~~ます~~＋たがっています。※人：第三人稱

例句

1. あかちゃんはミルクを飲みたがります。
   嬰兒想喝牛奶。

2. 漫画マニアはみんな新刊の漫画を読みたがっています。
   漫畫迷大家都想看新出刊的漫畫。

單字

1.	漫画(まんが)マニア$_{4}$（…マニア）	【名詞】漫畫迷（…迷 or …狂）※マニア$_{1}$＝mania
2.	あかちゃん$_{1}$	【名詞】嬰兒
3.	水(みず)$_{0}$	【名詞】水、液
4.	ミルク$_{1}$	【名詞】奶、牛奶
5.	新刊(しんかん)$_{0}$	【名詞】新出刊
6.	ゆっくり$_{3}$	【副詞】慢慢地、不急著做的樣子、緩緩地

學習項目7　文＋から、…

中文意思　因爲…，所以…。

用法

名詞 → 名詞です
イ形容詞 → イ形容詞です
ナ形容詞 → ナ形容詞です
動詞 → 動詞ます

} 文$_{1}$＋から、文$_{2}$。

例句

1. きょうは日曜日(にちようび)ですから、学校(がっこう)へ行(い)きません。うちでテレビを見(み)ます。

2. きょうは日曜日(にちようび)だから、学校(がっこう)へ行(い)きません。うちでテレビを見(み)ます。

3. きょうは日曜日(にちようび)です。ですから、学校(がっこう)へ行(い)きません。うちでテレビを見(み)ます。

1～3中譯皆爲：因爲今天是星期天，所以不用上學校，在家看電視。

4. A：どうしてお酒(さけ)を飲(の)みませんか。
　（你）爲什麼不喝酒呢？

　B：嫌(きら)いですから（お酒(さけ)を飲(の)みません）。
　因爲不喜歡（or不敢）喝酒（所以不喝）。

5. 朝寝坊(あさねぼう)しましたから、(授業(じゅぎょう)に)遅(おく)れました。

因爲早上睡過頭了，所以（上課）遲到了。

單字

1.	朝寝坊(あさねぼう)$_3$	【名詞】早上晚起、睡過頭
2.	遅(おく)れます$_4$（遅(おく)れる$_0$）	【動詞】遲到、耽誤、落後

學習項目８　（目的）に動詞ます。

中文意思　從事某個動作、行爲的目的。

用法

名詞＋に動詞ます。

動詞$_1$~~ます~~＋に動詞$_2$ます。

※名詞・動詞$_1$：表示目的

例句

1. 山本(やまもと)さんは台湾(たいわん)へ中国語(ちゅうごくご)の勉強(べんきょう)に来(き)ました。

山本先生（小姐）來台灣學中文。

2. 日本(にほん)へ生(い)け花(ばな)を習(なら)いに行(い)きます。

去日本學插花。

3. 晩(ばん)ご飯(はん)の食材(しょくざい)を買(か)いにスーパーへ行(い)きます。

到超市去買晚飯的食材。

4. 日曜日(にちようび)会社(かいしゃ)へ何(なに)をしに行(い)きますか。

星期天到公司去做什麼呢？

單字

1.	生(い)け花(ばな)$_2$	【名詞】插花
2.	食材(しょくざい)$_0$	【動詞】食材、做菜的材料

學習項目９　名詞でも（例示）

中文意思　　舉例。

用法

名詞＋でも…

例句

1. A：のどがかわきましたね。冷(つめ)たいジュースでも飲(の)みませんか。
口好渴哦，我們去喝點冰果汁之類的冷飲好嗎？

B：ええ、そうしましょう。
好啊，就照你說的辦吧。

2. A：おなかがすきましたね。おにぎりでも食(た)べませんか。
肚子好餓哦，我們吃點飯糰之類的東西好嗎？

B：ええ、食(た)べましょう。
好啊，我們去吃吧。

單字

※單字之後加上＊者，表示該單字在課文例句中並未出現。

1.	のどが（渇(かわ)）きました	【会話文】口渴※「のど$_1$」：喉嚨
2.	おなかがすきました	【会話文】肚子餓※「おなか$_2$」：肚子
3.	おなかがいっぱいです＊	【会話文】肚子飽了
4.	おにぎり$_2$（＝おむすび$_2$）	【名詞】飯糰（較「にぎり」更文雅的說法）

補充

Ⅰ.疑問詞のまとめ（疑問詞的總整理）

人	だれ、どなた、どの名詞(めいし)、どんな名詞(めいし)
時間	いつ、どの季節(きせつ)

期間	どのくらい/どのぐらい、何分（間）、何時間、何日（間）、何週間、何か月、何年（間）
場所	どこ、どの名詞
方向	どちら
物品	何（なに／なん）、どれ、どの名詞、どんな名詞
原因、理由	どうして、何で
方法、手段	どうやって、何（なに／なん）で
數量、金額	いくつ、いくら

Ⅱ.「何（助数詞・接尾語）」のまとめ（量詞・接尾語的疑問詞總整理）

時間	何年、何月、何日、何曜日、何時、何分
期間	何年、何か月、何週間、何日、何時間、何分（間）
數量	何枚、何台、何本、何杯、何匹、何個、何階、何回、何人、何歳、何番、何冊、何キロ
其他	何語、何色、何人

文法解説

學習項目1　が（主語）

説明

- 「が」是助詞，主要接在名詞之後用來表示述語所表述的動作、存在、作用、狀態等的主體，也就是主語（主詞）。換句話説，主語是述語的主體，「主語が…」多用來敘述某個動作或行爲、某種作用或現象、某件事、或是某種狀態。

● 如前一單元註解中所述，說話者告知對方還未知的資訊時，陳述句的主語部分要以助詞「が」表示。相對於此，如下例所示，若是以「は」表示，則表示相當主語部分的「…は」是雙方所共知的主題（話題）。

例A：きのう山田さんに会いませんでした。

昨天沒見到山田先生（小姐）。

B：えっ、どうしてですか。

咦？爲什麼呢？

A：山田さんは留守でしたから。※「山田さんは」爲雙方所共知的主題（話題人物）。

因爲山田先生（小姐）當時不在家。

● 問句主語部分是疑問詞時，後接助詞「が」，其答句因爲是回答者告知發問者所不知道的資訊，所以主語的部分必須以助詞「が」表示。也就是說

Q：「主語（疑問詞）が…か」→A：「主語が…」。

例A：どの人が本田さんですか。※問句的主語是疑問詞時，後接助詞「が」。

哪一位是本田先生（小姐）呢？

B：あの人が本田さんです。※答句的主語也必須接助詞「が」。

那位就是本田先生（小姐）。

● 說明句的主題（例如：主題は…です）、對比句之前後句的對比文節（以前後句的主語對比爲例：主語$_1$は…、主語$_2$は…）、被視爲全句主題（例如：主題は主語が…です）的部分，都必須要後接助詞「は」，而並非助詞「が」。

● 「は」是助詞，用來表示文的主題。被視爲主題提起的文節未必得是主語。

例：先週この牛乳を買いました。※目的語＝牛乳を

上星期買了這瓶牛奶。

↓

この牛乳は先週買いました。※主題＝牛乳は

這瓶牛奶是上星期買的。

學習項目２　名詞が動詞／名詞を動詞

說明

● 從意義上來看，動詞主要用來表示

動作：例如「笑います」（笑）、「飛びます」（飛）等

行爲：例如「貸します」（出借…）、「教えます」（教導…）等

存在：例如「あります」（有…）、「います」（在…）等

作用：例如「切ります」（切…）、「洗います」（洗…）等

變化：例如「出ます」（出現…）、「消えます」（消失…）等

狀態：例如「できます」（能夠…）、「わかります」（理解…）等

● 從語法上的特點來看，動詞經常用來做爲述語。可分爲不帶目的語（受詞）的不及物動詞和帶目的語（受詞）的及物動詞。

前者在日文稱爲自動詞，僅憑這類動詞就能表述主語的動作、作用或狀態。後者在日文稱爲他動詞，這類動詞往往必須與「…を」、「…に」一起出現表示主語的動作或作用會及於其他人、事、物。在本單元中列舉的對照組如下：

例1：ドアが開きます。（主語：ドア）
門將會打開。

わたしがドアを開けます。（主語：わたし）
我把門打開。　（目的語：ドア）

例2：窓が閉まります。（主語：窓）
窗户將會關上。

わたしが窓を閉めます。（主語：わたし）
我把窗户關上。　（目的語：窓）

例3：3800グラムの元気な男の子が生まれました。（主語：男の子）
生了一個重3800公克的健康男嬰。

ニワトリは夜たまごをうみません。（主語：ニワトリ）
雞晚上不下蛋。　（目的語：たまご）

例4：キャンドルの火が消えました。（主語：火）

蠟燭的火熄了。

（あなたは）テレビを消しましたか。（主語：あなた）

（你）關電視了嗎？（目的語：テレビ）

例5：電気がつきます。（主語：電気）

燈會點亮。

わたしがもう一度キャンドルに火をつけましょう。（主語：わたし）

我再一次將蠟燭點燃吧。（間接目的語：キャンドル／直接目的語：火）

學習項目3　主題は主語が…

説明

- 「主題は主語が…」用於表示主題的性質、狀態。主題指整體、主語為其一部分。這就好比寫作文時，作文題目就是主題，而構成整篇文章的每個段落，都各有其段落的主旨，這就相當於主語。
- 表示主題的助詞「は」因本身帶有對比的意味，接在数量詞（量詞）之後，如以下例句所示，如爲肯定文（肯定句）表示肯定有達到這個數量、否定文（否定句）則表示否定有達到這個數量，但同時也暗指一定有達到某個數量，只不過這個數量比起遭到否定的數量要來得少很多。

例1：1万人は来ました。

（肯定）有來了一萬人。（=少說也有一萬人來了。）

例2：1万人は来ませんでした。

來了不到一萬人。（=來的人數一定達不到一萬人。）

- 助詞「は」除了表示主題以外，還有其他許多用法。例如接在副詞之後，則有表示限定的意思。

例1：日本語は少しはわかります。

日文略爲懂一些。（=日文就只懂一些些而已。）

例2：速くは食べません。

（吃東西）不會吃得很快。（=不會快速地吃東西。）

學習項目4　が（対象）

説明

- 「が」是助詞，在此用來表示如：「あります」（擁有…）、「見えます・聞こえます」（看得到…。聽得到…）、「できます」（能夠…）、「わかります」（懂…）等狀態的動詞或是表示感覺、情緒、需求的イ形容詞、ナ形容詞所投射的對象，稱爲対象語。

Ⅰ. 表示擁有、感覺、能力等狀態的動詞：

1. パソコンがあります（擁有）

擁有電腦

2. 海が見えます・波の音が聞こえます（感覺的對象）

看得到海聽得到海浪聲

3. パソコンができます（能力）

會使用電腦

4. 日本語がわかります（理解能力）

懂日文

Ⅱ. イ形容詞・ナ形容詞

1. ダンスが好きです・ダンスが嫌いです（好惡）

很喜歡跳舞　　　　很討厭跳舞

2. ダンスが上手です・ダンスが下手です（能力）

很會跳舞　　　　很不會跳舞

3. パソコンが欲しいです（需求）

想要電腦

※4. パソコンが買い~~ます~~＋たいです（希望）　☆請參閱本單元學習項目說明

想買電腦

- 相對於対象語，成爲表示動作、行爲等動詞（如食べます、飲みます、書きます等）針對的對象者，稱爲目的語，後接助詞「を」。

例：日本料理を食べます。※日本料理＝目的語

吃日本料理

學習項目5　人は名詞が欲しいです。

說明

- 「欲しい」是イ形容詞，表示說話者想要有親人、朋友或是想得到某種東西等等心中所想的欲求。「欲しい」不能用來陳述對方或第三者心中所想的欲求（因爲唯有當事者才能確知自己心裡面所想的事），但是「欲しい」可以疑問或推測的形式，詢問對方或第三者心中所想的需求，例如：

（あなたは or 社員は）休みが欲しいですか。（疑問）

（你or員工）想要休假嗎？

（あなたは or 社員は）休みが欲しいでしょう。（推測）

（你or員工）想要休假吧。

- 假使對方是長輩時，不可以直接了當問對方「名詞が欲しいですか」，而應以更委婉的其他說法徵詢長輩的需求才不會顯得失禮。
- 當對話的雙方都知道名詞所指為何的情形下，「名詞が欲しい」的「名詞が」的部分可省略。
- 在口語，要對方提供他能夠供應的一般物品時，往往會使用「名詞が欲しいんですが」這樣的說法。

例：（對蛋糕店的店員說）

あのう、チーズケーキが欲しいんですが…。

嗯…，我想要（買）起士蛋糕。

- 「欲しがる」是状態動詞（表示某種狀態的動詞），用來表示自己以外的對方或是第三者心中所想的需求。往往會使用「人は／が名詞を欲しがっています」這樣的說法，表示別人想要名詞所指物品的心情溢於言表。

★別人想得到的物品，必須以助詞「を」表示。

學習項目６　人は名詞が動詞たいです。

說明

- 「動詞たい」是由助動詞（助動詞）「たい」接在動詞マス形之後所組成的，表示「自己想做某件事」的意思。如以下所示，助動詞「たい」的活用比照イ形容詞。

例：行き~~ます~~＋たい→行きたい。※述語（過去形）

A：あなたは 行きたい ところがありますか。※連体修飾

你有想去的地方嗎？

B：はい、アメリカへ 行きたい です。※述語

有，（我）想去美國。

A：そうですか。わたしはフランスへ 行きたかった のですが、今は日本へ行きたいです。※述語（過去形）

是哦，我以前想去法國，現在想去日本。

● 去某個地方，例如「日本へ行きます」，因為日本並非動詞「行きます」的對象，而是方向，所以表示「日本へ行きたいです」（想去日本）時，助詞「へ」不可以、也沒必要改成「が」。

● 心中想做的動作或行為的對象，如果以「が」表示時，重點在於對象的部分。以「を」表示時，則表示敘述的重點在於心態的部分。舉例來說：當想喝可樂時，走到自動販賣機投幣後，按下可樂按鍵，卻出現售完，於是按退幣不喝了，這時重點在可樂，所以要使用例1的說法。如果不按退幣，改按其他飲料時，重點在於想喝這個心態，則必須要使用例2的說法。

例1：コーラーが飲みたいです。※重點在於對象（コーラー）

例2：コーラーを飲みたいです。※重點在於心態（飲みたい）

● 「動詞たい」表示「自己想做某件事」的意思，因此和「欲しい」一樣，不能用來陳述對方或第三者心中所想做的事（因為唯有當事者才能確知自己心裡面所想的事），但是可以疑問或推測的形式，詢問對方或第三者心中想做的動作或行為，例如：

（あなたは or 息子さんは）パソコンを（or が）買いたいですか。（疑問）
（你or令郎）想買電腦嗎？

（あなたは or 息子さんは）パソコンを（or が）買いたいでしょう。（推測）
（你or令郎）想買電腦吧。

● 在口語，要委婉表達需求或請求對方同意時，往往會使用「動詞たいんですが」這樣的說法。

例：あのう、ちょっとお聞きしたいんですが…。
嗯…，我想向您請教一下…。

學習項目７　文＋から、…

說明

- 「から」是助詞，接在文（句子）的後面，表示句中所述爲原因、理由，後句則爲該原因、理由所造成的結果。如以下所示，加上「から」的前句可以是常体，也可以是敬体，後句也可以是常体或敬体，但不可以前句是敬体，而後句是常体。

常体＋から、常体。　○　例：のどがかわいたから、水を飲んだ。
常体＋から、敬体。　○　例：のどがかわいたから、水を飲みました。
敬体＋から、常体。　×　例：のどがかわきましたから、水を飲んだ。
敬体＋から、敬体。　○　例：のどがかわきましたから、水を飲みました。

以上各句中譯皆爲：因爲口渴，所以喝了水。

- 在前文中曾經提到過「から」是助詞，接在名詞之後，表示該名詞是起點。
- 「文$_1$＋から、文$_2$」譯爲「因爲句$_1$，所以句$_2$」。跟英文「Why…？」之後，往往會出現「Because….」一樣。日文的問句「どうして文$_2$か」之後，如以下所示，回答時也往往會出現省略掉文$_2$（句$_2$），只以「文$_1$（常体）から＋です」形式答覆的答句。

A：どうして授業に出ませんでしたか。
為何沒來上課呢？

B：かぜを引いたからです。※かぜを引いたから、（授業に出ませんでした）＋です。
かぜを引きましたから。（口語）
因爲感冒了。

學習項目８　（目的）に動詞ます。

說明

- 「に」是助詞。「動詞ます→動詞~~ます~~」例如（映画を）見~~ます~~→ 見 ます→ 見 ＋「に」，後面再加上移動動詞時，「見 に」表示主語移動的目的。

a. 動詞~~ます~~に+移動動詞ます

例1：日本へ 生け花を習い~~ます~~ に行きます。
去日本學插花。

例2：日曜日会社へ 何をし~~ます~~ か に行きます。×

日曜日会社へ 何をし~~ます~~ に行きます か 。○
星期天到公司去做什麼？

b. 名詞に+移動動詞ます

例：日本へ日本語の勉 強 に行きます。
去日本學日文。

- 屬於N5級的「移動動詞」請參閱「第三單元學習項目6」。
- 能做爲「移動動詞」移動目的的名詞，屬於N5級的有：

朝ごはん、	昼ごはん、	晩ごはん、	買い物、	授業、	パーティー、	練習
早餐	午餐	晚餐	購物	上課	聚餐、聚會、舞會	練習

勉強、	散歩、	旅行、	仕事、	スポーツ、…
念書、K書	散步	旅行	工作	運動

- 表示移動的目的地，助詞必須使用「へ」，而不能使用「で」。

例：○ 図書館へ勉強に行きます。
× 図書館で勉強に行きます。
去圖書館念書。

學習項目9　名詞でも（例示）

說明

● 「でも」是助詞（じょし），表示不是十分執著的「舉例」。換句話說，就是接在某個名詞（めいし）之後，表示只要是與所舉出的名詞（めいし）類似者都可以接受的意思。

例：おなかがすきましたね。おにぎりでも食（た）べませんか。
肚子好餓哦，我們吃點飯糰之類的東西好嗎？

第七單元

學習項目１　場所に名詞があります／います。

中文意思　表示主詞存在的地點。

用法Ⅰ. 某個地方有人、動物、物。

場所に ＋
- 名詞があります。（名詞：無生命或意識）
- 名詞がいます。（名詞：有生命及意識）

例句

1. 教室（きょうしつ）に学生（がくせい）がいます。
   教室裡有學生。

2. 冷蔵庫（れいぞうこ）にビールがあります。
   冰箱裡有啤酒。

用法Ⅱ. 在某個地方裡有某個（人、動物、物）在嗎？

場所に ＋ 疑問詞が
- あります。
- います。

例句

1. 箱（はこ）の中（なか）に何（なに）がありますか。
   盒子裡有什麼東西嗎？

2. 箱（はこ）の中（なか）に何（なに）がいますか。
   盒子裡有什麼動物（活的東西）在嗎？

3. A：あなたの家（いえ）に今（いま）だれがいますか。
   你家現在有誰在嗎？

   B：わたしの家（いえ）に今（いま）母（はは）がいます。
   我家現在有我媽在。

B_1：わたしの家(いえ)に今(いま)だれもいません。（疑問詞+も+いません：表完全否定）

我家現在沒人在。

單字

1.	冷蔵庫(れいぞうこ)$_3$	【名詞】冰箱
2.	ビール$_1$	【名詞】啤酒
3.	箱(はこ)$_0$	【名詞】箱子、盒、匣子

補充單字

1.	男(おとこ)$_3$	【名詞】男子、男人、男的
2.	男(おとこ)の人(ひと)$_0$	【名詞】男人（指成人）
3.	男(おとこ)の子(こ)$_3$	【名詞】男孩、少男
4.	男子(だんし)$_1$	【名詞】男孩、男性、男人
5.	女(おんな)$_3$	【名詞】女子、婦女、女的
6.	女(おんな)の人(ひと)$_0$	【名詞】女人（指成人）
7.	女(おんな)の子(こ)$_3$	【名詞】女孩、少女
8.	女子(じょし)$_1$	【名詞】女孩、女性、女人

學習項目２　場所に名詞$_1$と名詞$_2$があります／います。

中文意思　某個地方有名詞$_1$（人、動物、物）和名詞$_2$（人、動物、物）。

用法

場所に ＋ { 名詞$_1$と名詞$_2$があります。
　　　　　　名詞$_1$と名詞$_2$がいます。 }

例句

1. 教室(きょうしつ)に先生(せんせい)と学生(がくせい)がいます。

教室裡有老師和學生在。

2. 冷蔵庫(れいぞうこ)に果物(くだもの)と魚(さかな)があります。

冰箱裡有水果和魚。

單字

1.	果物(くだもの)$_2$	【名詞】水果
2.	魚(さかな)$_0$	【名詞】魚、魚類

學習項目３　場所に名詞$_1$や名詞$_2$（など）があります／います。

中文意思　某個地方有名詞$_1$（人、動物、物）、名詞$_2$（人、動物、物）等。

用法

場所に ＋ { 名詞$_1$や名詞$_2$があります。
　　　　　 { 名詞$_1$や名詞$_2$がいます。

例句

1. かばんに財布(さいふ)やボールペン（など）があります。

包包裡有錢包和原子筆等物品。

2. 教室(きょうしつ)に陳(ちん)さんや王(おう)さん（など）がいます。※「など」改成「たち」or「ら」較自然。

教室裡有陳同學和王同學等人在。

單字

※單字之後加上*者，表示該單字在課文例句中並未出現。

1.	かばん$_0$	【名詞】皮包、提包、包包
2.	財布(さいふ)$_0$	【名詞】錢包
3.	ボールペン$_0$	【名詞】原子筆
4.	…ら	【接尾詞】接在名詞或代名詞之後表示複數。接於己方人稱代名詞之後表謙遜，非己方則表示輕視或親密的意思。

5.	…たち	【接尾詞】接在名詞或代名詞之後表示複數。接於人稱代名詞之後較「…ら」表客氣，但沒「…がた」客氣。不可用在想表示敬意的對象之後。
6.	…（方(がた)）*	【接尾詞】接在人稱代名詞之後表示複數。接在想表示敬意的對象之後。
7.	…など	【副助詞】等等、這一類的東西

學習項目4　場所の…に名詞があります／います。

中文意思　某個地方的…有名詞（人、動物、物）。

用法Ⅰ. 某處的…有名詞（人、動物、物）。

場所の…に＋ { 名詞があります。／名詞がいます。 }
↓
★

★ 中(なか)↔外(そと)　上(うえ)↔下(した)　前(まえ)↔後(うし)ろ　右(みぎ)↔左(ひだり)　隣(となり)・横(よこ)・側(そば)・近(ちか)く・辺(へん)

例句

1. 町(まち)にホテルや交番(こうばん)などがあります。
   街上有飯店和派出所等等。

2. テーブルの上(うえ)に花瓶(かびん)などがあります。
   桌上有花瓶等東西。

3. ドアのそばにスイッチがあります。
   門的旁邊有開關。

4. A：あのう、ちょっとすみません。
   嗯，不好意思，請教一下。

B：はい、何(なん)ですか。

好的，有什麼事嗎？

A：トイレはどこでしょうか。

請問廁所在什麼地方？

B：あちらの階段(かいだん)の後(うし)ろにありますよ。

在那邊樓梯的後面。

A：あっ、そうですか。どうも。

啊！這樣哦。謝謝！

用法Ⅱ. 名詞$_1$（人、動物、物、地方）和名詞$_2$（人、動物、物、地方）之間有名詞$_3$。

名詞$_1$よ名詞$_2$の間に＋ { 名詞$_3$があります。 / 名詞$_3$がいます。 }

例句

1. タイペイと台南(たいなん)の間(あいだ)に台中(たいちゅう)があります。

   台北和台南中間有台中。

2. 呉(ご)さんと施(し)さんの間(あいだ)に蘇(そ)さんがいます。

   吳同學和施同學中間有蘇同學。

單字

1.	中(なか)$_1$	【名詞】內部、裡面
2.	外(そと)$_1$	【名詞】外面、室外
3.	上(うえ)$_0$	【名詞】上、上面
4.	下(した)$_0$	【名詞】下、下面
5.	後(うし)ろ$_0$	【名詞】後面、後方
6.	横(よこ)$_0$	【名詞】旁邊、寬

7.	辺（へん）$_0$	【名詞】（某地方）一帶
8.	テーブル$_0$	【名詞】桌子
9.	花瓶（かびん）$_0$	【名詞】花瓶
10.	町（まち）$_2$	【名詞】街道、城鎮
11.	交番（こうばん）$_0$	【名詞】派出所
12.	ホテル$_1$	【名詞】旅館、飯店
13.	ドア$_1$	【名詞】門
14.	スイッチ$_{2or1}$	【名詞】電源開關（switch）
15.	トイレ$_1$	【名詞】廁所（toilet）

學習項目５　疑問詞＋か…肯定

中文意思　雖不一定特別要針對（疑問詞所指的人事物），但須針對與（疑問詞所指的人、事、物）同類者做某種動作行爲。

用法

疑問詞＋か＋動詞ます。

例句

1. 会議室（かいぎしつ）にだれかいますか。　→はい、（課長（かちょう）が）います。
   會議室裡是不是有人呢？　是，課長在。

   →いいえ、だれもいません。
   不，沒人。

※会議室（かいぎしつ）にだれがいますか。→課長（かちょう）がいます。
會議室裡有誰在呢？　課長在。

→だれもいません。
沒人在。

單字

1.	課長（かちょう）$_0$	【名詞】課長
2.	会議室（かいぎしつ）$_3$（…室（しつ））	【名詞】會議室（…室）

學習項目6　名詞は場所にあります／います。

中文意思　名詞（人、動物、物、機構）在某個地方。

用法Ⅰ. 名詞（人、動物、物、機構）在某個地方。

名詞は＋場所に { あります。／います。 }

例句

1. 海洋大学（かいようだいがく）は基隆（ジーロン）にあります。

海洋大學在基隆。

基隆（ジーロン）に海洋大学（かいようだいがく）があります。

基隆有所海洋大學。

2. 医者（いしゃ）と看護婦（かんごふ）は会場（かいじょう）にいます。

醫生和護士在會場。

会場（かいじょう）に医者（いしゃ）と看護婦（かんごふ）がいます。

會場裡有醫生和護士。

用法Ⅱ. 名詞（人、動物、物、機構）在哪裡？

名詞は＋どこに { ありますか。／いますか。 }

★人・物・所はどこですか。

例句

1. スリッパはどこにありますか。
   拖鞋在哪裡呢？

2. あなたの家族(かぞく)は今(いま)どこにいますか。
   你的家人現在在哪裡呢？

   or ご家族(かぞく)はどちらにいらっしゃいますか。
   您的家人目前在哪裡呢？

單字

※單字之後加上＊者，表示該單字在課文例句中並未出現。

1.	会場(かいじょう)$_0$	【名詞】會場
2.	看護婦(かんごふ)$_3$	【名詞】護士
3.	看護師(かんごし)$_3$＊	【名詞】男護士和女護士的總稱、通稱
4.	スリッパ$_{2\ or\ 1}$	【名詞】拖鞋
5.	いらっしゃいます$_6$（いらっしゃる$_4$）	【動詞】在、來、去 （在此句是「いる」更客氣的說法）

學習項目７　数量（＝数詞＋助数詞）動詞ます。

中文意思　表數量（＝數詞＋量詞）。

用法

数詞＋助数詞→数量詞
名詞を／が＋数量詞＋動詞ます。
名詞$_1$を／が＋数量詞 と 名詞$_2$を／が数量詞 ＋動詞ます。

例句

1. 時間(じかん)が（期間）かかります。→（時間(じかん)が）2時間(じかん)かかります。

   花時間　　　　　　　　　　　　　　　　　　花2小時（時間）

2. お金(かね)が（金額）掛(か)かります。→（お金(かね)が ）200円(えん)掛(か)かります。

   花錢　　　　　　　　　　　　　　　　　　　花日幣200元（金錢）

3. …は（時間(じかん) or お金(かね)が）どのくらいかかりますか。（or 掛(か)かりますか。）

   （某件事、物）將花費多少（時間or金錢）呢？

4. …は（~~お金(かね)が~~）**いくら**掛(か)かりますか。※從「いくら」即可得知是在指「金額」。

例 A：海洋大学(かいようだいがく)から基隆駅(ジーロンえき)まではタクシーでいくら掛(か)かりますか。

從海洋大學到基隆車站搭計程車要多少錢？

B：台湾元(たいわんげん)で150元(げん)ぐらいです。

約台幣150元。

A：それじゃ、時間(じかん)はどのぐらいかかりますか。

那麼，時間大約要多久呢？

B：普通(ふつう)、約(やく)20分(ぷん)（間(かん)）かかりますね。

一般來說，大約要20分鐘哦。

※表示大概的數量只能「約(やく)…」、「…ぐらい」2選1。例如：約(やく)20分(ぷん)＝20分(ぷん)ぐらい

5. A：教室(きょうしつ)に学生(がくせい)が何人(なんにん)いますか。

   教室裡有幾個學生？

   B：教室(きょうしつ)に学生(がくせい)が二人(ふたり)います。

   教室裡有2個學生。

6. 教 室(きょうしつ)に先生(せんせい)が一人(ひとり)と学生(がくせい)が二人(ふたり)います。

   教室裡有1個老師和2個學生

7. A：財布(さいふ)に（お金(かね)は）いくらありますか。

   錢包裡有多少錢？

B：（財布(さいふ)にお金(かね)が）千円(せんえん)あります。

（錢包裡錢有）日幣1千元。

※（財布(さいふ)に）千円(せんえん)（札(さつ)）があります。

錢包裡有日幣1千元的紙鈔。

8. 豚骨(とんこつ)ラーメンを2つください。

請給我2碗豚骨拉麵。

9. 豚骨(とんこつ)ラーメンとしょうゆラーメンをください。

請給我豚骨拉麵和醬油拉麵。

10. 豚骨(とんこつ)ラーメンを2つとしょうゆラーメンを1つください。

請給我2碗豚骨拉麵和1碗醬油拉麵。

11. 20円(えん)の切手(きって)を1枚(まい)買(か)いました。

買了1張日幣20元的郵票。

12. 缶(かん)ビールを1本(ぽん)飲(の)みました。

喝了1罐啤酒。

單字

※單字之後加上＊者，表示該單字在課文例句中並未出現。

1.	豚骨(とんこつ)ラーメン$_{5}$	【名詞】豚骨拉麵
2.	缶(かん)ビール$_{3}$	【名詞】罐裝啤酒
3.	タクシー$_{1}$	【名詞】計程車
4.	（新(ニュー)）台湾(たいわん)ドル／ （新(ニュー)）台湾元(たいわんげん)	【名詞】新台幣「台湾ドル」、TWD ニュー台湾(たいわん)ドル$_{7}$：New Taiwan dollar、NT$
5.	日本円(にほんえん)$_{0}$＊	【名詞】日幣円(えん)，JPY 日本円(にほんえん)$_{4}$：Japanese Yen
6.	…円札(えんさつ)	【名詞】日幣…元紙鈔

7.	かかります$_4$（かかる$_2$）	【動詞】花、費（時間「かかる」or金錢「掛(か)かる」）
8.	それじゃ$_3$（それでは$_3$）	【接続詞】那麼
9.	普通(ふつう)$_0$	【副詞】一般、普通
10.	どのくらい$_0$（どのぐらい$_0$）	【連語】多久、多少錢、多遠、何種程度、…
11.	…つ	【助数詞】…個、…歲、…份
12.	…枚(まい)	【助数詞】…張、…枚、…件
13.	…台(だい)	【助数詞】…部、…輛
14.	…回(かい)	【助数詞】…次
15.	…階(かい)	【助数詞】…樓
16.	…人(にん)	【助数詞】…人
17.	…本(ほん)	【助数詞】…枝、…條、…棵（or顆）、…瓶（or罐）
18.	…杯(はい)	【助数詞】…杯、…碗
19.	…匹(ひき)	【助数詞】…隻、…條 ※計算小型的動物或昆蟲

補充單字

I．助数詞(じょすうし)（量詞）　　※「本(ほん)・杯(はい)・匹(ひき)」發音變化規律一樣。

数(かず)	…つ …個、…歲	…枚(まい) …張	…台(だい) …部、…輛	…回(かい) …次	…階(かい) …樓	…本(ほん)（杯(はい)・匹(ひき)） …枝、…條 （杯/碗・隻）
1	ひとつ	いちまい	いちだい	いっかい	いっかい	いっぽん/ぱい/ぴき
2	ふたつ	にまい	にだい	にかい	にかい	にほん/はい/ひき
3	みっつ	さんまい	さんだい	さんかい	さんがい	さんぼん/ばい/びき
4	よっつ	よんまい	よんだい	よんかい	よんかい	よんほん/はい/ひき
5	いつつ	ごまい	ごだい	ごかい	ごかい	ごほん/はい/ひき
6	むっつ	ろくまい	ろくだい	ろっかい	ろっかい	ろっぽん/ぱい/ぴき
7	ななつ	ななまい	ななだい	ななかい	ななかい	ななほん/はい/ひき

8	やっつ	はちまい	はちだい	はっかい はちかい	はっかい はちかい	はっぽん/ぱい/ぴき
9	ここのつ	きゅうまい	きゅうだい	きゅうかい	きゅうかい	きゅうほん/はい/ひき
10	とお	じゅうまい	じゅうだい	じゅっかい じっかい	じゅっかい じっかい	じゅっぽん/ぱい/ぴき じっぽん/ぱい/ぴき
?	いくつ	なんまい	なんだい	なんかい	なんがい	なんぼん/ばい/びき

★ 一人(ひとり)　二人(ふたり)　…人(にん)　何人(なんにん)　※四人(よにん)

…人(にん)（常体(じょうたい)）　…名(めい)（敬体(けいたい)：丁寧(ていねい)）　…名様(めいさま)（敬体(けいたい)：尊敬(そんけい)）

慎重、莊重、客氣

Ⅱ. 家族(かぞく)の呼称(こしょう)（家人的稱謂）

A. わたしの家族(かぞく)

祖父(そふ)　祖母(そぼ)

おじ　父(ちち)　母(はは)　おば

（両親(りょうしん)）

弟(おとうと)　兄(あに)　姉(あね)　妹(いもうと)

（兄弟(きょうだい)）

主人(しゅじん)　わたし　家内(かない)

（夫(おっと)）　（妻(つま)）

息子(むすこ)　娘(むすめ)

（子(こ)ども）

B. 佐藤(さとう)さんのご家族(かぞく)

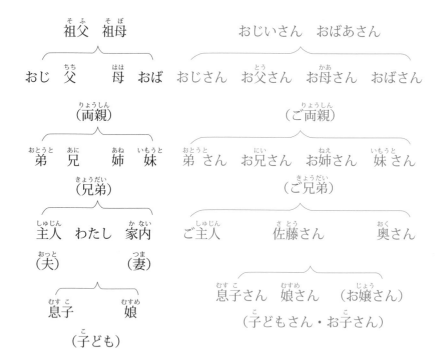

おじいさん　おばあさん

おじさん　お父(とう)さん　お母(かあ)さん　おばさん

（ご両親(りょうしん)）

弟(おとうと)さん　お兄(にい)さん　お姉(ねえ)さん　妹(いもうと)さん

（ご兄弟(きょうだい)）

ご主人(しゅじん)　佐藤(さとう)さん　奥(おく)さん

息子(むすこ)さん　娘(むすめ)さん　（お嬢(じょう)さん）

（子(こ)どもさん・お子(こ)さん）

應用例句

A：ご家族は何人いらっしゃいますか。

請問您的家人有幾人？

B：七人います。（or　うちは七人家族です。）両親と兄と姉が二人と妹がいます。お宅は？

我們家共有7個人。（我們家是七口之家）父母和1個哥哥、2個姊姊和1個妹妹。您府上呢？

A：うちは四人です。主人と子どもが二人います。上の子は息子で、下の子は娘です。

我們家有4個人。我先生和2個小孩。老大是兒子，老二是女兒。

學習項目8　時間に…回動詞ます。

中文意思　某段期間內做某件事…次。

用法

時間に回数＋動詞ます。

※時間$_1$に時間$_2$＋動詞ます。

例句

1. A：1週間に何回日本語の授業がありますか。

一星期上幾次日文課？

B：（1週間に）1回（日本語の授業が）あります。

（1星期）上1次（日文課）。

2. A：どのぐらいに1回海外旅行をしますか。

你多久會去一趟國外旅遊？

B：約半年に1回です。（or 海外旅行をします。）

約半年1次。（or 約半年1次到國外旅遊。）

單字

1.	海外旅行(かいがいりょこう)$_5$	【名詞】國外旅遊
2.	半年(はんとし)$_4$（＝6か月(げつ)）	【名詞】半年

學習項目9　名詞は1回…（時間）です。

中文意思　某件事一次…小時。

用法

名詞は＋1回…（時間）です。

例句

1. A：日本語(にほんご)の授業(じゅぎょう)は1回(かい)何時間(なんじかん)ですか。（or ありますか。）

日文課1次上幾個鐘頭？

B：日本語(にほんご)の授業(じゅぎょう)は1回(かい)2時間(じかん)です。（or あります。）

日文課1次上2個鐘頭。

學習項目10　だけ（限定）

中文意思　只…。

用法

名詞＋だけ…

例句

1. わたしは日本語(にほんご)がわかります。

我懂日文。

↓「は→**だけ**＋は」

わたし**だけ**は日本語(にほんご)がわかります。

只有我懂日文。

2. わたしは日本語（にほんご）がわかります。

我懂日文。

↓ 「が→**だけ**＋が」

わたしは日本語（にほんご）**だけ**がわかります。

or

↓ 「が→**だけ**＋~~が~~」

わたしは日本語（にほんご）**だけ**~~が~~わかります。

我只懂日文。

3. さっきスーパーで、飲（の）み物（もの）を買（か）いましたが、食（た）べ物（もの）を買（か）いませんでした。

剛剛在超市買了飲料，但是沒有買食物。

↓ 「を→**だけ**＋を」

さっきスーパーで、飲（の）み物（もの）**だけを**買（か）いましたが、食（た）べ物（もの）を買（か）いませんでした。

or

↓ 「を→**だけ**＋~~を~~」

さっきスーパーで、飲（の）み物（もの）**だけ**~~を~~買（か）いましたが、食（た）べ物（もの）を買（か）いませんでした。

剛剛在超市只買了飲料，但是沒有買食物。

4. 去年（きょねん）の冬休（ふゆやす）みは日本（にほん）に1か月（げつ）いました。

去年寒假在日本待了1個月。

↓ 「→＋**だけ**」

去年（きょねん）の冬休（ふゆやす）みは日本（にほん）に1か月（げつ）**だけ**いました。※「数量詞＋だけ」

去年寒假在日本只待了1個月。

單字

1.	飲（の）み物（もの）$_{2\ or\ 3}$	【名詞】飲料
2.	食（た）べ物（もの）$_{3\ or\ 2}$	【名詞】食物

學習項目11　しか…否定（限定）

中文意思　　僅…；只…而已。

用法

名詞しか＋動詞ません。

例句

1. 今度（こんど）の試験（しけん）はとても難（むずか）しかったですから、村山（むらやま）さんしか満点（まんてん）が取（と）れませんでした。
   這次的考試因爲很難，所以只有村山同學考滿分而已。

2. この部屋（へや）にはいすが1つしかありません。
   這個房間裡只有1張椅子而已。

3. タイペイから高雄（たかお）まで台湾新幹線（たいわんしんかんせん）で1時間半（じかんはん）しかかかりません。
   從台北到高雄搭台灣高鐵只要1個半小時而已。

4. きのう、晩（ばん）ご飯（はん）しか食（た）べませんでした。
   昨天只吃了晚餐而已。

單字

1.	いす$_0$	【名詞】椅子
2.	今度（こんど）$_1$	【名詞】這一次、下一次
3.	台湾高速鉄道（たいわんこうそくてつどう）$_9$（台湾高鐵（たいわんこうてつ）$_5$） 通称（つうしょう）：台湾新幹線（たいわんしんかんせん）$_7$	【名詞】台灣高鐵 高鐵（こうてつ）、HSR（Taiwan High Speed Rail）
4.	満点（まんてん）$_3$	【名詞】滿分　※如總分爲100分，則可説是「百点満点（ひゃくてんまんてん）$_5$」。
5.	晩ご飯（ばんごはん）$_3$	【名詞】晚餐（＝夕飯（ゆうはん）$_0$）
6.	取（と）ります$_3$（取（と）る$_1$）→取（と）れます$_3$	【動詞】拿、取得　→能拿、能取得

學習項目12 で（基準）

中文意思　以…計算，以…爲準。

用法

A. 名詞で＋金額
（数量）

B. 名詞で＋
（名詞$_1$）
- イ形容詞です
- ナ形容詞です
- 動詞ます
（名詞$_2$）

例句

1. A：いらっしゃい、いらっしゃい、きょうのりんごはおいしいですよ。1キロ500円(えん)だけですから、お買(か)い得(どく)ですよ。 or
いらっしゃい、いらっしゃい、きょうのりんごはおいしいですよ。1キロたったの500円(えん)ですから、お買(か)い得(どく)ですよ。　※這個說法較自然。
歡迎！歡迎！（=來喔！來喔！），今天的蘋果好吃哦，1公斤才日幣500元，買到賺到哦！

B：すみません、（りんごは）1キロ何個(なんこ)ぐらいありますかね。
不好意思，請問（蘋果）1公斤大約會有幾個呀？

A：3つぐらいです。
約3個左右。

B：すみません、10個欲(こほ)しいんですけど。
不好意思，我是要買10個，那…。

A：じゃ、10個(こ)で1500円(えん)いただきます。
那10個就收您日幣1500元好了。

B：そうですか。どうもすみませんね。
是哦，眞是不好意思耶。

2. A：部屋代(へやだい)は一月(ひとつき)いくらですか。

你的房租一個月多少錢？

B：部屋代(へやだい)は一月(ひとつき)24000円(えん)で、それに管理費(かんりひ)が3000円(えん)だから、全部(ぜんぶ)で27000円(えん)です。

房租是1個月日幣24000元，加上管理費日幣3000元，所以總共是日幣27000元。

3. 会話(かいわ)の授業(じゅぎょう)ではいつも隣(となり)の人(ひと)と二人(ふたり)で会話(かいわ)の練習会(れんしゅうかい)をします。

上會話課時總是和旁邊的人，兩人一起練習會話。

單字

1.	キロ$_1$（キログラム$_3$）	【名詞】公斤　※kilogramme[0]（フランス語） グラム$_1$＝公克　Kilogram（英語）
2.	（お）買(か)い得(どく)$_0$	【名詞】很划算、買到賺到
3.	部屋代(へやだい)$_0$	【名詞】房租
4.	…代(だい)	【助数詞】…費
5.	一月(ひとつき)$_2$	【名詞】一個月
6.	…月(つき)	【助数詞】…個月
7.	管理費(かんりひ)$_3$	【名詞】管理費
8.	会話(かいわ)$_0$	【名詞】對話、會話
9.	いただきます$_5$（いただく$_0$）	【動詞】領受、吃、喝〔謙讓語〕
10.	それに$_0$	【接続詞】而且、加上
11.	…個(こ)	【助数詞】…個

學習項目13　も（強調）

中文意思　　強調數量多。

用法

数量詞＋も

例句

1. A：いらっしゃいませ。サイズはいろいろございますよ。どうぞご自由(じゆう)にお試(ため)しください。お客様(きゃくさま)、こちらの靴(くつ)はいかがでしょうか。色(いろ)が3色(しょく)もございますよ。

歡迎光臨！我們有各種尺寸，任您隨意試穿。小姐，這邊這雙鞋子您覺得如何？顏色有3種之多哦！

B：そうですか。なかなかおもしろいデザインですね。おいくらですか。

是哦，相當別緻的款式嘛。多少錢？

A：50000円(えん)でございます。

日幣50000元。

B：えっ？50000円(えん)もしますか。高(たか)いですね。

什麼？要價日幣50000元，好貴！

單字

1.	サイズ$_1$	【名詞】尺寸
2.	いろいろ$_0$	【名詞】各式各樣
3.	自由(じゆう)$_2$	【名詞】自由、隨意
4.	お客様(きゃくさま)$_4$	【名詞】對客人的敬稱　※客(きゃく)→お客(きゃく)さん→お客様(きゃくさま)
5.	靴(くつ)$_2$	【名詞】鞋子
6.	色(いろ)$_2$	【名詞】顏色、色彩
7.	デザイン$_2$	【名詞】設計、款式
8.	試(ため)す$_2$	【動詞】為確認真假或力道的程度而實際做做看、試做

文法解説

學習項目１　場所に名詞があります／います。

說明

- 「います」是「存在動詞」（存在動詞），用來表示「有情物」（有生命，有心智或有活動能力者，例如人類或動物等）的「存在」（有／沒有或在／不在）。
- 「あります」也是「存在動詞」，用來表示「非情物」（非人類或動物等，沒生命或無心智或無活動能力者，例如水或石頭或植物等）的「存在」。
- 「に」是助詞，和存在動詞（いますorあります）一起使用時，用來表示主語存在的地點。
- 動詞「あります」除表示「存在」之外，有時用來表示「發生或舉行」的意思。這種情況下，必須用助詞「で」表示主語發生或舉行的地點，而不可以使用「に」。

例：チリで大きい地震がありました。

在智利發生了大地震。

- 「場所にだれがいますか」是當詢問某個場所（地點）有誰、什麼人（專指人類）在的時候所使用的疑問文（疑問句）。
- 「場所に何がありますか」則是當詢問某個場所有什麼生物或是非生物以外的東西（簡單說，就是泛指除人類以外所有的一切）存在時的疑問句。
- 日文的「男」、「女」大多只單純用來表示人類的性別，所以一般的用法如下：

例　日本語の先生は女の先生です。

日文老師是位女老師。

日本語の先生は女です。

（我的）日文老師是個有女人味的女人。←意思差很多（笑）

- 除人類以外的動、植物的性別要以「雄（オス）」、「雌（メス）」表示。

● 歸納到目前爲止，以「名詞があります」表示的用法如下：

1. 所有（擁有）　　　例：あした暇が**あります**。

明天有空。

2. 出来事（發生、舉行）　　例：来月京都でお祭りが**あります**。

下個月在京都將要舉行慶典。

3. 存在（存在）　　　例：冷蔵庫にジュースが**あります**。

冰箱裡有果汁。

● 在口語，往往會以「名詞（が）、ありますか」這種說法，對別人提出的自己需求。

學習項目２　場所に名詞$_1$と名詞$_2$があります／います。

說明

● 當同一個存在地點，存在有兩個人或動植物或東西時，兩者之間要以助詞「と」連結成一個主語共用一個存在動詞（います or あります）。但若其中一爲「有情物」、一爲「非情物」時，則不可以共用同一個存在動詞，在還沒學會「動詞テ形」前必須分成兩個句子分別表述。

例：ここに金魚とその餌があります／います。×

ここに金魚もその餌もあります／います。×

→ここに金魚がいます。そしてその餌もあります。○

這裡有金魚，並且也有魚的飼料。

學習項目3　場所に名詞$_1$や名詞$_2$（など）があります／います。

説明

- 「や」是助詞，表示「並列」，也就是並列或連結兩個以上的名詞。與「と」的不同點在於：使用「や」時，表示並未全數並列，還有未提到的同類。所以，如「名詞$_1$や名詞$_2$など」所示，往往會和另一個助詞「など」（等等＝etc.）一起使用，但有時「など」可以省略。但是要注意：「など」不可以用在並列人類的情況，而必須改用「たち」。
- 「歸納到目前爲止，當同一個句子中出現兩個名詞時，彼此間可能出現的關係如下：

名詞$_1$と名詞$_2$ → 名詞$_1$ & 名詞$_2$　　例：お酒とビール（酒和啤酒）

名詞$_1$か名詞$_2$ → 名詞$_1$ or 名詞$_2$　　例：お酒かビール（酒和啤酒二選一）

名詞$_1$や名詞$_2$ → 名詞$_1$ & 名詞$_2$…etc.　例：お酒やビール（酒和啤酒等等）

學習項目4　場所の…に名詞があります／います。

説明

- 爲能更明確地説明存在的地點，往往會在場所之後，再加上下列表方位的名詞，試以圖示如下：

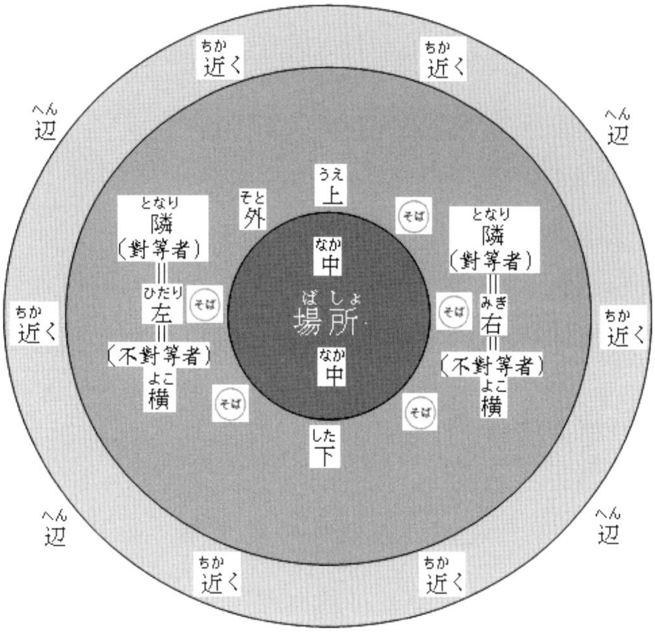

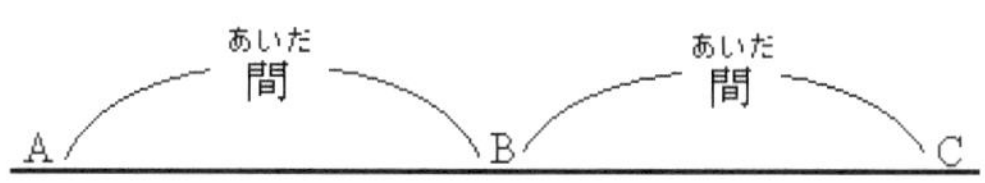

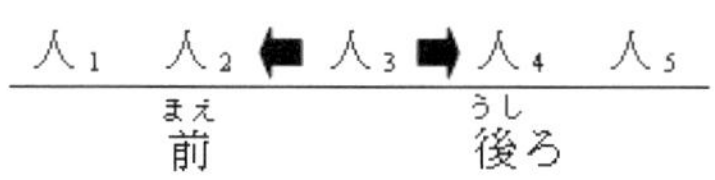

- 「中」約等於英文的「inside」，中文意思指裡面、內部。「外」約等於英文的「outside」，中文意思指外面、外部。本單元中未出現的「奥」中文意思指內部深處，和「中」的不同，在於只要是在某個場所內部空間的任何一點都可說是「中」，「奥」則是要更往裡面一些才能這麼說。
- 「隣」的意思包含「右」或是「左」，也就是非左即右（不是左、就是右）的意思。誠如一般中文說「鄰居、鄰邦、鄰國」這樣的用法，相互爲「隣」者，兩者必須是對等的。倘若是不對等的，譬如就在某人的身邊有個垃圾桶，因爲是「人vs垃圾桶」是不對等的，這時不要用「隣」，而應改用「横」。
- 有時很難明確地說是在某個場所的「右」或是「左」（甚至是「隣」或是「横」），可是就在旁邊時就使用「そば（側）」。比「そば（側）」再稍遠一些時就使用「近く」（附近），可以使用「近く」的情形大約是指市區公車一站的範圍。至於比「近く」範圍再廣一點時就要使用「辺」（一帶）來表示。

學習項目5　疑問詞＋か…肯定

說明

● 「疑問詞」（疑問詞）後面加上助詞「か」的肯定句，例如：

例1：部屋の中にだれかいます。

房間裡有人。

例2：箱の中に何かあります。

盒子裡有東西。

此時的「か」表示不確定。這裡所謂的不確定是指「知道有人（or 有東西），但無法明確指出是某人（or 某個東西）」的意思。

● 疑問詞後面加上助詞「か」的疑問文，此時的「か」表示不確定、不特定。所謂的不確定、不特定是指「是否…、是不是…」的意思，發問的重點在於確認「是」或者是「不是」。所以「疑問詞＋か」這類疑問句的特色是：回答者往往都會先回答「はい（是）」或「いいえ（不是）」。

Ⅰ. 不確定

例A：今朝何か食べましたか。

（你）今天早上是不是有吃了東西呢？

B：**はい**、ハムサンドを食べました。

有，吃了火腿三明治。

Ⅱ. 不特定

例A：のどが渇きましたね。何か飲みませんか。

口好渴哦，我們要不要喝點東西呢？

B：**ええ**、飲みましょう。

好啊，我們去喝吧。

學習項目6　名詞は場所にあります／います。

說明

- 特別針對某個有情物或非情物的存在場所說明或詢問時使用。
- 「名詞は場所にあります／います」這類句型翻譯成中文時，句中的存在動詞（います or あります）往往會翻譯成「在（or 不在）」，而「場所に名詞があります／います」這類句型翻譯成中文時，句中的存在動詞（います or あります）往往會翻譯成「有（or 沒有）」。

例1：海洋大学は基隆にあります。
　　海洋大學在基隆。

例2：基隆に海洋大学があります。
　　基隆有海洋大學。

學習項目7　数量（＝数詞＋助数詞）動詞ます。

說明

- 日文以「数詞 ＋ 助数詞」的方式表示「数量」。因為助数詞（量詞）視所數物品的外形或性質而定，所以有助於数詞（表數字的名詞）更具體呈現「数量」（數量）。例如：ビール（啤酒）「一本」指「一瓶 or 一罐」，「一杯」則是指「一杯」，容器不一樣。ビール「一本」跟「一ダース」（一打），雖然數字都是「一」、容器也同樣都是瓶 or 罐，但「一ダース」實際上的數字卻是12瓶 or 12罐，因此所表示的數量不同。
- 「助数詞」之後不須加助詞而直接加動詞。在句中行使類似副詞的功能，明確表示後接之動詞的程度（數量上 or 時間上）。

例1：缶コーヒーを一本買いました。
　　買了一罐罐裝咖啡。

例2：日本語を一年ぐらい勉強しました。

學日文學了一年左右。

●「くらい（ぐらい）」是由名詞「位」（地位、等級）轉成的助詞，表示大約的程度。因此，大多會接在類似数詞或「数詞+助数詞=数量詞」（數量詞）等名詞之後表示「大約…、…左右」的意思。

例：教室に今学生が30人ぐらいいます。

教室裡現在約有30個學生。

●比「数量＋くらい（ぐらい）」還要莊重的說法是「数量＋ほど（程）」，一般用在很正式的場合。

例：教室に現在学生が30人ほどおります。

教室裡現在約有30個學生。※「おります」是「います」更莊重的說法。

●除接在数詞或数量詞等之後表示大約某個數量的意思以外，「くらい（ぐらい）」還可以「名詞と同じくらい（ぐらい）」的形式表示和舉出的名詞程度不相上下的意思。

例：課長の息子さんは課長と同じぐらい背が高いですね。

課長的兒子跟課長身高一樣高耶。

●「くらい（ぐらい）」除了以上的用法，如果出現在帶有動詞的動詞文（動詞句）中，接在名詞之後，則有表示所舉出的名詞程度沒什麼大不了的意思。

例：チャーハンぐらいわたしにもできますよ。

炒飯之類的（料理），連我也會。

●詢問數量時，當沒把握該使用哪個助数詞發問，或是彼此皆知所指的是哪個助数詞時，會使用「どのくらい／どのぐらい」取代「何枚」「何本」等疑問詞。「どのくらい／どのぐらい」在口語，也可以說成「どれくらい／どれぐらい」。

● 数詞和助数詞的發音視情況會產生變化，必須注意。例如「一つ～十」（…個或…份）數字部分的發音是以日語原來的數字唸法發音，

一（ひ）、二（ふ）、三（み）、四（よ）、五（い）、六（む）、七（なな）、八（や）、九（ここ）、十（とお）

一（いち）、二（に）、三（さん）、四（し）、五（ご）、六（ろく）、七（しち）、八（はち）、九（きゅう）、十（じゅう）

後者的唸法則是源自於中國的發音（音讀）。

十以上的唸法爲十一（じゅういち）、十二（じゅうに）、十三（じゅうさん）、十四（じゅうし） or 十四（じゅうよん）、…（以下以此類推）。

● 「ずつ」是助詞，大多接在類似数詞或「数詞+助数詞=数量詞」（數量詞）等名詞之後，表示以某個固定數量反覆進行某件事的意思。

例1：鉛筆は一人に2本ずつあげます。

鉛筆每人各給2枝。

例2：これから毎日日本語の単語を100語ずつ覚えます。

今後將每天背100個日文單字。

學習項目８　時間に…回動詞ます。

説明

● 「に」是助詞，表示以某段期間爲基準。

1. 「時間に回数」表示某段期間内，動作或狀況發生的頻率。

例：1週間に1回 日本語の授業があります。

1星期上1次日文課。

2. 「時間に時間」表示某段期間内，動作或狀況發生的時間長短。

例：1日に2時間ぐらい ゲームします。

1天大約打2小時電玩。

學習項目9　名詞は1回…（時間）です。

說明

- 「名詞は1回…」表示某個動作或狀況發生一次的時間長短。

例：日本語の授業は 1回2時間 です。

日文課1次上2小時。

學習項目10　だけ（限定）

說明

- 「だけ」是助詞，接在表數量、程度、範圍、對象等的名詞之後，表示限定、強調的意思，可用於肯定文（肯定句）或否定文（否定句）。
- 「だけ」與助詞「が」、「を」、「は」一起使用時，置於這些助詞之前，有時可以省略「が」、「を」。

→「だけ（が）」、「だけ（を）」、「だけは」

- 「だけ」與助詞「に」、「で」、「と」、「へ」一起使用時，置於這些助詞之前後皆可。

→「だけに　or　にだけ」「だけで　or　でだけ」「だけと　or　とだけ」
「だけへ　or　へだけ」

例1：姉は水だけで顔を洗います。

姐姐只用清水洗臉。（=只用清水不用洗面乳）

姉は水でだけ顔を洗います。

姐姐只用清水來洗臉。（=不是清水不用來洗臉）

例2：この品種のエビは台湾だけにあります。

這種品種的蝦子只有台灣才會有。（=別的地方沒有）

この品種のエビは台湾にだけあります。

這種品種的蝦子只有在台灣當地才會有。（=出了台灣就沒有）

學習項目11　しか…否定（限定）

說明

● 「しか」是助詞，接在表數量、程度、範圍、對象等的名詞之後，表示限定、強調的意思，用在特別強調某一項事、物的情形，伴隨「しか」使用的語詞必須變成否定形，但意義上是肯定的，表示僅此而已的意思。換句話說就是：除了「…しか」所舉出的「…」，其他皆沒有或是其他皆非。因此，一般多用在敘述不符說話者期待或預測的事、物，有暗示說話者心情或感受的意味。

例：わたしは千円しかありません。
　　我只有日幣1000元而已。（=除了日幣1000元以外身無分文）

● 將使用「しか…否定」的句子，改成用「だけ…肯定」表現時，便難以透露出說話者強調「僅此而已」的語氣。

例：わたしは千円だけあります。
　　我只有日幣1000元。（=需要日幣1000元以上金額時的說法）

以否定文爲例，更能看出兩種說法之間的不同之處。

例1：わたしはこの漢字だけわかりません。
　　我只有這個漢字不懂。（=不懂的漢字只有一個）

例2：わたしはこの漢字しかわかりません。
　　我只懂這個漢字。（=只懂一個漢字，其他的漢字一概都不懂）

如以上所示，因受制於「しか…否定」的表現形式，若是要表示如例1這類否定文（=不懂的漢字只有一個）限定、強調的語意，就必須使用雙重否定的說法才能加以表現。

● 「しか」可以和其他助詞一起使用，例如：

→「にしか」、「へしか」、「でしか」、「としか」、「からしか」、「までしか」

● 「は」、「が」、「を」＋「しか」時，必須被刪除，例如：

→「~~は~~しか」、「~~が~~しか」、「~~を~~しか」

學習項目12　で（基準）

說明

● 「で」是助詞，表示限定的狀況或範圍的意思。如果基準是數字「1」，則「1」之後不加「で」。

例：りんごは1つ150円です。

蘋果1個日幣150元。

● 如以下所示，「で」可用來表示支付某個金額的的基準（通常爲「数量詞＋で」）。

例：りんごは1つ150円ですが、3つで250円になります。

蘋果1個日幣150元，3個算日幣250元。

學習項目13　も（強調）

說明

● 「も」是助詞，大多接在数量詞等名詞之後，表示強調此數量超乎一般的意思。

例：ラーメンを3杯も食べました。

吃了3碗拉麵。（＝3碗這麼多的拉麵）

● 「も」接在數字「1」之後，且後接的語詞是否定形時，則表示完全沒有的意思。

例：教室に学生は一人もいません。

教室裡連1個學生也沒有。（＝教室裡沒有學生）

第八單元

學習項目1　動詞の辞書形　　※教學光碟

中文意思　動詞辭書形、動詞原形或稱動詞基本形。

■動詞(どうし)の辞書形(じしょけい)（動詞轉變成辭書形的模式）

…段音	あ	い	う	え	お
…根手指	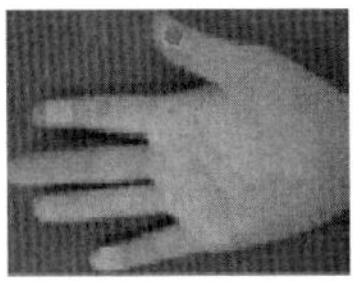	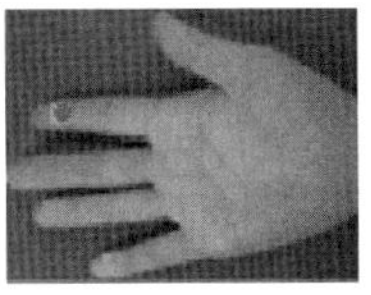	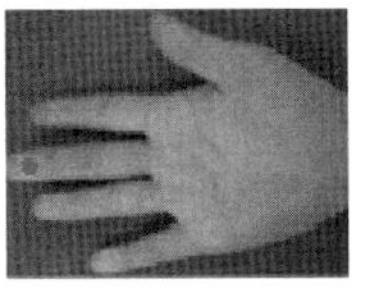	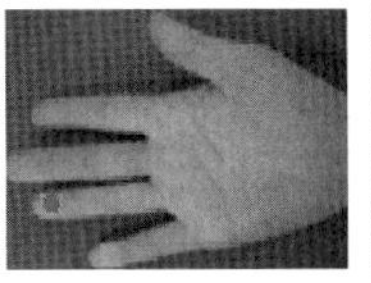	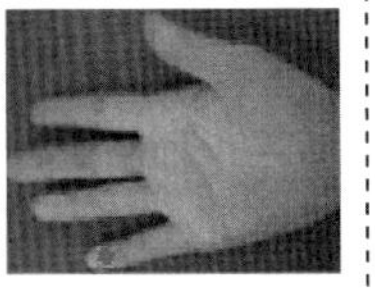
V	V_1	V_2	V_3	V_4	V_5

一、五段動詞(ごだんどうし)

V_1＋ない	V_2＋ます	V_3
言(い)わ ない	言(い)い　ます	言(い)う
書(か)か ない	書(か)き　ます	書(か)く
出(だ)さ ない	出(だ)し　ます	出(だ)す
立(た)た ない	立(た)ち　ます	立(た)つ
死(し)な ない	死(し)に　ます	死(し)ぬ
呼(よ)ば ない	呼(よ)び　ます	呼(よ)ぶ
飲(の)ま ない	飲(の)み　ます	飲(の)む
取(と)ら ない	取(と)り　ます	取(と)る

※例外　ある　→　ない

二、上(かみ)・下一段動詞(しもいちだんどうし)

漢字V_2 ~~る~~ ＋ ない　or　ます　　or　…

例：起(お)きる　　起(お)きない　起(お)きます

漢字V_4~~る~~＋ない　or　ます　　or　…

例：食(た)べる　　食(た)べない　食(た)べます

三、カ変動詞(へんどうし)・サ変動詞(へんどうし)

来(く)る　　来(こ)＋ない　　来(き)＋ます

する　　し＋ない　　し＋ます

★動詞的特質：動詞原形語尾都是「う」段音（第3根手指的音）。

行(い)く	起(お)きる	食(た)べる	来(く)る	する
語幹語尾	語幹 語尾	語幹 語尾	不規則	不規則
			※語幹[k-]	※語幹[s-]

學習項目２　動詞のナイ形

※教學光碟

中文意思　不…。沒…。動詞否定形。

■動詞(どうし)のナイ形(けい)（動詞轉變成否定形的模式）

…段音	あ	い	う	え	お
…根手指	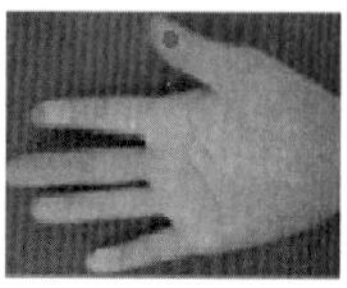	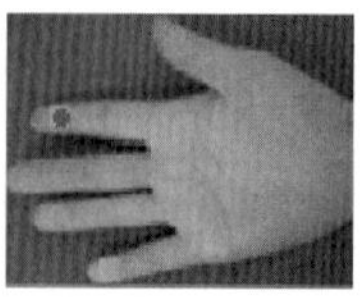	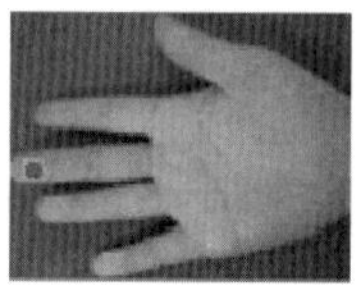	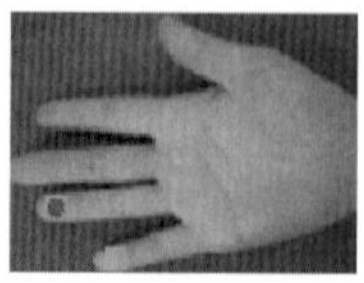	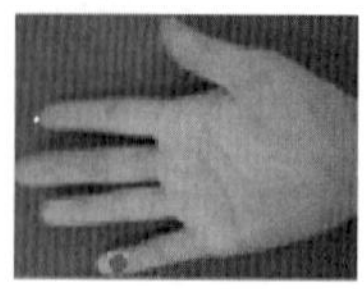
V	V_1	V_2	V_3	V_4	V_5

Ⅰ. 五段動詞		Ⅱ. 上・下一段動詞	Ⅲ. カ変動詞 サ変動詞
V_3 → V_1 ＋ ない		漢字V_2~~る~~ ＋ない 漢字V_4~~る~~ ＋ない	来(く)る→来(こ)ない する→しない
言(い)う→言(い)わない	死(し)ぬ→死(し)なない	借(か)りる→借(か)りない	来(く)る→来(こ)ない
書(か)く→書(か)かない	呼(よ)ぶ→呼(よ)ばない	見(み)る→見(み)ない	する→しない

出(だ)す→出(だ)さない	飲(の)む→飲(の)まない	食(た)べる→食(た)べない	紹介(しょうかい)する ↓
立(た)つ→立(た)たない	取(と)る→取(と)らない	得(え)る→得(え)ない	紹介(しょうかい)しない

學習項目3　動詞$_1$ないで動詞$_2$

中文意思　沒做…的狀況下，做…。

用法

動詞$_1$ないで動詞$_2$

※動詞$_1$ないで：動詞ナイ形＋で

例句

1. 本(ほん)を見(み)ないでディクテーションの練習(れんしゅう)をします。

   不看書，練習聽寫。

2. 先生(せんせい)に何(なに)も言(い)わないで帰(かえ)りました。

   沒跟老師說一聲就回家了。

3. コーヒーは砂糖(さとう)を入(い)れないで飲(の)みます。

   喝咖啡不加糖。

單字

1.	ディクテーション$_3$	【名詞】聽寫（dictation）
2.	入(い)れる$_0$	【動詞】放入、裝入、插入、請入、送進、收容、引進、採用

學習項目４　動詞ないでください

中文意思　請不要做某個動作、行爲。

用法

動詞ナイ形で＋ください

例句

1. 遠慮（えんりょ）しないでください。

   請不要客氣。

2. 大声（おおごえ）で騒（さわ）がないでください。

   請勿大聲喧嘩。

3. 木（き）の枝（えだ）を折（お）らないでください。

   請勿折斷樹枝。

4. 手術（しゅじゅつ）の後（あと）は、スポーツは何（なに）もしないでください。

   手術後，請不要從事任何運動。

5. 病院（びょういん）へのお見舞（みま）いには、赤（あか）ちゃんや小（ちい）さな子（こ）どもを連（つ）れて行（い）かないでください。

   請不要帶嬰幼兒去醫院探病。

單字

1.	大声（おおごえ）$_3$ (↔小声（こごえ）$_0$)	【名詞】大聲（↔小聲、輕聲）
2.	木（き）$_1$	【名詞】樹木
3.	枝（えだ）$_0$	【名詞】枝、樹枝
4.	手術（しゅじゅつ）$_1$	【名詞】手術
5.	スポーツ$_2$	【名詞】體育、運動
6.	お見舞（みま）い$_0$	【名詞】探望

7.	小(ちい)さな$_{1}$	【ナ形容詞】小的、微小的
8.	遠慮(えんりょ)する$_{0}$	【動詞】客氣、謝絕、迴避
9.	騒(さわ)ぐ$_{2}$	【動詞】吵鬧、騷動、慌亂
10.	折(お)る$_{1}$	【動詞】折、弄斷
11.	連(つ)れる$_{0}$	【動詞】帶路、帶領

學習項目5　動詞のテ形

中文意思　動詞テ形（或稱動詞第二連用形）。

動詞之後還要接其他詞彙時使用，可視爲動詞的停頓形。

■動詞(どうし)のテ形(けい)（動詞轉變成テ形的模式）

…段音	あ	い	う	え	お
…根手指	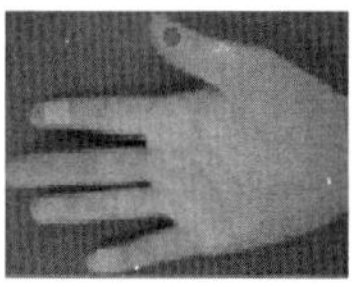	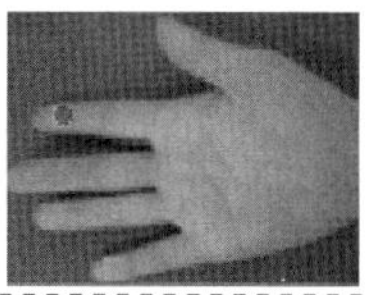	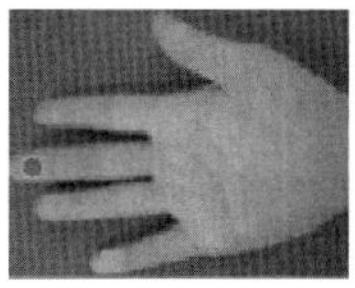	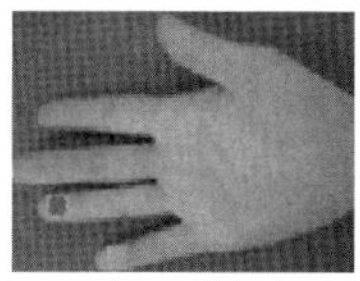	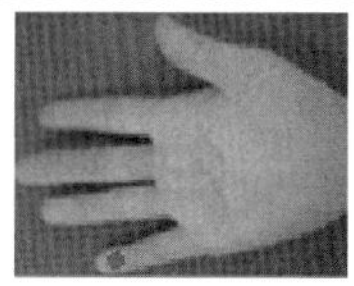
V	V_1	V_2	V_3	V_4	V_5

I.五段動詞		II.上・下一段動詞	III.カ変動詞 サ変動詞
V_3 { …う、…つ、…る → 促音便 っ＋て …く → イ音便 い＋て (…ぐ → イ音便 い＋で) …す → し＋て …ぬ、…ぶ、…む → 撥音便 ん＋で		漢字V_2~~る~~ ＋て 漢字V_4~~る~~ ＋て	来(く)る→来(き)て する→して
言(い)う→言(い)って	死(し)ぬ→死(し)んで	借(か)りる→借(か)りて	来(く)る→来(き)て
立(た)つ→立(た)って	呼(よ)ぶ→呼(よ)んで	見(み)る →見(み)て	する→して
取(と)る→取(と)って	飲(の)む→飲(の)んで	食(た)べる→食(た)べて	紹介(しょうかい)する ↓ 紹介(しょうかい)して
書(か)く→書(か)いて (急(いそ)ぐ→急(いそ)いで)	出(だ)す→出(だ)して	寝(ね)る →寝(ね)て	

■音便（五段動詞）

言う ⇒ って

書く ⇒ いて　　例外：行く → 行って

(泳ぐ ⇒ いで)

※出す ⇒ して

立つ ⇒ って

死ぬ ⇒ んで

呼ぶ ⇒ んで

飲む ⇒ んで

取る ⇒ って

★五段動詞の「…す」&上･下一段動詞&カ変･サ変動詞：音便がない

五段動詞的「…す」&上•下一段動詞&カ變•サ變動詞：沒有音便。

學習項目6　動詞てください（動詞テ形＋くださいませんか）

中文意思　請做某個動作、行爲。（請做某個動作、行爲好嗎？）

用法

動詞テ形＋ください
動詞テ形＋くださいませんか

例句

1. すみません。ちょっとそのコートを見せてください。

   不好意思。那件外套請給我看一下。

2. A：すみません。もう一度説明してくださいませんか。

   不好意思。可以請您再說明一次好嗎？

   B：ええ、いいですよ。

   嗯，好啊！

單字

1.	コート$_1$	【名詞】外套／球場（coat/court）
2.	説明（せつめい）する$_0$	【動詞】説明

學習項目７　動詞$_1$て動詞$_2$

中文意思

做了某個動作、行爲後，接著做另一個動作、行爲。表動作的相繼發生。

用法

動詞$_1$テ形＋動詞$_2$

動詞$_1$マス形＋動詞$_2$マス形　→　動詞$_1$テ形動詞$_2$マス形

例：動詞$_1$　朝（あさ）6時（じ）に起（お）きました。

早上6點鐘起床。

動詞$_2$　歯（は）を磨（みが）きました。

刷了牙。

動詞$_3$　顔（かお）を洗（あら）いました。

洗了臉。

動詞$_4$　車（くるま）で会社（かいしゃ）へ行（い）きました。

開車去到了公司。

動詞$_1$　→　動詞$_2$　→　動詞$_3$　→　動詞$_4$

1. 朝（あさ）6時（じ）に起（お）きて、歯（は）を磨（みが）いて、顔（かお）を洗（あら）って、車（くるま）で会社（かいしゃ）へ行（い）きました。

早上6點鐘起床後，刷了牙、洗了臉，接著開車去到了公司。

2. 朝（あさ）6時（じ）に起（お）きて、歯（は）を磨（みが）いて、顔（かお）を洗（あら）いました。それから、車（くるま）で会社（かいしゃ）へ行（い）きました。

早上6點鐘起床後，刷了牙、洗了臉。然後，開車去到了公司。

★敘述相繼發生的動作時，行使動作者必須是同一個人。

例句

1.（動作相繼發生）

わたしは毎日(まいにち)歩(ある)いて学校(がっこう)へ行(い)きます。

我每天走路上學。

2.（原因）

試合(しあい)の途中(とちゅう)急(きゅう)に雨(あめ)が降(ふ)って、（試合(しあい)は）一時(いちじ)中止(ちゅうし)しました。

賽程中突然下雨，比賽於是只好暫停了。

3.（同時陳述複數個動作行使者的動作或狀態）

橋本(はしもと)さんがピアノを弾(ひ)いて、小川(おがわ)さんが「千(せん)の風(かぜ)になって」を歌(うた)いました。

橋本先生（小姐）彈鋼琴，小川先生（小姐）則是唱了「中譯：化爲千縷微風 or 千風之歌」。

單字

1.	歯(は)$_{1}$	【名詞】牙齒
2.	顔(かお)$_{0}$	【名詞】臉
3.	試合(しあい)$_{0}$	【名詞】比賽（大多用在運動比賽等）
4.	途中(とちゅう)$_{0}$	【名詞】途中
5.	急(きゅう)$_{0}$	【名詞】急迫、突然　※「急(きゅう)＋に」當作副詞使用。
6.	一時(いちじ)$_{2}$	【名詞】暫時　※「一時(いちじ)＋に」當作副詞使用。
7.	中止(ちゅうし)$_{0}$（＋する）	【名詞】中途取消
8.	ピアノ$_{0}$	【名詞】鋼琴（piano）
9.	弾(ひ)く$_{0}$	【動詞】彈奏
10.	磨(みが)く$_{0}$	【動詞】刷、磨
11.	降(ふ)る$_{1}$	【動詞】降下（指雨、雪等從天而下的動作）

學習項目８　動詞てから

中文意思　做了某個動作、行爲之後，再做另一個動作、行爲。

用法

名詞$_1$が動詞$_1$テ形＋から 名詞$_2$は／が動詞$_2$ます

名詞$_2$は／が 名詞$_1$が動詞$_1$テ形＋から 動詞$_2$ます

例句

1. 学校(がっこう)が終(お)わってから、山下(やました)さんはコンビニでアルバイトをします。
   放學後山下同學在超商打工。

   ＝山下(やました)さんは学校(がっこう)が終(お)わってから、コンビニでアルバイトをします。
   山下同學放學後在超商打工。

2. ご飯(はん)を食(た)べてから、薬(くすり)を飲(の)みました。
   吃過飯後吃了藥。

3. 麻生(あそう)さんがあいさつをしてから、わたしが通訳(つうやく)をしました。
   麻生先生（小姐）致詞之後，由我負責口譯。

單字

1.	通訳(つうやく)$_1$	【名詞】口譯
2.	終(お)わる$_0$	【動詞】終了、完畢、結束

學習項目9　動詞ている／動詞ています〈進行〉

中文意思　　正在做某個動作、行爲。

用法

動詞テ形＋いる／います

例句

1. A：もしもし、静香(しずか)ちゃん、何(なに)をやってるの？（or 何(なに)をしていますか。）

　喂，靜香，妳在幹嘛？（妳正在做什麼呢？）

　B：お茶(ちゃ)わんとはしを並(なら)べてる。（or 並(なら)べています。）

　正在擺（排列）碗筷。

　A：ああ、そろそろお食事(しょくじ)なのね。（or お食事(しょくじ)ですね。）

　啊～，是差不多該要吃飯了。

2. A：牧人(まきと)さん、何(なに)を書(か)いていますか。

　牧人，你在寫什麼呢？

　B：解答(かいとう)をノートに写(うつ)しています。

　（我）正在把解答抄到筆記本上。

單字

1.	茶(ちゃ)わん$_0$	【名詞】茶碗、飯碗
2.	はし$_1$	【名詞】筷子
3.	解答(かいとう)$_0$	【名詞】解答
4.	そろそろ$_1$	【副詞】差不多要…、不久就要…
5.	やる$_0$	【動詞】做
6.	並(なら)べる$_0$	【動詞】排列、並列、列舉、陳列
7.	写(うつ)す$_2$	【動詞】抄、摹寫

學習項目10 動詞ている／動詞ています〈狀態〉

中文意思　表示某個動作或作用發生後的狀態。

用法Ⅰ. 結果的狀態。

瞬間動詞
移動動詞 } テ形＋いる／います
↑
狀態

※ 瞬間動詞(しゅんかんどうし)：知(し)る、覚(おぼ)える、住(す)む、始(はじ)まる、開(ひら)く、乾(かわ)く、…

知道　記住　住　開始　開　乾

移動動詞(いどうどうし)：行(い)く、来(く)る、帰(かえ)る、…

去　來　回

例句

1. 窓(まど)が開(あ)いています。／窓(まど)が閉(し)まっています。

   窗戶開著。　窗戶關著。

2. この自動販売機(じどうはんばいき)は壊(こわ)れています。

   這台自動販賣機是壞的。

3. すみません。この席(せき)（は）空(あ)いていますか。

   不好意思。這個座位是空的嗎？

單字

1.	親（おや）$_{2}$	【名詞】父母、雙親
2.	心（こころ）$_{3\ or\ 2}$	【名詞】心胸、心、誠心、想法、心思、關懷、體諒、人情、風格特色
3.	お経（きょう）$_{0}$	【名詞】佛經
4.	経文（きょうもん）$_{0}$	【名詞】佛經、信徒所信奉與宗教相關的經書
5.	内容（ないよう）$_{0}$	【名詞】內容
6.	自動販売機（じどうはんばいき）$_{6}$	【名詞】自動販賣機
7.	住所（じゅうしょ）$_{1}$	【名詞】地址
8.	席（せき）$_{1}$	【名詞】座位、會場
9.	なかなか	【副詞】（用於肯定句時）表示「事物的狀態、程度超乎預期之上」 （用於否定句時）表示「不像當初所想的…、不容易…」的意思
10.	知（し）る$_{0}$	【動詞】知道、認識、察覺
11.	住（す）む$_{1}$	【動詞】居住
12.	開（あ）く$_{2}$	【動詞】開、開著、開始、空出、騰出、空缺
13.	閉（し）まる$_{2}$	【動詞】關閉、緊閉
14.	壊（こわ）れる$_{3}$	【動詞】壞掉、故障
15.	空（あ）く$_{0}$	【動詞】空、空著

用法Ⅱ. 目前的狀態。

第四種動詞テ形 ＋ いる／います

↑

狀態

※第四種動詞（だいよんしゅどうし）：必須加上「…ている」才能使用的動詞。

例句

1. A：この言葉(ことば)とあの言葉(ことば)の意味(いみ)は非常(ひじょう)に似(に)ています。

   這個字跟那個字的意思非常相似。

   B：ああ、それで、留学生(りゅうがくせい)の皆(みな)さんがよく間違(まちが)えましたか。

   啊，原來是因爲這樣，留學生們才會常常搞錯喔。

   A：そうですよ。本当(ほんとう)に困(こま)りますね。

   是啊～，眞是傷腦筋。

2. タイペイ101(イチマルイチ)がタイペイ市(し)の新都心(しんとしん)に高(たか)くそびえています。

   台北101大樓高聳在台北新市中心。

用法Ⅲ-1. 動作或作用的反覆發生。表示某個動作或作用慣性重複發生。

動詞テ形＋いる/います

例句

1. 馬大統領(まだいとうりょう)は毎朝(まいあさ)ジョギングをしています。

   馬總統每天早上都慢跑。

2. A：いつも何(なん)で会社(かいしゃ)に行(い)きますか。　※何(なに)で

   （你）都是以何種方式到公司的呢？

   B：地下鉄(ちかてつ)で通(かよ)っています。

   （我）都是搭地下鐵通勤的。

用法Ⅲ-2. 某個人是做…的。（指工作、職業）

人は名詞を動詞テ形＋いる／います。

例句

1. A：失礼(しつれい)ですが、お仕事(しごと)は何(なん)ですか。（or 何(なに)をしていらっしゃいますか。）

   請恕我冒昧，請問（您）在哪兒高就呢？

B：大学(だいがく)で教師(きょうし)をしています。

（我）在大學當老師。

單字

1.	言葉(ことば)$_3$	【名詞】詞、詞彙、語言
2.	意味(いみ)$_1$	【名詞】意思、含義、價值
3.	留学生(りゅうがくせい)$_{3\ or\ 4}$	【名詞】留學生
4.	タイペイ101(イチマルイチ)	【名詞】台北101大樓
5.	新都心(しんとしん)$_3$	【名詞】新市中心
6.	地下鉄(ちかてつ)$_0$	【名詞】地下鐵
7.	大統領(だいとうりょう)$_3$	【名詞】總統
8.	ジョギング$_0$	【名詞】慢跑（jogging）
9.	教師(きょうし)$_1$	【名詞】老師
10.	非常(ひじょう)に$_0$	【副詞】非常地
11.	それで$_0$	【接続詞】（表理由）所以、因此
12.	困(こま)る$_2$	【動詞】為難、傷腦筋
13.	似(に)る$_0$	【動詞】像、相似
14.	間違(まちが)える$_{4or3}$	【動詞】搞錯、弄錯
15.	そびえる$_3$	【動詞】矗立、聳立、高聳
16.	通(かよ)う$_0$	【動詞】來往

學習項目11　動詞てある／動詞てあります〈狀態〉

中文意思　表示做了某事以後的結果（目前的狀態）。

用法Ⅰ.表示做了某事以後目前的狀態。

名詞が動詞テ形＋ある/あります
※名詞：動詞の目的語

例句

1. 交番(こうばん)の壁(かべ)に町(まち)の地図(ちず)が貼(は)ってあります。
派出所的牆上貼有街道的地圖。

2. 自家製(じかせい)の梅酒(うめしゅ)に漬(つ)けてある梅(うめ)は、アルコール分(ぶん)が高(たか)い。
醃泡在自製梅子酒裡的梅子，酒精成份很高。

用法Ⅱ.表示準備妥當的意思。

名詞は動詞テ形＋ある／あります
※名詞：動詞の目的語

例句

1. 料理(りょうり)はもう頼(たの)んであります。
菜已經點好了。

2. ホテルは取(と)ってあります。
飯店已經訂好了。

單字

1.	梅酒(うめしゅ)$_0$	【名詞】梅子酒
2.	アルコール分(ぶん)$_5$	【名詞】含酒精成份
3.	壁(かべ)$_0$	【名詞】牆壁
4.	漬(つ)ける$_0$	【動詞】醃漬
5.	頼(たの)む$_2$	【動詞】委託、請託
6.	取(と)り付(つ)ける$_{4\ or\ 0}$	【動詞】加上、安上（器具或設備）

文法解説

學習項目１　動詞の辞書形

說明

● 動詞依其「活用」（語尾變化的規則）的模式，一般將其分類如下：

動詞の種類（動詞的種類）	
日本語教育 （教學對象：母語並非日語者）	国語教育 （教學對象：母語爲日語的日本國民）
グループ1（第1類動詞）	五段動詞
グループ2（第2類動詞）	上一段動詞
	下一段動詞
グループ3（第3類動詞）	カ行変格動詞（カ變活用動詞）
	サ行変格動詞（サ變活用動詞）

● 有活用的詞彙，當後面接其他詞彙時，其詞形須要改變的部分稱爲「語尾」（語尾），詞形不須改變的部分則稱爲「語幹」（語幹），例如：

行く、起きる、食べる、高い、おいしい、きれいだ、…

語幹語尾　語幹　語尾　語幹　語尾　語幹語尾　語幹　語尾　語幹　語尾

試將各類動詞分述如下：

■ グループ1（五段動詞）

因其語尾會依用法分別在五十音圖的「あ、い、う、え、お」各段變化（以5根手指爲比喻，即爲第1根手指、第2根手指、……），因此被稱爲五段動詞。

特徵：「辞書形」（即「原形」或稱「基本形」）語尾的平仮名，一定在ウ段音上（也就是發第3根手指的音）。

■ グループ2（上一段動詞）

因其語尾「-る」的前一個音節（多半是平仮名）一定會是五十音圖的イ段音，因此被稱爲上一段動詞。

特徵：1. 語尾一定會是「-る」。

2. 語尾「-る」的前一個音節（多半是平仮名）一定會是五十音圖的イ段音（也就是發第2根手指的音）。

■ グループ2（下一段動詞）

因其語尾「-る」的前一個音節（多半是平仮名）一定會是五十音圖的エ段音，因此被稱爲下一段動詞。

特徵：1. 語尾一定會是「-る」。

2. 語尾「-る」的前一個音節（多半是平仮名）一定會是五十音圖的エ段音（也就是發第4根手指的音）。

■ グループ3（変格動詞）

因不像五段動詞、上一段動詞、下一段動詞那般，有一定規律的變化規則，因此被稱爲変格動詞，屬於這類動詞的有「来る」和「する」。

特徵：1. 「来る」因在カ行做不規則的變化，所以被稱爲「カ行変格動詞」。

2. 「する」因在サ行做不規則的變化，所以被稱爲「サ行変格動詞」。

● 「辞書形」是動詞的活用形之一。因被用來做爲字典的「見出し」（詞條），所以稱爲「辞書形」。辞書形往往會被放在句末，以構成表示肯定意思的「常体」句。

- 五段動詞和上一段動詞的「マス形」，往往很難從形式上分辨出何者爲五段動詞或上一段動詞。但上一段動詞在數量上較五段動詞少，因此只要熟記屬於上一段動詞的動詞，應該能避免某種程度的混淆。
- 類似上一段動詞的五段動詞：

入る、要る、炒る、煎る、熬る、陥る、入る、参る、知る、走る、切る、散る、…

- 類似下一段動詞的五段動詞：

選る、反る、返る、帰る、還る、孵る、覆る、蹴る、翻る、蘇る、甦る、滑る、…

- 屬N5級的上一段動詞有：

いる、	見る、	着る、	起きる、	降りる、	借りる、	浴びる、	…
在	看見	穿	起床	下（車、…）	借	沐浴	

學習項目２　動詞のナイ形

説明

- 「ナイ形」是動詞的活用形之一。往往會被放在句末，以構成表示否定意思的「常体」句。
- 五段動詞中「辞書形」爲「-う」的動詞，例如「買う→買わ＋ない」，其「ナイ形」絕不會出現「買あ＋ない」這樣的詞形。

學習項目３　動詞$_1$ないで動詞$_2$

說明

- 「動詞$_1$ないで」如下例中所示，表示「行使動詞$_2$時的狀態」，通常中文會翻譯成「在未行使動詞$_1$的情形下行使動詞$_2$」。

　例：切符を買わないで乗車しました。
　　在未買票的情形下上了車。

- 「動詞$_1$ないで動詞$_2$」有時可如下例中所示，表示「未行使動詞$_1$，而改行使動詞$_2$取代」的意思。

　例：田中さんはきょうは電車に乗らないで、バスで学校へ行きました。
　　田中先生（小姐）今天沒搭電車，而是搭公車到學校去了。

學習項目４　動詞ないでください

說明

- 「動詞ないでください」的說法用於請求對方不要做某個動作、行爲的情形，在腦中可先分成兩部分，即「動詞ない」、「で」。然後再將這兩部分結合成一個組合，即「動詞ない＋で→動詞ないで」，接著如以下所示，再加上表示請求的「ください」，通常中文會翻譯成「請不要動詞」。

例：動詞ない　＋で　→　動詞ないで＋ください
　　忘れない　＋で　→　忘れないで＋ください　⇒　忘れないでください

學習項目5　動詞のテ形

說明

- 「テ形」是動詞的活用形之一。以「国語教育」（母語爲日語的日本國民爲教學對象）的説法是：動詞的「動詞第二連用形」加上助詞「て」所構成的活用形。如果是以「日本語教育」（母語並非日語的非日本人爲教學對象）的説法則一般通稱爲「動詞テ形」。
- 五段動詞的第二連用形，下接「て」、「た」、「たり」、「ても」、「ては」、「たって」時，爲發音之便，會另外產生語尾変化，稱爲「音便」。而「音便」又可分爲「促音便」、「イ音便」、「鼻音便」。
- 五段動詞中　1. 語尾爲「–う」、「–つ」、「–る」→「–って」（促音便）

  2. 語尾爲「–く」→「–いて」（イ音便）

  「–ぐ」→「–いで」（イ音便）

  ※例外「行く」→「行って」

  3. 語尾爲「–ぬ」、「–ぶ」、「–む」→「–んで」（鼻音便）
- 五段動詞中只有サ行五段動詞，例如：「出す」、「直す」、「話す」等，是沒有音便的。也就是説，語尾爲「–す」的五段動詞沒有音便，沒有第二連用形。

學習項目６　動詞てください（動詞テ形＋くださいませんか）

説明

- 「動詞てください」多用於很客氣地請對方做某個動作、行爲的情形，但是說話者本身多半不會一起做這個動作、行爲。如果是要與對方一起做這個動作、行爲時，會以「動詞ましょう（か）」的說法表示。例如：

もうちょっと待ってください。
請再等一下。

もうちょっと待ちましょう（か）。
我們再等一下吧。

- 「動詞てくださいませんか」的說法較「動詞てください」委婉、客氣，大多用於對敍事者本身有好處的情形。也就是多用於很客氣地拜託對方做某個動作、行爲的時候。
- 「動詞てくださいません＋か」的說法，因加上代表問號「？」的終助詞（位於句尾的助詞）「か」，表示委婉地徵詢對方的是否有意願幫忙配合做某個動作、行爲。

學習項目７　動詞$_1$て動詞$_2$

説明

- 通常會以「動詞て」連結2個以上的動詞，例如：「動詞$_1$<u>て</u>動詞$_2$　○」。
  注意：不可以助詞「と」連結動詞，例如：「動詞$_1$<u>と</u>動詞$_2$　×」。
- 使用「動詞$_1$て動詞$_2$」依發生順序敘述動作時，行使動作者必須是同一個人。

例：わたしは毎日MRTでうちに帰ります。食事をして、テレビを見ます。

　　我每天都搭捷運回家，吃過飯後才看電視。

- 動詞的詞形無論是「動詞ます」「動詞ました」「動詞ています」「動詞ましょう」「動詞たいです」「動詞てください」、「動詞テ形」等，都可以使用「動詞$_1$て動詞$_2$」的形式敘述所提到的動詞相繼被行使或發生的狀態。
- 「動詞$_1$て動詞$_2$」如下例所示，可用於並列兩人以上所行使的動作或發生的狀態。

例：三浦さんは東京に住んでいて、山下さんは大阪に住んでいます。

三浦先生（小姐）住在東京，而山下先生（小姐）住在大阪。

- 「動詞$_1$て動詞$_2$」如下例所示，也可用於表示因果關係。「動詞$_1$て」表原因，「動詞$_2$」表結果。

例：大雨が降って、野球ができませんでした。

當時因爲下大雨，所以不能打棒球。

學習項目８　動詞てから

説明

- 「動詞$_1$てから動詞$_2$」常用於明確表示兩個動作或狀況發生的前後關係，因此只能連結兩個句子。並且，「動詞$_1$てから」的主語後面往往會接助詞「が」。
- 「動詞$_1$て動詞$_2$」和「動詞$_1$てから動詞$_2$」的比較：

	動詞$_1$て動詞$_2$	動詞$_1$てから動詞$_2$
接連發生的動作	○	○
動作的並列	○	×
可連結的句子	複數個句子	至多兩個句子
動作發生先後的明確性	△	○

例1：朝6時に起きて、食事して、それから、会社へ行きました。→並列

早上6點鐘起床，吃完飯後，接著去到了公司。

例2：田中（たなか）さんが来（き）てから、食事（しょくじ）を始（はじ）めましょう。→先後的明確性

等田中先生（小姐）來了以後才開動吧。

● 表因果關係的「動詞$_1$て動詞$_2$」和「文から」的比較：

	動詞$_1$て動詞$_2$	文から
因果關係的明確性	△	○
客觀性	○	△

例1：エレベーターがこんでいるから、乗（の）りたくないです。

因為電梯很擠，所以不想搭。

例2：道（みち）がわからなくて迷子（まいご）になりました。

因為不知道路而迷路了。

學習項目9　動詞ている／動詞ています〈進行〉

説明

● 「動詞（どうし）ている」如下例所示，可表示「動作在進行中」或是「動作結果的持續」。

例1：今（いま）、林（りん）さんは6階（かい）の教室（きょうしつ）で日本語（にほんご）を勉強（べんきょう）しています。→進行中

林先生（小姐）現在正在6樓的教室上日文課。

例2：酔（よ）っ払（ぱら）いは道（みち）に寝（ね）ています。→結果的持續

醉漢倒臥在路上。

例3：A：（あなたは）学校（がっこう）の電話番号（でんわばんごう）を知（し）っていますか。→結果的持續

（你）知道學校的電話號碼嗎？

B：はい、知（し）っています。

嗯，知道。

B'：いいえ、知（し）りません。

不，不知道。

● 「動詞（どうし）ている」如下例所示，可表示「現在的習慣」。

例：今学期から日本語を勉強しています。

從這學期開始學習日文。

- 「行く」「来る」「帰る」「出かける」等移動動詞，如下例所示，使用「動詞ている」的形式，可用來表示「移動的結果」或是「正朝目的地移動中」。

例1：母は今買い物に行っています。→移動的結果

我媽媽現在去買東西。

例2：母は今うちに帰っています。→正朝目的地移動中

我媽媽現在正在回家的路上。

學習項目10 動詞ている／動詞ています〈状態〉

說明

- 日本著名的文法學者金田一春彥教授以「動詞＋…ている」做爲分類基準，將動詞分成以下4類。

a. 状態動詞：無法加上「…ている」使用。

ある　、いる、　要る、…

有（存在）有（存在）需要

b. 継続動詞：在某段時間內持續發生的動作或作用，加上「…ている」表示該個動作或作用持續進行中。

読む、書く、降る、吹く、…

讀　寫　降、下　吹

c. 瞬間動詞：動作或作用瞬間結束，加上「…ている」表示某個動作或作用發生後結果的持續。

死ぬ、消える、壊れる、割れる、…

死亡　消失　壞掉　破裂

※「死んでいる」並非指「死亡中」，而是指「死了」，「死亡」這個結果的持續。

d. 第四種(だいよんしゅ)の動詞(どうし)：必須加上「…ている」才能使用。

そびえる、優(すぐ)れる、…

聳立　　優秀

● 継続動詞(けいぞくどうし) & 瞬間動詞(しゅんかんどうし)の比較(ひかく)：（持續動詞&瞬間動詞的比較）

継続動詞(けいぞくどうし)　例：飲(の)む → 飲(の)んでいる → 飲(の)んだ

將要喝　　正在喝　　喝了

瞬間動詞(しゅんかんどうし)　例：住(す)む → 住(す)んだ → 住(す)んでいる

將要住　　住了下來　　一直住著

● 以下藉由「結婚(けっこん)する」（結婚）、「知(し)る」（知道、曉得、認識）、「わかる」（理解、了解）這3個動詞(どうし)的用法，就表示狀態(じょうたい)的「動詞(どうし)ている」所衍生的各種説法稍作説明。

1.「結婚(けっこん)する／結婚(けっこん)します」（結婚）的用法：

a. 結婚(けっこん)します
　將結婚、要結婚

b. 結婚(けっこん)しません
　不結婚、將不結婚

c. 結婚(けっこん)しました
　結婚了

d. 結婚(けっこん)しませんでした
　當時沒結婚、當時未婚

e. 結婚(けっこん)しています
　已結婚

f. 結婚(けっこん)していません
　沒結婚、未婚

g. 結婚(けっこん)していました
　結過婚、有過一段婚姻

h. 結婚(けっこん)していませんでした
　過去某個時期還沒結婚

※人$_1$が人$_2$と結婚(けっこん)します。
　人$_1$和人$_2$將要結婚。

2.「知(し)る／知(し)ります」（知道、曉得、認識）的用法：

A：…を知(し)っていますか。→ B：はい、…を知(し)っています。○
　（你）知道…嗎？　　是，知道。

A：…を知(し)っていますか。→ B：いいえ、…を知(し)りません。○
　（你）知道…嗎？　　不，不知道。

B_1：いいえ、…知っていません。×

C：いいえ、…を知りませんでした。○

不，先前並不知道。（=現在知道了）

例 A：学校の住所を知っていますか。

（你）知道學校的地址嗎？

B：いいえ、知りません。

不，不知道。

A：基隆市中正区北寧路2号ですよ。

是基隆市中正區北寧路2號啦。

B：そうですか。知りませんでした。ありがとう。

是哦，（我）以前都不知道。謝謝！

3.「わかる／わかります」（理解、了解）的用法：

a. 子どもに（は）なかなか親の心がわかりません。

爲人子女往往無法了解父母的苦心。

b.「般若心経」というお経のことを知っています。でも、経文の内容は全然わかりません。

是知道有「般若波羅蜜多心經」這部經，但是經文的内容就完全不懂了。

● 如下例所示，「動詞ている」在口語，一般都縮短成「動詞てる」。

例：あっ、雪が降ってる。

啊！在下雪了。

學習項目11　動詞てある／動詞てあります〈狀態〉

說明

● 動詞「ある」原先是指「有」的意思。

例：郵便局の正門の横にATMがあります。

郵局的正門旁邊有提款機。

● 如以下所示，當「ある」被置於其他動詞的「テ形」後面，成爲所謂的「補助動詞」，便會失去原意，賦與前接的「本動詞」（主要動詞）表示「爲將來做準備，做了某事以後的結果（目前的狀態）」的意思。並且，因屬人爲因素所留下的結果或狀態，所以前接的「本動詞」必須是「（を）他動詞」。

動詞テ形　＋　ある
　↓　　　　　↓
本動詞て　＋　補助動詞

例：自家製の梅酒に漬けてある梅は、アルコール分が高い。（目前的狀態）

醃泡在自製梅子酒裡的梅子，酒精成份很高。

● 試將「動詞てある」的用法整理如下：

Ⅰ. 表示「做了某事以後的結果（目前的狀態）」

例：交番の壁に町の地図が貼って**あります**。

派出所的牆上貼有街道的地圖。

Ⅱ. 表示「準備妥當」

例1：料理はもう頼んで**あります**。

菜已經點好了。

例2：ホテルは取って**あります**。

飯店已經訂好了。

● 「動詞てある」&「動詞ておく」の違い：

「動詞てある」&「動詞ておく」之間的差異

1. 「動詞てある」因爲是表示「刻意進行的動作或行爲所留下的結果或狀態」，所以不可以用於表述將在未來進行的動作或行爲。換句話說，也就是「動詞てある」雖然也有表示「爲將來做某種準備」的意思，但較偏重於表示「這種準備已做好的狀態」。「動詞ておく」則較偏重於敘述「爲事前準備而採取哪些動作、行爲」。例如：

明日お母さんが来るから、それまでに部屋を掃除して**あった**ほうがいいよ。×

明日お母さんが来るから、それまでに部屋を掃除して**おいた**ほうがいいよ。○

因爲明天你媽媽會來，所以在那之前先把房間打掃乾淨會比較好哦。

2. 因使用「動詞てある」時較不注重動作者是誰，而較偏重於表述進行某個動作或行爲之後的結果（或狀態）。因此，當要敘述不知是由誰所刻意採取的動作、行爲的情形時，不可以使用「動詞ておく」。例如：

あそこに「禁煙」と書いて**おきます**よ。×

あそこに「禁煙」と書いて**あります**よ。○

那裡寫有「禁煙」哦。

● 「動詞ておく」&「動詞てある」&「動詞ている」&「動詞た」の違い

「動詞ておく」&「動詞てある」&「動詞ている」&「動詞た」之間的差異

例1：会議室にクーラーを取り付けて**おきます**。（偏重於敘述將準備妥當）

會事先在會議室裡裝好冷氣。

例2：会議室にクーラーが取り付けて**あります**。（偏重於敘述動作後的狀態&表示準備妥當）

會議室裡裝有冷氣。

例3：会議室でクーラーを取り付けて**います**。（單純敘述進行中的動作）

正在會議室裡裝冷氣。

例4：会議室にクーラーを**取り付けた**。（單純敘述動作執行完畢）

給會議室裝上冷氣了。

第九單元

學習項目1　動詞のタ形　　※教學光碟

中文意思　…了。動詞的過去形。

■動詞(どうし)のタ形(けい)（動詞轉變成タ形的模式）

…段音	あ	い	う	え	お
…根手指	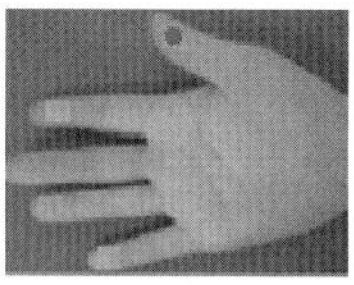	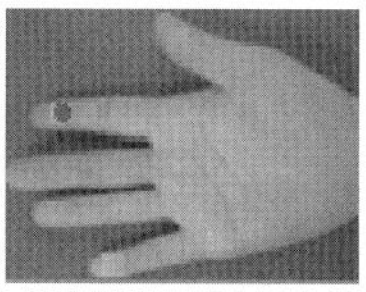	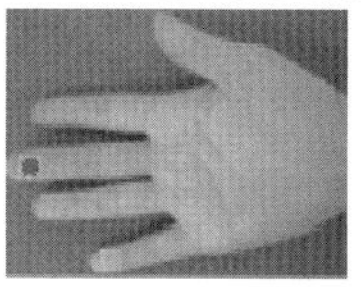	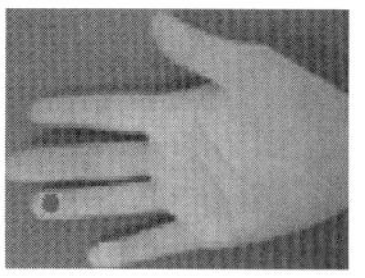	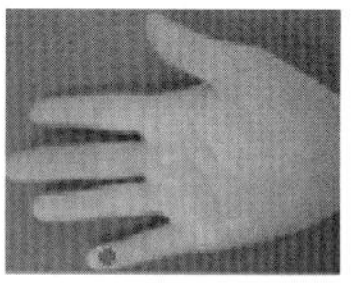
V	V_1	V_2	V_3	V_4	V_5

I. 五段動詞		II. 上・下一段動詞	III. カ変動詞 サ変動詞
V3 { …う、…つ、…る → 促音便 っ＋**た** …く → イ音便 い＋**た** (…ぐ → イ音便 い＋**だ**) …す → し＋た …ぬ、…ぶ、…む → 撥音便 ん＋**だ**		漢字V_2~~る~~ ＋**た** 漢字V_4~~る~~ ＋**た**	来(く)る→来(き)**た** する→し**た**
言(い)う→言(い)っ**た**	死(し)ぬ→死(し)ん **だ**	借(か)りる→借(か)り**た**	来(く)る→来(き)**た**
立(た)つ→立(た)っ**た**	呼(よ)ぶ→呼(よ)ん **だ**	見(み)る→見(み)**た**	する→し**た**
取(と)る→取(と)っ**た**	飲(の)む→飲(の)ん **だ**	食(た)べる→食(た)べ**た**	紹介(しょうかい)する ↓ 紹介(しょうかい)し**た**
書(か)く→書(か)い**た** (急(いそ)ぐ→急(いそ)い **だ**)	出(だ)す→出(だ)し**た**	寝(ね)る→寝(ね)**た**	

■音便(おんびん)（五段動詞(ごだんどうし)）

言(い)う　→　っ**た**
書(か)く　→　い**た**　　例外：行(い)く　→　行(い)っ**た**
※出(だ)す　→　し**た**
立(た)つ　→　っ**た**
死(し)ぬ　→　ん**だ**

呼ぶ → んだ
飲む → んだ
取る → った

補充說明

動詞のアクセント（動詞的重音）

1. 日語標準語動詞的アクセント可大致分類如下，但無尾高型（尾高型）。

A. 起伏型	頭高型	例：**か**く（書く）	「1」
	中高型	例1：く**も**る（曇る）	「2」
		例2：つか**れ**る（疲れる）	「3」
B. 平板型		例：でかける（出掛ける）	「0」

2. 若以重音核所在的音節來分類，動詞的アクセント大致可分爲下列兩類。

A. 重音核在辞書形（辭書形）倒數第二拍，即倒數第二個音節。

例：**ぬ**ぐ（脱ぐ）　た**の**む（頼む）　こた**え**る（答える）

B. 無重音核，即平板型（平板型）。

例：さく（咲く）　のぼる（登る）　わすれる（忘れる）

3. 二拍（二個音節）的動詞上述的A，B類各佔一半，三拍（三個音節）以上的動詞以A類居多；複合動詞（複合動詞）則多屬於A類。

例：おもい**だ**す（思い出す）　がん**ば**る（頑張る）　ひえ**こ**む（冷え込む）

4. A類動詞＋ます → 重音核在倒數第二拍，即倒數第二個音節。

例：**か**く（書く）→ かき**ま**す（書きます）

A類動詞＋て／た／ば／ない → 重音核在倒數第三拍，即倒數第三個音節。

例：**か**く（書く）→ **か**いて（書いて）
かく（書く）→ **か**いた（書いた）
かく（書く）→ **か**けば（書けば）
かく（書く）→ か**か**ない（書かない）

A類動詞＋なければ → 重音核在倒數第五拍，即倒數第五個音節。

例：かく（書く）→ か**か**なければ（書かなければ）

5. B類動詞＋ます → 重音核在倒數第二拍，即倒數第二個音節。

例：さく（咲く）→ さき**ま**す（咲きます）

B類動詞＋て／た／ない → 無重音核。

例：さく（咲く）→ さいて（咲いて）
さく（咲く）→ さいた（咲いた）
さく（咲く）→ さかない（咲かない）

B類動詞＋なければ → 重音核在倒數第四拍，即倒數第四個音節。

例：さく（咲く）→ さか**な**ければ（咲かなければ）

學習項目２　動詞$_1$（辞書形）前に、動詞$_2$

中文意思　做…之前，…。

用法

動詞$_1$（辞書形）前（に）＋動詞$_2$
名詞の前（に）＋動詞
※時間を表す名詞~~の~~前（に）＋動詞
表示時間的名詞

例句

1. 毎晩寝る前に、歯を磨きます。
每晚睡覺前刷牙。

2. ２年前に結婚しました。

2年前結了婚。

3. 食事の前に、手を洗います。＝食事する前に、手を洗います。

飯前洗手。＝吃飯前洗手。

學習項目３　動詞$_1$（タ形）後で、動詞$_2$

中文意思　做了…之後…。

用法

動詞$_1$（タ形）後（で）＋動詞$_2$
名詞の後（で）＋動詞

例句

1. 毎晩歯を磨いた後（で）、寝ます。（＝毎晩寝る前に、歯を磨きます。）

每晚刷完牙後睡覺＝每晚睡覺前刷牙。

2. 小泉さんが質問した後、発表会が終わりました。

小泉先生（小姐）發問完後，發表會便結束了。

單字

1.	発表会$_3$	【名詞】（論文）發表會等
2.	温泉$_0$	【名詞】溫泉
3.	服$_2$	【名詞】衣服
4.	質問する$_0$	【動詞】質詢、詢問、發問
5.	脱ぐ$_1$	【動詞】脫、摘掉

學習項目 4　動詞$_1$たり、動詞$_2$たりする／している／した or 動詞$_1$たり、動詞$_2$たりします／しています／しました

中文意思　或…（動詞）、或…（動詞）。

用法

動詞$_1$たり動詞$_2$たり＋する／します
動詞$_1$たり動詞$_2$たり＋している／しています
動詞$_1$たり動詞$_2$たり＋した／しました

例句

1. 授業中(じゅぎょうちゅう)に学生(がくせい)が（or は）講義(こうぎ)を聴(き)いたり、ノートをとったりしています。
上課中學生或聽課或抄筆記。

2. 台風(たいふう)が来(く)るから、雨(あめ)が降(ふ)ったり止(や)んだりしています。
因將有颱風來襲，雨一會兒下一會兒停的。

3. 面接(めんせつ)を待(ま)っている間(あいだ)、とても緊張(きんちょう)して、何度(なんど)も立(た)ったり座(すわ)ったりしていました。
在等待口試的時候，十分緊張，好幾次站起來又坐下的（坐立不安）。

單字

1.	台風(たいふう)$_3$	【名詞】颱風
2.	面接(めんせつ)$_0$	【名詞】面試、面談、口試
3.	止(や)む$_0$	【動詞】停止
4.	待(ま)つ$_1$	【動詞】等待
5.	座(すわ)る$_0$	【動詞】坐、位居
6.	緊張(きんちょう)する$_0$	【動詞】（身心或局勢、情勢）緊張、緊繃

學習項目５　動詞$_1$ながら、動詞$_2$

中文意思　一邊…一邊…。

用法

動詞$_1$~~マス~~形＋ながら、動詞$_2$

例句

1. 音楽(おんがく)を聴(き)きながら、食事(しょくじ)します。
   將一邊聽音樂，一邊吃飯。

2. 音楽(おんがく)を聴(き)きながら、食事(しょくじ)しています。
   正一邊聽音樂，一邊吃飯。

3. 音楽(おんがく)を聴(き)きながら、食事(しょくじ)しました。
   一邊聽音樂，一邊吃飯了。

4. 二部(にぶ)の学生(がくせい)は大体(だいたい)働(はたら)きながら、大学(だいがく)で勉強(べんきょう)しています。
   夜間部的學生大多一邊工作，一邊在大學唸書。

※働(はたら)きながら、勉強(べんきょう)しています。それと同時(どうじ)に、…。（三個以上的動作、行爲同時進行）
一邊工作，一邊在大學唸書。在此同時，還…。

單字

1.	二部(にぶ)$_2$	【名詞】在日本指大學的夜間部

學習項目６　連体修飾

中文意思　修飾名詞的用法（連體修飾）。…的…（名詞）。

用法

名詞$_1$が （主語）	イ形容詞い ナ形容詞な 動詞	＋名詞$_2$

↑

文（常体）＋名詞

用法Ⅰ.…（イ形容詞）的…（名詞）。

名詞$_1$がイ形容詞い ＋名詞$_2$

↑

文

※名詞$_1$：主語

例句

1. キリンは首(くび)が長(なが)い動物(どうぶつ)です。

   長頸鹿是脖子很長的動物。

2. A：あの戸(と)が（or の）古(ふる)い家(いえ)がわたしのうちです。

   那個門舊舊的房子就是我的家。

   B：あのう、みんな古(ふる)いけど、何軒目(なんげんめ)ですか。

   嗯，每家都是舊舊的，是第幾間呢？

   A：えーと、左(ひだり)から三軒目(さんげんめ)です。

   嗯，從左邊算起第三間就是（我的家）。

3. このデザインがおもしろい帽子(ぼうし)はメキシコ製(せい)です。

   這頂款式很有意思的帽子是墨西哥製的。

4. 庭(にわ)に珍(めずら)しい木(き)があります。

   庭院裡有很少見的樹。

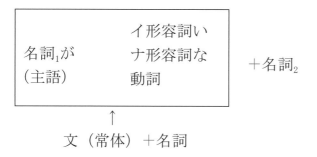

5. A：（わたしは）在庫が少ない参考書をやっと手に入れたよ。

（我）好不容易終於把庫存很少的參考書弄到手了耶。

B：在庫が少ないって？何冊？

你說庫存很少？是幾本？

A：2冊しかない。よかっただろう？

只有2本而已。眞是太好了，對不？

6. A：最中はどんな食べ物ですか。

「最中」是什麼樣的食物呢？

B：甘い和菓子です。その形が「最中の月」に似ているから、「最中」といいます。

是一種甜的和㮸子。因爲形狀跟「最中の月（滿月）」很像，所以才叫做「最中」。

A：そうですか。よく知っていますね。

是哦，你知道得好詳細喔。

用法Ⅱ.…（ナ形容詞）的…（名詞）。

名詞$_1$がナ形容詞な ＋名詞$_2$

↑

文

※名詞$_1$：主語

例句

1. この会社は日本語が得意なスタッフを募集しています。

這家公司正在徵求擅長日文的工作人員。

2. A：この本棚にあなたの（or が）欲しい本がありますか。

這書架裡有你想要的書嗎？

B：読みたい本があります。でも、買いたくありませんね。

有我想看的書，但是我並不想買耶。

A：えっ？それはどうしてですか。

咦？爲什麼？

B：友(とも)だちが同(おな)じ本(ほん)を持(も)っているから…。

因爲我朋友有一本同樣的書，所以…。

A：そうですか。

原來如此。

3. （わたしは）交通(こうつう)が便利(べんり)なホテルを予約(よやく)しました。

我已經訂了一家交通方便的飯店了。

4. A：浅草(あさくさ)はどんな所(ところ)ですか。

淺草是個什麼樣的地方呢？

B：賑(にぎ)やかな下町(したまち)です。いつ行(い)っても観光客(かんこうきゃく)が大勢(おおぜい)います。

是很熱鬧的老街。任何時候去都有很多遊客。

用法Ⅲ-1. …（動詞）的…（名詞）。

名詞$_1$が動詞 ＋名詞$_2$

↑

文

※名詞$_1$：主語

例句

1. これは今学期(こんがっき)から日本語(にほんご)の授業(じゅぎょう)で使(つか)うテキストです。

這是從這個學期開始要在日文課使用的課本。

2. この間(あいだ)見(み)たドラマはおもしろかったです。

前些天看的日劇好好看。

3. あなたが今(いま)読(よ)んでいる本(ほん)は図書館(としょかん)から借(か)りましたか。

你現在正在看的書是從圖書館借來的嗎？

4. このクラスで日本語(にほんご)を習(なら)っている学生(がくせい)はそれぞれ専門(せんもん)が違(ちが)います。

在這個班學日文的同學，各自的專業都不一樣（or各有各的專業）。

用法Ⅲ-2.…（動詞）的…（名詞）。

名詞$_1$にある／いる ＋名詞$_2$

↑

文

※名詞$_1$≠主語

例句

1. 海洋大学は基隆にある唯一の国立大学です。

   海洋大學是基隆唯一的國立大學。

2. かごの中にいた小鳥が、ある日、突然どこかへ飛んでいなくなった。

   一直關在鳥籠裡的小鳥，有一天突然不知道飛到哪兒去，不見了。

3. 動物園には見たことがない動物がたくさんいます。

   動物園裡有很多未曾看過的動物。

用法Ⅲ-3.…（動詞）的…（名詞）。

名詞$_1$を動詞（常体） ＋名詞$_2$

↑

文

※名詞$_1$≠主語

例句

1. このごろテキストを教室に忘れる人が多くなりました。皆さん気を付けてください。

   近來把課本放在教室忘了帶走的人變多了，各位請小心。

2. すみません。入り口のドアを開けるボタンはどこにありますか。

   不好意思，打開入口大門的按鍵在哪裡？

用法Ⅲ-4. 某人穿著／戴著…。穿著／戴著…的某人。

人が 名詞を動詞ている（常体）／動詞ています 。

↓

名詞を動詞ている（常体） 人が／は…。

例句

1. 今日（きょう）は寒（さむ）いから、町（まち）には帽子（ぼうし）をかぶって、手袋（てぶくろ）をしている人（ひと）が何人（なんにん）もいました。

因為今天很冷，街上有好幾個人戴著帽子，還戴著手套。

2. A：ほら、あそこで小池（こいけ）さんと話（はな）している人（ひと）…。

嗒，你看！在那裡正在跟小池先生說話的人…。

B：どの人（ひと）？

哪個人？

A：あのサングラスをかけて、Ｔシャツを着（き）て、ジーパンをはいている男（おとこ）の人（ひと）よ。

就那個戴著太陽眼鏡、穿著Ｔ恤、牛仔褲的那個男人啊。

B：あっ、はい。で、あの人（ひと）、どうしたの？

啊、有。話說，那個人怎麼了？

A：あの人（ひと）は小池（こいけ）さんの息子（むすこ）さんで、先週（せんしゅう）アメリカから帰（かえ）って来（き）た。

那個人是小池先生（小姐）的兒子，上週才從美國回國。

單字

※凡加上（）之漢字，根據「記者ハンドブック・新聞用語用字集」應以平假名書寫。

1.	キリン$_0$	【名詞】長頸鹿
2.	首（くび）$_0$	【名詞】脖子、頭、領子
3.	動物（どうぶつ）$_0$	【名詞】動物（→植物（しょくぶつ）$_0$）
4.	戸（と）$_1$	【名詞】門、板窗
5.	庭（にわ）$_0$	【名詞】庭院
6.	…目（め）	【接尾語】〔表順序〕第……；〔表程度〕……點兒、稍微

7.	スタッフ$_2$	【名詞】工作人員、分擔工作的人員陣容（staff）
8.	在庫（ざいこ）$_0$	【名詞】庫存
9.	参考書（さんこうしょ）$_{5or0}$	【名詞】供學習、調查、研究用的參考書籍
10.	帽子（ぼうし）$_0$	【名詞】帽子
11.	メキシコ製（せい）$_0$	【名詞】墨西哥製造
12.	本棚（ほんだな）$_1$	【名詞】書架
13.	浅草（あさくさ）$_0$	【名詞】淺草
14.	観光客（かんこうきゃく）$_3$	【名詞】遊客、觀光客
15.	ドラマ$_1$（連続（れんぞく）ドラマ$_5$）	【名詞】戲劇（連續劇）※在此指日劇（drama）
16.	専門（せんもん）$_0$	【名詞】專業、專長
17.	唯一（ゆいいつ）$_1$	【名詞】唯一
18.	形（かたち）$_0$	【名詞】形狀
19.	交通（こうつう）$_0$	【名詞】交通
20.	（籠（かご））$_0$	【名詞】籠子
21.	小鳥（ことり）$_0$	【名詞】小鳥
22.	動物園（どうぶつえん）$_4$	【名詞】動物園
23.	このごろ$_0$	【名詞】最近、近來
24.	入り口（いりぐち）$_0$	【名詞】入口、門口
25.	ボタン$_0$	【名詞】按鍵／鈕扣（button）
26.	手袋（てぶくろ）$_2$	【名詞】手套
27.	サングラス$_3$	【名詞】太陽眼鏡（sunglass）
28.	Ｔシャツ$_0$	【名詞】Ｔ恤（Ｔ-shirt）
29.	ブラウス$_2$	【名詞】寬鬆的上衣，可當外衣穿。尤其是指女性及小孩穿著的襯衫。（blouse）
30.	本物（ほんもの）$_0$（↔偽物（にせもの）$_0$ or 偽者（にせもの）$_0$）	【名詞】眞品、不是假的、有眞才實學的人

31.	…軒(けん)	【助数詞】爲接尾語，獨棟建築物的量詞。…棟、…家
32.	…冊(さつ)	【助数詞】…本
33.	得意(とくい)$_{2\ or\ 0}$	【ナ形容詞】擅長的、自豪的、拿手的／常客
34.	突然(とつぜん)$_0$	【副詞】突然
35.	大勢(おおぜい)$_3$	【副詞】人數眾多、許多人
36.	えーと	【感動詞】一時語塞時所發出的聲音
37.	手(て)に入(い)れる（＝入手(にゅうしゅ)する$_0$）	【連語】得手、到手
38.	気(き)を付(つ)ける	【連語】小心、注意　※……に気を付(つ)ける
39.	ある日(ひ)$_1$	【連語】某一天※「ある……」：某……
40.	かぶる$_2$	【動詞】戴、蓋、蒙
41.	予約(よやく)する$_0$	【動詞】預約
42.	募集(ぼしゅう)する$_0$	【動詞】招募（有意願的人）

學習項目7　名詞$_1$という名詞$_2$

中文意思　名爲…的…。意指…的…。

用法

名詞$_1$という名詞$_2$

例句

1. さっき「寺尾(てらお)さん」という方(かた)から電話(でんわ)がありましたよ。
   方才有一位姓「寺尾」的人打電話給你哦。

2. 「茶碗蒸(ちゃわんむ)し」という日本料理(にほんりょうり)が大好(だいす)きです。
   我很喜歡吃叫做「茶碗蒸」的日本料理。

單字

1.	茶碗蒸し（ちゃわんむ）$_{0\ or\ 2}$	【名詞】茶碗蒸
2.	大好き（だいす）$_{1}$	【ナ形容詞】超喜歡的、很喜歡的

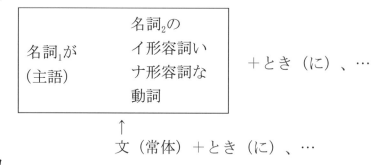

學習項目８　…とき

中文意思　…時，…。

用法

名詞$_1$が (主語)	名詞$_2$の イ形容詞い ナ形容詞な 動詞	＋とき（に）、…

↑

文（常体）＋とき（に）、…

例句

1. 小学生（しょうがくせい）のとき、よくうちの近（ちか）くにある池（いけ）へ釣（つ）りに行（い）きました。

   念小學的時候，我常去我們家附近的池塘釣魚。

2. 暇（ひま）なとき、昔（むかし）よく聴（き）いていたレコードとテープをCDに録音（ろくおん）しています。

   有空的時候，我都會把以前常聽的唱片及錄音帶轉錄成CD。

3. 寂（さび）しいとき、わたしはネットサーフィンをします。

   寂寞的時候，我就上網閒逛。

4. 母（はは）は若（わか）いとき新聞社（しんぶんしゃ）に勤（つと）めていたので、タイプすることができます。

   我媽年輕時，曾在報社工作過，所以會打字。

5. 言葉（ことば）の意味（いみ）がわからないとき、わたしは電子辞書（でんしじしょ）で調（しら）べます。

   不明白單字的意思時，我都會查電子辭典。

單字

1.	レコード2	【名詞】唱片、記錄（record）
2.	テープ1	【名詞】帶、錄音帶、膠布（tape）
3.	CD（シーディー3＝コンパクトディスク6）	【名詞】CD　CD＝Compact Disc
4.	池（いけ）2	【名詞】池子、池塘、水池
5.	釣（つ）り0	【名詞】釣魚
6.	ネットサーフィン4	【名詞】上網瀏覽（net surfing）
7.	新聞社（しんぶんしゃ）3	【名詞】報社
8.	シャッター1	【名詞】相機的快門、鐵捲門（shutter）
9.	タイプする1	【動詞】打字（typing）
10.	録音（ろくおん）する0	【動詞】錄音
11.	調（しら）べる3	【動詞】調查、查閱

文法解説

學習項目1　動詞の夕形

説明

- 「夕形（けい）」是動詞（どうし）的活用形（かつようけい）之一。以「国語教育（こくごきょういく）」（母語為日語的日本國民為教學對象）的說法是：動詞（どうし）的「動詞第二連用形（どうしだいにれんようけい）」加上助動詞（じょどうし）「た」所構成的活用形（かつようけい）。如果是以「日本語教育（にほんごきょういく）」（母語並非日語的非日本人為教學對象）的說法則一般通稱為「動詞夕形（どうしけい）」。往往會被放在句末，以構成表示「過去」或「完成、完了」意思的「常体（じょうたい）」。

● 五段動詞的第二連用形，下接「て」、「た」、「たり」、「ても」、「ては」、「たって」時，為發音之便，會另外產生語尾変化，稱為「音便」。而「音便」又可分為「促音便」、「イ音便」、「鼻音便」。因此，「動詞タ形」的詞形變化如下：

五段動詞中　1. 語尾為「-う」、「-つ」、「-る」→「-った」（促音便）

2. 語尾為「-く」　→「-いた」（イ音便）

「-ぐ」　→「-いだ」（イ音便）

※例外「行く」→「行った」

3. 語尾為「-ぬ」、「-ぶ」、「-む」→「-んだ」（鼻音便）

● 五段動詞中只有サ行五段動詞，例如：「出す」、「直す」、「話す」等，是沒有音便的。也就是說，語尾為「-す」的五段動詞沒有音便，沒有所謂的第二連用形。

學習項目2　動詞$_1$（辭書形）前に、動詞$_2$

說明

● 「動詞$_1$前に、動詞$_2$」表示在「動詞$_1$」之前先行使「動詞$_2$」的意思。「動詞$_1$」的時態與整句的時態無關，但「動詞$_1$前に」中的「動詞$_1$」必須是辭書形。並且，主語後面必須接助詞「が」→「主語が動詞$_1$（辞書形）前に、動詞$_2$」。

● 如下列例句所示，「前に」接在名詞後面時，「が」須改用「の」→「名詞+の+前に」。但名詞如果是表示時間的名詞時，就不須要加上「の」→「時間+前に」。

例1：会議の前に、資料をコピーしました。→名詞+の+前に

在開會前已經影印好資料了。

例2：先生は2時間前に、帰りました。→時間+前に

老師在2個小時以前已經回家了。

● 如下列例句所示，並沒有「動詞ない前に」這樣的說法，而必須改用「動詞ないうちに」的說法來表示。

例：雨が降らない前に、早く帰りましょう。×
還沒下雨以前我們早點回家吧。

例：雨が降らないうちに、早く帰りましょう。○
趁還沒下雨以前我們早點回家吧。

● 如以下所示，「主語$_1$が動詞$_1$前に、主語$_2$は動詞$_2$」句型中，如果「主語$_1$が」和「主語$_2$は」為同一人時，「主語$_1$が」往往會被省略。

例：あなたが日本に行く前に、あなたは国で日本語を習いましたか。

↓（主語是同一人時）

日本に行く前に、あなたは国で日本語を習いましたか。

↓（問答雙方都知道主語是誰時）

日本に行く前に、国で日本語を習いましたか。
（你）去日本以前，（你）在國內有學過日文了嗎？

學習項目3　動詞$_1$（タ形）後で、動詞$_2$

說明

● 「動詞$_1$後で、動詞$_2$」表示在「動詞$_1$」之後行使「動詞$_2$」的意思。「動詞$_1$」的時態與整句的時態無關，「動詞$_1$後で」中的「動詞$_1$」必須是タ形。並且，主語之後必須接助詞「が」。「後で」的「で」在口語表達時往往會被省略。

● 如以下所示，「主語$_1$が動詞$_1$後（で）、主語$_2$は動詞$_2$」句型中，如果「主語$_1$が」和「主語$_2$は」為同一個人時，「主語$_1$が」往往會被省略。

例：あなたが大学を卒業した後（で）、あなたは日本語の勉強を続けますか。

↓（主語是同一人時）

大学を卒業した後（で）、あなたは日本語の勉強を続けますか。

↓（問答雙方都知道主語是誰時）

大学を卒業した後（で）、日本語の勉強を続けますか。

（你）大學畢業以後，（你）還要繼續學日文嗎？

● 「動詞タ形後で」和「動詞てから」的比較：

意思上都是表示「動作的先後發生」，「…た後で」較能明確表示動作發生的時間點，而「…てから」因較著眼於動作發生的先後順序，所以當要表示緊接著前一個動作發生的動作只能以「…てから」表示。試整理如下：

	動作緊接著發生的明確順序	時間點的明確提示
動詞タ形後 （…た後、…）	動詞$_1$（タ形）後で→動詞$_2$ ×	○ （例：授業の後）
動詞てから （…てから、…）	動詞$_1$てから→動詞$_2$○	×

例1：靴をぬいでから、スリッパをはき替えます。　○ ※緊接著發生

脱鞋後，換穿室內拖鞋。

例2：靴をぬいだ後（で）、スリッパをはき替えます。× ※無法表示是緊接著發生

在脱鞋之後，換穿室內拖鞋。？？？

例3：友だちに電話してから、そのうちへ行きます。　○ ※著重於動作的先後

給朋友打過電話後，到他家去。

例4：友だちに電話した後（で）、そのうちへ行きます。○ ※著重於時間點的先後

在給朋友打過電話之後，到他家去。

學習項目４　動詞$_1$たり、動詞$_2$たりする／している／した or 動詞$_1$たり、動詞$_2$たりします／しています／しました

説明

● 如以下所示，「動詞$_1$たり、動詞$_2$たりする」指從複數個動作、行爲中舉出1、2個較具代表性的動作、行爲，意思上包含「動詞$_1$て動詞$_2$」（相繼發生）與「動詞$_1$ながら動詞$_2$」（並列、並行）或這2種用法所指情形的的交替、反覆發生。

動詞$_1$て動詞$_2$　　例：食事して話す。
動詞$_1$ながら動詞$_2$　例：食事しながら話す。
→ 動詞$_1$たり動詞$_2$たりする。
例：食事したり、話したりする。

● 如以下所示，也可從複數的動作、行爲中只舉出1個較具代表性的動作、行爲，如「動詞たりする」。但是無論舉出的是1個或是2個較具代表性的動作、行爲，都暗示除此之外還有其他的動作、行爲，並且之後都必須加上表這些動作、行爲究竟是未來or進行中 or 已完成的サ変動詞。

動詞たり
動詞$_1$たり、動詞$_2$たり
＋ する。／している。／した。

● 「動詞$_1$たり、動詞$_2$たりする」句型中所列舉的動作、行爲，行使該動作、行爲的人，可以是同一個人，也可以是複數個不同的人。複數個不同的人的情形時，是用來表示當時每個人的動作、行爲。例如：

例1：（わたしは）休日に買物したり、掃除したりします。（同一個人）
（我）在假日或去購物、或會打掃家裡。

例2：学生が（or は）授業中、講義を聞いたり、ノートをとったりしています。（不同的人）
學生在上課時或聽講、或記筆記。

學習項目5　動詞$_1$ながら、動詞$_2$

說明

- 「ながら」是接続助詞（接續助詞）。當行使動作者同時進行兩個動作時，如以下所示，「ながら」往往會被接在次要動詞「動詞$_1$」的マス形之後，表示兩個動詞的同時並進。雖說是兩個動作、行爲的「同時進行」，但是因爲「一心無法二用」，兩個動作、行爲之間總會有些許輕重之分，因此在心態上較重視的主要動詞「動詞$_2$」會被放在句末。

動詞$_1$~~ます~~ → 動詞$_1$＋ながら、動詞$_2$

例1：音楽を聴き ながら 、食事します。（將同時進行兩個動作）

將一邊聽音樂，一邊吃飯。

例2：音楽を聴き ながら 、食事しています。（正在同時進行兩個動作）

正一邊聽音樂，一邊吃飯。

例3：音楽を聴き ながら 、食事しました。（已經同時進行過兩個動作）

一邊聽音樂，一邊吃飯了。

- 「動詞$_1$ながら、動詞$_2$」也可用來表示在同一段期間內兩個動作、行爲的同時進行。

例：二部の学生は大体働きながら、大学で勉強しています。

夜間部的學生大多一邊工作，一邊在大學唸書。

- 如果同時進行兩個以上的動作、行爲時，如以下所示，可以加上「それと同時に」（中譯：與此同時），繼續陳述第三個（或第四個）同時進行的動作、行爲。

例：働きながら、勉強しています。それと同時に、…。

一邊工作，一邊在大學唸書。在此同時還…。

學習項目６　連体修飾

說明

● 以下就修飾名詞的用法連体修飾（連體修飾），分別舉例如下：

Ⅰ. …（イ形容詞）的…（名詞）

名詞$_1$がイ形容詞い＋名詞$_2$

例：キリンは首が長い動物です。

長頸鹿是脖子很長的動物。

Ⅱ. …（ナ形容詞）的…（名詞）

名詞$_1$がナ形容詞な＋名詞$_2$

例：（わたしは）交通が便利なホテルを予約しました。

我已經訂了一家交通方便的飯店了。

Ⅲ-1. …（動詞）的…（名詞）

名詞$_1$が動詞（常体）＋名詞$_2$

例：あなたが今読んでいる本は図書館の本ですか。

你現在正在看的書是圖書館的書嗎？

● 上述句型中的「名詞$_1$が…」部分，因都屬於修飾「名詞$_2$」的次要子句（連体修飾連文節），所以次要子句的主語「名詞$_1$」都必須以助詞「が」表示。「名詞$_1$が動詞（常体）＋名詞$_2$」句中表示主語「名詞$_1$」的助詞「が」在不至於造成語意不明的情況下，可以改用助詞「の」，也就是改寫成「名詞$_1$の動詞（常体）＋名詞$_2$」。

補充說明

※母が作ったお弁当

我媽做的便當

これは［文（常体）］名詞です。	例：これは母が作ったお弁当です。 這是我媽做的便當。
［文（常体）］名詞はこれです。	例：母が作ったお弁当はこれです。 我媽做的便當是這個。
［文（常体）］名詞はここにあります。	例：母が作ったお弁当はここにあります。 我媽做的便當在這裡。
主語が／は［文（常体）］名詞がナ形容詞。	例：わたしは母が作ったお弁当が好きです。 我喜歡我媽做的便當。
主語が／は［文（常体）］名詞を動詞。	例：わたしは母が作ったお弁当を食べました。 我吃了我媽做的便當。

Ⅲ-2.　…（動詞）的…（名詞）

名詞$_1$にある／いる ＋名詞$_2$

例：海洋大学は 基隆にある 唯一の国立大学です。

海洋大學是基隆唯一的國立大學。

Ⅲ-3.　…（動詞）的…（名詞）

名詞$_1$を動詞（常体） ＋名詞$_2$

例：このごろ テキストを教室に忘れる 人が多くなった。

近來把課本放在教室忘了帶走的人變多了。

Ⅲ-4.　某人穿著／戴著…。穿著／戴著…的某人

人(ひと)が 名詞(めいし)を動詞(どうし)ている（常体(じょうたい)） ／動詞(どうし)ています。

名詞(めいし)を動詞(どうし)ている （常体(じょうたい)） 人(ひと)が／は…。

例：あの男(おとこ)の人(ひと)は サングラスをかけて、Tシャツを着(き)て、ジーパンをはいている 。

那位男士戴著太陽眼鏡、穿著T恤、牛仔褲。

サングラスをかけて、Tシャツを着(き)て、ジーパンをはいている あの男(おとこ)の人(ひと)は小池(こいけ)さんの息子(むすこ)さんです。

戴著太陽眼鏡、穿著T恤、牛仔褲的那位男士是小池先生（小姐）的兒子。

補充説明

種　類	穿戴	取下/脱下/卸下
上半身（シャツ、ブラウス、…） 襯衫　女性的襯衫	着(き)る／着(き)ます	脱(ぬ)ぐ／脱(ぬ)ぎます
下半身（ズボン、靴(くつ)、…） 長褲　鞋子	はく／はきます	脱(ぬ)ぐ／脱(ぬ)ぎます
帽子（帽子(ぼうし)、ヘルメット、… ） 帽子　安全帽	かぶる/かぶります	脱(ぬ)ぐ／脱(ぬ)ぎます
眼鏡（めがね、サングラス、…） 眼鏡　太陽眼鏡	掛(か)ける／掛(か)けます	はずす／はずします
配件（ネクタイ、時計(とけい)、…） 領帶　手錶	する／します	とる／とります
※コンタクトレンズ 隱形眼鏡	つける／つけます 装用(そうよう)する／装用(そうよう)します	はずす／はずします

歸納「連体修飾」&「連用修飾」

品詞（詞類）	連体修飾（連體修飾）	連用修飾（連用修飾）
イ形容詞：おいしい 好吃的	おいしい+名詞 好吃的…	おいしく+動詞 …得很好吃
ナ形容詞：きれいだ 美麗的、乾淨的	きれいな+名詞 美麗的or乾淨的…	きれいに+動詞 …得很美麗or…得很乾淨
名詞：本物 眞品、眞貨	本物+の+名詞 眞的…	本物+の+ように+動詞 像眞的一般地…
動詞：行く 去、往	行く（常体）+名詞 去or往某個地方的…	行く（常体）+ように+動詞 像去某個地方般地…

學習項目７　名詞$_1$という名詞$_2$

説明

- 「名詞$_1$という名詞$_2$」多用來表示「名爲…的…」或是「意指…的…」的意思。

 分別舉例如下：

例1：さっき「寺尾さん」という方から電話がありましたよ。（名爲…的…）
　方才有一位姓「寺尾」的人打電話給你哦。

例2：意見はないということは賛成ということですね。（意指…的…）
　「沒意見」意思就是指「贊成」囉。

學習項目８　…とき

説明

- 「とき」是形式名詞（形式名詞），表示「做某件事的時候」的意思。如果表示動作的動詞不是「タ形」（過去形），則意思與「動詞＋前＋に」相同。
 相反地，如果表示動作的動詞是「タ形」（過去形），則意思與「動詞タ形＋後＋で」相同。

1. 動詞$_1$＋とき、動詞$_2$　＝　動詞$_1$前に、動詞$_2$

例：シャッターを押すとき、動かないでください。

要按下快門的時候，請不要動。

＝シャッターを押す前に、動かないでください。

在按下快門以前，請不要動。

2. 動詞$_1$（タ形）＋とき、動詞$_2$＝動詞$_1$（タ形）後（で）、動詞$_2$

例：シャッターを押したとき、あなたが動いたから、もう一枚撮りましょう。

按下快門的時候，因爲你動了，所以再拍一張吧。

＝シャッターを押した後（で）、あなたが動いたから、もう一枚撮りましょう。

在按下快門之後，因爲你動了，所以再拍一張吧。

● 以下句型中，前句負責表示後句中動詞發生的時間，至於「前句＋後句」整句的時態則由後句動詞的時態來決定。簡單來說「…とき」所表示的時間，是指前句和後句彼此時間上的對應，故稱爲「相對時間」。

動詞$_1$＋とき、動詞$_2$

前句　　　　後句

以下列a～d句來說，「…とき」就是表示「行く」、「撮る」這兩個動詞彼此時間上的對應。換句話說，前句的「…とき」表示後句中「撮る」這個動詞發生的時間，至於整件事發生與否，則完全視句點之前的動詞「撮る」的時態來判定。

a. 日本に行くとき、空港で写真を撮ります。

要去日本時，將在機場拍照。

b. 日本に行くとき、空港で写真を撮りました。

要去日本時，在機場拍了照。

c. 日本に行ったとき、空港で写真を撮ります。

去到日本時，將在機場拍照。

d. 日本に行ったとき、空港で写真を撮りました。

去到日本時，在機場拍了照。

● 下列的例句意思大致相同，例1的説法較普遍，例2只用在特別強調與現在不一樣的情形。

例1：若いとき、よく海外旅行をした。

年輕時，常去國外旅遊。

例2：若かったとき、よく海外旅行をした。

以前還年輕時，常去國外旅遊。

● 「動詞$_1$＋とき（に）、動詞$_2$」中，前句的「とき」之後加不加助詞「に」（表示時點）皆可。

● 「動詞$_1$＋とき（に）、動詞$_2$」中，如以下所示，如果前句的主語與後句的主語不同，則前句的主語一定要加上助詞「が」來表示。

主語$_1$＋が＋動詞$_1$＋とき、主語$_2$＋は＋動詞$_2$

前句　　　　　　　　　後句

● 「動詞$_1$＋とき（に）、動詞$_2$」中，如以下所示，如果前句與後句的主語相同，則前句的主語可省略。

~~主語~~＋動詞$_1$＋とき、主語＋は＋動詞$_2$

前句　　　　　　　　後句

● 前句的主語與後句的主語不同時，如果説話者及聽話者彼此都知道前句的主語與後句的主語所指何人時，則可以像上述a～d句那樣，省略各自的主語。

第十單元

學習項目1　常体（普通体）&敬体（丁寧体）

中文意思　普通形&客套形

■名詞・イ形容詞・ナ形容詞の常体（普通体）&敬体（丁寧体）

品詞	常体		敬体（マス形）	
名詞＋だ	学生だ	学生ではない	学生です	学生ではないです 学生ではありません
	学生だった	学生ではなかった	学生でした	学生ではありませんでした
ナ形容詞	静かだ	静かではない	静かです	静かではないです 静かではありません
	静かだった	静かではなかった	静かでした	静かではありませんでした
イ形容詞	高い	高くない	高いです	高くないです 高くありません
	高かった	高くなかった	高かったです	高くなかったです 高くありませんでした

■動詞の常体（普通体）&敬体（マス形）

動詞の種類	常体		敬体（マス形）	
五段動詞	言う	言わない	言います	言いません
	言った	言わなかった	言いました	言いませんでした
五段（例外）	ある	ない	あります	ありません
	あった	なかった	ありました	ありませんでした
五段（例外）	行った	行かなかった	行きました	行きませんでした
上一段動詞	起きる	起きない	起きます	起きません
	起きた	起きなかった	起きました	起きませんでした
下一段動詞	食べる	食べない	食べます	食べません
	食べた	食べなかった	食べました	食べませんでした
カ変動詞	来る	来ない	来ます	来ません
	来た	来なかった	来ました	来ませんでした
サ変動詞	する	しない	します	しません
	した	しなかった	しました	しませんでした

學習項目2　日本語の基本文型

中文意思　日語的基本句型。

1. 名詞文　主語は名詞だ／名詞です。

2. 形容詞文　a. 主語はイ形容詞い／イ形容詞いです。

主語がイ形容詞い／イ形容詞いです。

b. 主語はナ形容詞だ／ナ形容詞です。

主語がナ形容詞だ／ナ形容詞です。

3. 動詞文　主語が動詞／動詞ます。

用法Ⅰ.名詞句。（説明句）

名詞文 → 主語は名詞だ／名詞です。

例句

1. わたしの趣味(しゅみ)は水泳(すいえい)だ。
   我的嗜好是游泳。

2. 富士山(ふじさん)は日本一高(にっぽんいちたか)い山(やま)です。
   富士山是日本第一高峰。

用法Ⅱ.形容詞句。（敘述句）

形容詞文 → a. 主語はイ形容詞い／イ形容詞いです。
主語がイ形容詞い／イ形容詞いです。

例句

1. 雪(ゆき)は白(しろ)い。or 雪(ゆき)は白(しろ)いです。（一般的性質或狀態）
   雪是白的。

2. 風(かぜ)が涼(すず)しい。or 風(かぜ)が涼(すず)しいです。（一時的現象或狀態）
   風是涼爽的。

用法Ⅲ.形容詞句。（敘述句）

形容詞文 → b. 主語はナ形容詞だ／ナ形容詞です。
主語がナ形容詞だ／ナ形容詞です。

例句

1. 飛行機(ひこうき)は便利(べんり)だ。or 飛行機(ひこうき)は便利(べんり)です。（一般的性質或狀態）
   搭飛機很方便。

2. 空(そら)がきれいだ。or　空(そら)がきれいです。（一時的現象或狀態）
天空很美。

用法IV. 動詞句。（敘述句）

動詞文 → 主語が動詞。

例句

1. 風(かぜ)が吹(ふ)く。or　風(かぜ)が吹(ふ)きます。（大自然的現象）
風吹。

2. 鳥(とり)が鳴(な)く。or　鳥(とり)が鳴(な)きます。（動物的動作或狀態）
鳥叫。

3. 花(はな)が咲(さ)く。or　花(はな)が咲(さ)きます。（植物的動作或狀態）
花開。

4. 赤(あか)ん坊(ぼう)が泣(な)く。or　赤(あか)ん坊(ぼう)が泣(な)きます。（人類的動作或狀態）
嬰兒哭。

5. 泥棒(どろぼう)がステレオを盗(ぬす)んだ。or　泥棒(どろぼう)がステレオを盗(ぬす)みました。（人類的動作或狀態）
小偷竊取了音響。

單字

1.	日本一(にっぽんいち)$_3$＝（日本一(にほんいち)$_2$）	【名詞】全日本第一
2.	趣味(しゅみ)$_1$	【名詞】興趣、嗜好
3.	水泳(すいえい)$_0$	【名詞】游泳
4.	空(そら)$_1$	【名詞】天空、天氣
5.	鳥(とり)$_0$	【名詞】鳥、雞
6.	赤(あか)ん坊(ぼう)$_0$	【名詞】嬰兒、乳幼兒／幼稚

7.	泥棒（どろぼう）$_{0}$	【名詞】小偷
8.	ステレオ$_{0}$	【名詞】音響（stereo）
9.	吹（ふ）く$_{2}$	【動詞】吹
10.	鳴（な）く$_{0}$	【動詞】鳴叫
11.	咲（さ）く$_{0}$	【動詞】（花）開
12.	泣（な）く$_{0}$	【動詞】流淚、哭泣
13.	盗（ぬす）む$_{2}$	【動詞】偷、竊取

學習項目３　文（常体）だろう／でしょう。

中文意思　…吧。（用於敘述不十分肯定或是未來的情況以及揣測別人的心意）

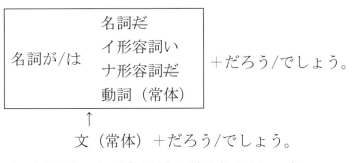

用法Ⅰ.…吧。

名詞が/は　名詞~~だ~~ / イ形容詞い / ナ形容詞~~だ~~ / 動詞（常体）　＋だろう/でしょう。

↑

文（常体）＋だろう/でしょう。

★ 名詞~~だ~~・ナ形容詞~~だ~~＋だろう/でしょう。

例句

1. 名詞＋~~だ~~　あの人（ひと）は日本人（にほんじん）だろう。（でしょう）
   那個人是日本人吧。

2. ナ形容詞~~だ~~　張（ちょう）さんの弟（おとうと）さんもハンサムだろう。（でしょう）
   張先生（小姐）的弟弟也很帥吧。

3. イ形容詞い　あしたも寒(さむ)いだろう。（でしょう）

明天也會很冷吧。

4. 動詞（常体）　あしたは雨(あめ)が降(ふ)るだろう。（でしょう）

明天會下雨吧。

5. 動詞ナイ形　張(ちょう)さんは日本語(にほんご)ができないだろう。（でしょう）

張先生（小姐）不會日文吧。

6. 動詞ている　張(ちょう)さんは怒(おこ)っているだろう。（でしょう）

張先生（小姐）正在生氣吧。

7. 動詞タ形　張(ちょう)さんはもう寝(ね)ただろう。（でしょう）

張先生（小姐）已經睡了吧。

用法Ⅱ.推測、判斷。

名詞が/は	名詞~~だ~~ イ形容詞い ナ形容詞~~だ~~ 動詞（常体）	＋だろう	と＋思う／思います。

↑
文（常体）

例句

1. あの茶色(ちゃいろ)の上着(うわぎ)は先生(せんせい)のいすに掛(か)けてあるから、先生(せんせい)のだろうと思(おも)います。

那件棕色的外衣一直掛在老師的椅子上，所以我想應該是老師的吧。

2. もう10年(ねん)あまり日本語(にほんご)を使(つか)っていなかったから、ほとんど忘(わす)れただろうと思(おも)います。

已經十多年都沒使用日文，我想應該是幾乎全忘光了吧。

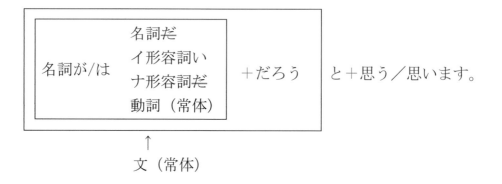

單字

※標有＊者，表示為「文法解說」中出現的單字。

1.	＊ミス・ジャパン$_4$	【名詞】日本小姐（Miss Japan）
2.	ちゃいろ 茶色$_0$	【名詞】棕色
3.	うわぎ 上着$_0$	【名詞】外衣、上衣
4.	…あまり	【接尾語】…（表數量的語詞）多 例如：10年（ねん）あまり 10多年
（相關單字）	あま 余り$_3$	【名詞】剩餘、剩下／用在算術時，指除式的餘數
	あまり$_0$	【副詞】後接否定語氣 不太…、不大… 【副詞】後接肯定語氣 過度…的結果、因過於…而…
5.	＊サボる$_2$（＝サボ~~タージュ~~＋る）	【動詞】蹺課、翹班
6.	か 掛ける$_2$	【動詞】掛上
7.	わす 忘れる$_0$	【動詞】忘記、遺忘
8.	つか 使う$_0$	【動詞】使用
9.	ほとんど$_2$	【副詞】幾乎全部
10.	＊きっと$_0$	【副詞】必定會…、一定會…
11.	＊ちゃんと$_0$	【副詞】按部就班地、好好地

學習項目4　イ形容詞い → …くなる／する／動詞 or …くなります／します／動詞ます。

中文意思　イ形容詞充當副詞修飾動詞的用法（連用修飾）。

用法Ⅰ. 變得…。

名詞は／がイ形容詞く＋なる／なります。

例句

1. この料理(りょうり)にワインを少(すこ)し入(い)れてください。とてもおいしくなりますよ。
   請在這道菜裡加入少許葡萄酒。會變得很好吃哦。

2. 台風(たいふう)が来(く)る前(まえ)はどこの八百屋(やおや)も客(きゃく)でいっぱいです。そして、台風(たいふう)の後(あと)は野菜(やさい)もすごく高(たか)くなります。
   颱風來襲前，無論哪家蔬果店都擠滿客人。並且，颱風過後蔬菜都會變得很貴。

用法Ⅱ. 做得…、弄得…。

名詞をイ形容詞く＋する／します。

例句

1. A：先生(せんせい)、はっきり聞(き)こえませんから、音(おと)をもう少(すこ)し大(おお)きくしてくださいませんか。
   老師，因爲聽得不是很清楚，請將音量稍微調大一點好嗎？

   B：はい、これぐらいはどうですか。
   好，調成這樣可以嗎？

   A：結構(けっこう)です。ありがとうございました。
   很好。謝謝。

用法Ⅲ.…地…。（表示某個動作正在進行的狀態）

…得…。（表示某個動作發生後的結果）

名詞は／がイ形容詞く＋動詞／動詞ます。

例句

1. 子(こ)どもがグランドで楽(たの)しく遊(あそ)んでいます。
小孩子們正在運動場上快樂地玩耍。

2. A：もう座席(ざせき)がありませんよ。
已經沒有座位了哦。

B：予定時間(よていじかん)より1時間(じかん)遅(おそ)く来(き)たから、仕方(しかた)がありませんね。
因爲比預定的時間晚1個小時才來，所以（只好接受）沒辦法囉。

單字

1.	ワイン1	【名詞】葡萄酒
2.	八百屋(やおや)0	【名詞】蔬菜店、蔬果店、蔬菜商人
3.	グランド0	【名詞】運動場、操場（ground）
4.	座席(ざせき)0	【名詞】座位
5.	結構(けっこう)1	【ナ形容詞】比「いい」還要客氣的說法
6.	なる1	【動詞】成爲、變成
7.	遊(あそ)ぶ0	【動詞】玩、遊戲
8.	はっきり3	【副詞】清楚地
9.	もう少(すこ)し4	【副詞】還要再一點
10.	いっぱい0	【副詞】很多、滿滿地

（相關單字）	一杯$_1$	【名詞】一杯、一碗

學習項目５　ナ形容詞だ → …になる／する／動詞 or … になります／します／動詞ます。

中文意思　ナ形容詞充當副詞修飾動詞的用法（連用修飾）。

用法Ⅰ. 變得…。

名詞は／がナ形容詞に＋なる／なります。

例句

1. 会議が始まると同時に、会場が静かになりました。
   會議開始的同時，會場變得很安靜。

2. 納豆を何回か無理をして食べましたが、なかなか好きになりません。or
   納豆を何回か無理をして食べましたが、なかなか好きになれません。
   雖然勉強吃過幾次納豆，但就是沒辦法變得喜歡吃（納豆）。　※第2句的日語表達較自然

用法Ⅱ. 做得…、弄得…。

名詞は／がナ形容詞に＋する／します。

例句

1. そば屋さんがそば粉を上手にこねてから、それを同じ幅できれいに切っています。すごい技ですね。
   蕎麥麵店的老闆熟練地將蕎麥粉和成麵團後，正把它漂亮地切成寬度一模一樣的麵條。好厲害的功夫喔！

2. 水は貴重な資源ですから、大切に使いましょう。
   水是珍貴的資源，所以我們要好好珍惜利用水資源。

用法Ⅲ.…地…。（表示某個動作正在進行的狀態）

…得…。（表示某個動作發生後的結果）

名詞は／がナ形容詞に＋動詞／動詞ます。

例句

1. 添乗員（てんじょういん）が乗客（じょうきゃく）にこれからのスケジュールを熱心（ねっしん）に説明（せつめい）しています。

   隨車人員正熱心地向乘客說明今後的預定行程。

2. 今（いま）までの経歴（けいれき）をその紙（かみ）に簡単（かんたん）に書（か）いてください。

   請將到目前爲止的經歷簡單地寫在那張紙上。

3. 近所（きんじょ）の人（ひと）が毎朝公園（まいあさこうえん）に集（あつ）まって、元気（げんき）に踊（おど）っています。

   附近的鄰居每天早上都會聚在公園裡，很有精神得跳舞。

單字

※凡加上（）之漢字，根據「記者ハンドブック・新聞用語用字集」應以平假名書寫。

1.	納豆（なっとう）$_{3}$	【名詞】納豆（將煮過的大豆，使其繁殖納豆菌至具黏性絲狀物質後食用）
2.	…屋（や）	【名詞】爲接尾語，…店、[用來形容具有某種傾向]～人、帶著些輕蔑的語氣，來形容專業人士。
3.	そば$_{1}$（蕎麦（そば））	【名詞】蕎麥麵
4.	幅（はば）$_{0}$	【名詞】寬度
5.	技（わざ）$_{2}$	【名詞】技術、技巧、技藝、本領、功夫
6.	そば粉（こ）$_{2\ or\ 3}$（蕎麦粉（そばこ））	【名詞】蕎麥粉
7.	資源（しげん）$_{1}$	【名詞】資源、能源
8.	添乗員（てんじょういん）$_{3}$	【名詞】隨車人員（有時是導遊或領隊或遊覽車小姐）
9.	乗客（じょうきゃく）$_{0}$	【名詞】乘客
10.	熱心（ねっしん）$_{1\ or\ 3}$	【名詞】熱中、熱心、積極

11.	これから$_0$	【名詞】從今以後
12.	スケジュール$_{2\ or\ 3}$	【名詞】行程、預定、行程表、預定表（schedule）
13.	経歴（けいれき）$_0$	【名詞】經歷（含學歷等）、經歷過的事情
14.	貴重（きちょう）$_0$	【ナ形容詞】珍貴的、貴重的
15.	始（はじ）まる$_0$	【動詞】開始
16.	こねる$_2$	【動詞】揉（麵糰）、將粉末或是泥土加水搓揉
17.	集（あつ）まる$_3$	【動詞】集合、聚集
18.	踊（おど）る$_0$	【動詞】跳舞

學習項目6　名詞→名詞になる／する or 名詞になります／します。

中文意思　變化／決定的結果。

用法Ⅰ. 變成…、成爲…。

名詞$_1$は／が名詞$_2$に＋なる／なります。

例句

1. 30分後（ぷんご）はただの甘（あま）い水（みず）になるから、カキ氷（ごおり）は速（はや）く食（た）べてください。
   因爲30分鐘後就會變成普通的糖水，所以剉冰請要趕快吃。

2. 昼休（ひるやす）みの電話当番（でんわとうばん）は労働時間（ろうどうじかん）になりますか。
   午休時間輪班接電話的時間，視爲工作時間（工時）嗎？

用法Ⅱ. 決定…、要…。

名詞$_1$は／が名詞$_2$に＋する／します。

例句

1. A：次（つぎ）の日曜日（にちようび）は母（はは）の日（ひ）ですね。みんなでレストランで食事（しょくじ）をしませんか。お母（かあ）さんに好（す）きな料理（りょうり）をごちそうしましょう。そうするとお母（かあ）さんはその日（ひ）

に食事(しょくじ)の支度(したく)をしなくても済(す)みますから。

下個星期天就是母親節了，大夥兒一塊兒到餐廳吃飯好不好？我們一起請媽媽吃她喜歡吃的好菜，並且這麼做媽媽那天也可以不用張羅做飯的事。

B：うん、なかなかいい提案(ていあん)ですね。じゃあ、レストランはどこにしましょうか。

嗯，相當好的提議。那麼，餐廳要選哪一家好呢？

2. A：もう時間(じかん)ですから、今日(きょう)はこれで終(お)わりにします。では、また来週(らいしゅう)。

因爲時間到了，所以今天就到這裡結束。那麼，下星期再見。

B：はい、お疲(つか)れ様(さま)でした。

好的，您辛苦了。

單字

※凡加上（）之漢字，根據「記者ハンドブック・新聞用語用字集」應以平假名書寫。

1.	カキ氷(ごおり)$_3$	【名詞】剉冰
2.	ただ$_1$	【名詞】普通（的）、沒什麼特別（的）
3.	当番(とうばん)$_1$	【名詞】（照順序輪流排班，輪到）當班、值班
4.	労働時間(ろうどうじかん)$_5$	【名詞】工時、工作時間
5.	終(お)わり$_0$	【名詞】結束、終點
6.	次(つぎ)$_2$	【名詞】下一次、下一回／第二／隔壁
7.	支度(したく)$_0$	【名詞】準備、預備
8.	ご（馳走(ちそう)）$_0$	【名詞】山珍海味、盛宴、酒筵
9.	ご（馳走(ちそう)）する$_0$	【動詞】請人吃飯〔謙讓語〕
10.	済(す)む$_1$	【動詞】結束、終了
11.	すると$_0$	【接続詞】於是、那麼
12.	そう$_0$	【副詞】那樣……、那麼……
13.	お疲(つか)れ様(さま)でした	【挨拶語】（您）辛苦了

學習項目７　〈原因・理由〉

名詞＋で…
イ形容詞テ形…
ナ形容詞テ形…
動詞テ形…

中文意思　因爲…，所以…。

用法

名詞＋で…。	→	名詞＋で…。
イ形容詞テ形…。	→	イ形容詞く＋て…。
ナ形容詞テ形…。	→	ナ形容詞　＋で…。
動詞テ形…。	→	動詞＋て…。

例句

1. 名詞＋で

このお寺の表の門は、約百年前に一度火事で全部焼けました。

這間寺廟正面的門，約在一百年前曾經一度因爲火災而整個燒毀。

2. ナ形容詞＋で

昔は交通が不便で、島の人はみなあまり遠くまで行きませんでした。

以前因爲交通不便，所以島上的人大家都不太會去很遠的地方。

3. イ形容詞く＋て

おじいちゃんは耳が遠くて、よく聞こえません。

爺爺因爲重聽所以無法聽得很清楚。

4. 動詞＋て

船に乗って訪ねた昔風の村を思い出して、懐かしくなりました。

因爲想起了曾搭船探訪過的古風村落，覺得很懷念。

單字

※單字之後加上＊者，表示該單字在課文例句中並未出現。
標有＊者，表示為「文法解說」中出現的單字。

1.	寺(てら)$_0$（お寺(てら)$_2$）	【名詞】寺院、佛寺
2.	表(おもて)$_0$	【名詞】正面、表面
3.	裡(うら)$_2$*	【名詞】裡面、背面
4.	門(もん)$_1$	【名詞】門、大門
5.	火事(かじ)$_1$	【名詞】火災
6.	遠(とお)く$_3$	【名詞】遠處、遠地
7.	耳(みみ)$_2$	【名詞】耳朵
8.	船(ふね)$_1$	【名詞】船、舟
9.	村(むら)$_2$	【名詞】村子、村莊／主題公園
10.	昔風(むかしふう)$_0$	【名詞】古早風味、古老風情
11.	＊戦争(せんそう)$_0$	【名詞】戰爭
12.	＊ニュース$_1$	【名詞】新聞（news）
13.	焼(や)ける$_0$	【動詞】燒、烤
14.	訪(たず)ねる$_3$	【動詞】到訪、訪問
15.	＊亡(な)くなる$_0$	【動詞】死去
16.	＊無(な)くなる$_0$*	【動詞】遺失、丟失

文法解説

學習項目1　常体（普通体）&敬体（丁寧体）

說明

- 文句往往視情況或目的會有各種不同的表現形式，在「書き言葉」（文字表現）方面，稱爲「文体」（文章體）；在「話し言葉」（口頭表現）方面，稱爲「話体」（說話體）。
- 日文通常會藉句末的助動詞等等來表現「文体」（文章體）上的差異。文體的種類，大致上有「です・ます体」、「でございます体」、「だ体」、「である体」等幾種。日本人日常的語言生活，往往會視情況（對象）或目的，頻繁地切換使用複數種「文体」（文章體）或「話体」（說話體）。
- 「文体」（文章體）的用詞，有許多並不限用於文章，也適用於「話体」（說話體）。因此，在以下所提到的「文体」都涵蓋「話体」（說話體）在內。
- 日文的「文体」可大略分爲「常体（普通体）」和「敬体（丁寧体）」兩種，也就是所謂的「普通形」和「客套形」。一般學習日語的人往往都會先從「敬体（丁寧体）」入門，然後再更進一步學習「常体（普通体）」。
- 使用「常体（普通体）時，敘事者（文章的作者 or 說話者）往往不大會在意對方與自己的上下、尊卑、親疏或場合等因素來斟酌措辭，所以又稱爲「独語体」（獨白體）。
- 使用「敬体（丁寧体）」時，敘事者（文章的作者 or 說話者）往往會意識到對方和自己的上下尊卑親疏或是場合等條件來考量用詞，所以「敬体（丁寧体）」又可稱爲「対話体」（對話體）。
- 各種「品詞」（詞類）的「常体（普通体）」&「敬体（丁寧体）」對照表，請參閱本單元學習項目1。

● 以下爲「文」（文句）的「常体（普通体）」&「敬体（丁寧体）」對照表。

	常体（普通体）	敬体（丁寧体）
名詞文 名詞句	わたしの趣味は水泳だ。 ※わたしの趣味は水泳である。	わたしの趣味は水泳です。 我的嗜好是游泳。
ナ形容詞文 ナ形容詞句	空がきれいだ。 ※空がきれいである。	空がきれいです。 天空很美。
イ形容詞文 イ形容詞句	風が涼しい。	風が涼しいです。 風是涼爽的。
動詞文 動詞句	花が咲く。	花が咲きます。 花開。

由上列對照表可知：

1. 「常体（普通体）」的「文」（文句），句末爲名詞、ナ形容詞時，以「だ」或「である」結尾。前者稱爲「だ体」，後者稱爲「である体」。
2. 「敬体（丁寧体）」的「文」（文句），句末爲名詞、ナ形容詞時，會以加上助動詞「です」的形式來結尾。
3. 「敬体（丁寧体）」的「文」（文句），句末爲形容詞時，也會以加上助動詞「です」的形式來結尾。

   ※但一般都會儘量使用動詞的形式來表現，例如：

   風が涼しいです。→ 風が涼しく吹いています。

   風是涼爽的。　　　風清涼地吹著。

4. 「敬体（丁寧体）」的「文」（文句），句末爲動詞時，也會以加上助動詞「ます」的形式來結尾。

   2～4的表現方式，可通稱爲「です・ます体」。隨著客套的程度提高，「です」可以「でございます」取代，這種「文体」就稱爲「でございます体」。

學習項目２　日本語の基本文型

説明

●日文的基本句型有下列三種：

1. 名詞文　　主語は名詞だ／名詞です。

2. 形容詞文　　a. 主語はイ形容詞い／イ形容詞いです。
　　　　　　　　主語がイ形容詞い／イ形容詞いです。

　　　　　　　b. 主語はナ形容詞だ／ナ形容詞です。
　　　　　　　　主語がナ形容詞だ／ナ形容詞です。

3. 動詞文　　主語が動詞／動詞ます。

●名詞文多用來説明，故又稱「説明文」（説明句）。其主語往往須後接助詞「は」成爲説明的主題（主題），也就是成爲「主題は名詞だ（です）」的形式，其中述語部分的名詞是就主題部分的説明，所以在概念上，如以下所示，可將此句型視爲「主題＝名詞だ（です）」。

例1：わたしの趣味　は　水泳　だ。〈常体〉

我的嗜好是游泳。（我的嗜好＝游泳）

例2：富士山　は　日本一高い山　です。〈敬体〉

富士山是日本第一高峰。（富士山＝日本第一高峰）

● 形容詞文多用來敘述，其主語往往後接助詞「が」成爲敘述的主體，構成「主語がイ形容詞い（です）」或是「主語がナ形容詞だ（です）」的形式。述語部分的「イ形容詞」（イ形容詞）or「ナ形容詞」（ナ形容詞）正是就主語部分做的敘述。而且，如以下所示，多用來敘述主語一時之間（也就是說並非一直都會如此）的狀態、現象，也就是關於主語靜態方面的敘述。

例1：風**が**涼しい。（一時的現象或狀態）
風是涼爽的。

例2：空**が**きれい**だ**。（一時的現象或狀態）
天空很美。

● 形容詞文若用於敘述一般的性質或狀態，如以下所示，其主語後面往往會接助詞「は」。

例1：雪**は**白い。（一般的性質或狀態）
雪是白的。

例2：飛行機**は**便利**だ**。（一般的性質或狀態）
搭飛機很方便。

● 動詞文多用來表述動態的敘述，其主語往往須後接助詞「が」成爲敘述的主體，構成「主語が動詞（or 動詞ます）」或是「主語が目的語を動詞（or 動詞ます）」的形式。如以下所示，述語部分的動詞多用於敘述「大自然、動物、植物、人類、機械等」一時之間（也就是說並非一直都會如此）的狀態、現象、動作，也就是關於主語動態方面的敘述。

例1：風**が**吹く。or 風**が**吹きます。（大自然的現象）
風吹。

例2：鳥**が**鳴く。or 鳥**が**鳴きます。（動物的動作或狀態）
鳥叫。

例3：花**が**咲く。or　花**が**咲きます。（植物的動作或狀態）

花開。

例4：赤ん坊**が**泣く。or　赤ん坊**が**泣きます。（人類的動作或狀態）

嬰兒哭。

- 動詞文中述語部分的動詞，有一些必須要有「目的語を」的配合才能成立，也就是必須以「主語が目的語を動詞（or 動詞ます）」的形式，來敘述有行爲能力的「人類、動物、機械等」一時之間（也就是說並非一直都會如此）的行爲、動作。

例　泥棒**が**ステレオを盗んだ。or

泥棒**が**ステレオを盗みました。（人類的動作或狀態）

小偷竊取了音響。

學習項目3　文（常体）だろう／でしょう。

說明

- 「文（常体）」之後加上助動詞「だろう」or「でしょう」多用於敘述不十分肯定的推測或是未來的情況，以及別人的心意。因爲，對於未來事物的演變，通常是無法妄下定論的。此外，除了自己本身以外的人，其心理或情緒，往往也是無法斷言的。因此，這個句型多用於敘述不十分肯定或是未來的事態，以及自己以外的他人的心意。
- 「でしょう」是「だろう」較有禮貌的説法。將「だろう」or「でしょう」置於句末表示不十分肯定的推測時，不需要指出很明確的推斷依據，是屬於很主觀的推論。
- 「だろう」or「でしょう」接在各種品詞（詞類）之後的接續模式，如以下所示：

名詞が/は	名詞~~だ~~ イ形容詞い ナ形容詞~~だ~~ 動詞（常体）	＋だろう/でしょう。

↑

文（常体）＋だろう/でしょう。

★ 名詞~~だ~~・ナ形容詞~~だ~~＋だろう/でしょう。

例1：名詞(めいし)＋~~だ~~　あの人(ひと)は日本人(にほんじん)だろう。（でしょう）

那個人是日本人吧。

例2：ナ形容詞(けいようし)~~だ~~　張(ちょう)さんの弟(おとうと)さんもハンサムだろう。（でしょう）

張先生（小姐）的弟弟也很帥吧。

例3：イ形容詞(けいようし)い　あしたも寒(さむ)いだろう。（でしょう）

明天也會很冷吧。

例4：動詞(どうし)（常体(じょうたい)）　あしたは雨(あめ)が降(ふ)るだろう。（でしょう）

明天會下雨吧。

例5：動詞(どうし)ナイ形(けい)　張(ちょう)さんは日本語(にほんご)ができないだろう。（でしょう）

張先生（小姐）不會日文吧。

例6：動詞(どうし)ている　張(ちょう)さんは怒(おこ)っているだろう。（でしょう）

張先生（小姐）正在生氣吧。

例7：動詞(どうし)タ形(けい)　張(ちょう)さんはもう寝(ね)ただろう。（でしょう）

張先生（小姐）已經睡了吧。

● 如以下所示，當句末接助動詞(じょどうし)「だ」時，表示100%的断定(だんてい)（斷定）。因此，當句末為「名詞(めいし)+だ」、「ナ形容詞(けいようし)だ」時，必須去「だ」才能加上表示不十分肯定的「だろう」or「でしょう」。

文＋だ　　　　　（です）。　100％〈断定〉

断定

文＋だろう（でしょう）。　~~100％~~〈推測、推定、推量〉※不需要有根據。

推測、猜想推定、估量猜測、估計

例1：あの方は日本人でしょう。〈名詞〉

那個人是日本人吧。

例2：鈴木さんは美人だから、その娘もきっときれいでしょうね。〈ナ形容詞〉

鈴木小姐是美女，她的女兒也一定很漂亮吧。

例3：ミス・ジャパンは若いころはきっときれいだったでしょうね。

日本小姐年輕的時候一定是很漂亮吧。

例4：あしたは雪が降るでしょう。

明天會下雪吧。

● 如以下所示，當句末接疑問的「だろう？」or「でしょう？」時，表示「尋求確認」，也就是要對方認同自己這樣認爲應該沒有錯。

文（常体）だろう？／でしょう？

＝文（常体）じゃないか／…じゃありませんか。

例1　A：台湾で銀行は土日休むでしょう？

在台灣，銀行週末休息，對吧？

B：はい、そうです。

是的，沒錯。

例2　A：先週サボったでしょう？

你上週蹺課了，對不對？

B：いいえ、ちゃんと（授業に）出ましたよ。

不對啊，我有乖乖來上課哦。

● 當句末接「だろう」，然後再加上表示「認爲… or 覺得…」的「…と思(おも)う（or 思(おも)います）」時，表示說話者個人的「推測」或「判斷」，也就是表示「（我）認爲是…吧」or「（我）覺得是…吧」的意思。

例：あの茶色(ちゃいろ)の上着(うわぎ)は先生(せんせい)のいすに掛(か)けてあるから、先生(せんせい)のだろうと思(おも)います。

那件棕色的外衣一直掛在老師的椅子上，所以我想應該是老師的吧。

學習項目4　イ形容詞い　→　…くなる／する／動詞 or …くなります／します／動詞ます。

說明

● イ形容詞(けいようし)充當副詞修飾動詞的用法（連用修飾(れんようしゅうしょく)）有以下3種：

Ⅰ. 變得…　　名詞(めいし)は／が イ形容詞(けいようし)く ＋**なる**

例：冬(ふゆ)になると、寒(さむ)く **なる**。

一到冬季，天氣就會變冷。

Ⅱ. 做得…、弄得…　　名詞(めいし)を イ形容詞(けいようし)く ＋**する**

例：テレビの音(おと)を 小(ちい)さく **する**。

把電視機的聲音調小聲。

Ⅲ. …地…　　名詞(めいし)は／が イ形容詞(けいようし)く ＋**動詞(どうし)**（表示某個動作正在進行的狀態）

例：楽(たの)しく **話(はな)している**。

正愉快地交談著。

…得…　　名詞(めいし)は／が イ形容詞(けいようし)く ＋**動詞(どうし)**（表示某個動作發生後的結果）

例：きょうのごはん、おいしく **できた。**

今天的米飯煮得很好吃。

學習項目5　ナ形容詞だ → …になる／する／動詞 or …になります／します／動詞ます。

説明

- ナ形容詞(けいようし)充當副詞修飾動詞的用法（連用修飾(れんようしゅうしょく)）有以下3種：

Ⅰ. 變得…　　名詞(めいし)は／が ナ形容詞(けいようし)に **＋なる**

例：これを飲(の)むと、元気(げんき)に **なる。**

喝下這個，就會變得有精神。

Ⅱ. 做得…、弄得…　　名詞(めいし)は／が ナ形容詞(けいようし)に **＋する**

例：部屋(へや)の中(なか)を きれいに **する。**

把房間的裡面弄得很漂亮。

Ⅲ. …地…　　名詞(めいし)は／が ナ形容詞(けいようし)に **＋動詞(どうし)**（表示某個動作正在進行的狀態）

例：川(かわ)が 静(しず)かに **流(なが)れている。**

河水靜靜地流動著。

…得…　　名詞(めいし)は／が ナ形容詞(けいようし)に **＋動詞(どうし)**（表示某個動作發生後的結果）

例：夕日(ゆうひ)が きれいに **写(うつ)っている。**

夕陽拍得很美。

學習項目６　名詞 →名詞になる／する or 名詞になります／します。

說明

- 「名詞に**なる**」表示「變化的結果」。

　例：氷が水に**なった**。

　　冰塊變成了水。

- 「名詞に**する**」表示「決定的結果」。

　例：きょうはこれで終わりに**します**。

　　今天就到此結束。

學習項目７　〈原因・理由〉

名詞＋で…

イ形容詞テ形…

ナ形容詞テ形…

動詞テ形…

說明

- 「て」或「で」都是助詞，在下列例句中都是用來表示原因、理由。

1. 名詞＋で　　例：このお寺の表の門は、約百年前に一度**火事**で全部焼けました。

　　這間寺廟正面的門，約在一百年前曾經一度因火災而整個燒毀。

2. ナ形容詞＋で　　例：昔は交通が**不便**で、島の人はみなあまり遠くまで行きませんでした。

　　以前因爲交通不便，所以島上的人大家都不太會去很遠的地方。

3. イ形容詞く＋て　例1：おじいちゃんは耳が**遠く**て、よく聞こえません。

爺爺因爲重聽所以無法聽得很清楚。

例2：この荷物はとても**重く**て、女の子には無理ですよ。

因爲這個行李很重，所以對女孩子來說太勉強啦。

（=因爲這個行李很重，所以女孩子是拿不動的啦。）

4. 動詞＋て　例：船に乗って訪ねた昔風の村を**思い出し**て、懐かしくなりました。

因爲想起了曾搭船探訪過的古風村落，覺得很懷念。

● 「名詞＋で」的名詞大半是表示負面的事物或狀態。例如：

病気、	風邪、	火事、	地震、	台風、	事故、	戦争、…
生病	感冒	火災	地震	颱風	意外	戰爭

● 「動詞$_1$て（or で）、動詞$_2$」必須用在「原因、理由」成立之後「結果」才會發生的情形。

例1：○　マイケル・ジャクソンが亡くなったニュースを**聞い**てびっくりしました。

聽到麥克傑克遜的死訊後嚇了一跳。

×　**びっくりし**てマイケル・ジャクソンが亡くなったニュースを聞きました。

嚇了一跳後聽到麥克傑克遜的死訊。

例2：×　あした会社の人が**来**て、もう部屋を片付けました。

明天公司的人來了以後，所以已經把房間收拾好了。

○　あした会社の人が来る**から**、もう部屋を片付けました。

明天因爲公司的人要來，所以已經把房間收拾好了。

國家圖書館出版品預行編目資料

海洋基礎科技日語-N5篇／陳慧珍編著. --初版. --臺北市：五南圖書出版股份有限公司, 2013.06
面；　公分.

ISBN 978-957-11-7091-6（平裝）

1.日語 2.科學技術 3.讀本

803.18　　　　102006940

1AK3

海洋基礎科技日語-N5篇

作　　者 — 陳慧珍
發 行 人 — 楊榮川
總 經 理 — 楊士清
總 編 輯 — 楊秀麗
副總編輯 — 黃文瓊
封面設計 — 董子瑈
出 版 者 — 五南圖書出版股份有限公司
地　　址：106台北市大安區和平東路二段339號4樓
電　　話：(02)2705-5066　　傳　　真：(02)2706-6100
網　　址：https://www.wunan.com.tw
電子郵件：wunan@wunan.com.tw
劃撥帳號：01068953
戶　　名：五南圖書出版股份有限公司
法律顧問　林勝安律師事務所　林勝安律師
出版日期　2013年 6 月初版一刷
　　　　　2021年10月初版六刷
定　　價　新臺幣350元